Anne Kuhlmeyer
Es gibt keine Toten

Anne Kuhlmeyer, geboren 1961, arbeitete nach dem Medizinstudium an der Klinik für Anästhesiologie und Intensivmedizin der Universität Leipzig. Sie zog 1990 nach NRW, absolvierte eine Fortbildung zur Psychotherapeutin und lebt heute mit ihrer Familie im münsterländischen Coesfeld. Seit 2003 veröffentlicht sie Kurzgeschichten, Novellen und Kriminalromane. Fragen nach der Rolle von Gewalt in der Gesellschaft, nach dem Umgang mit sogenannten Randgruppen, nach Vorstellungen von Familie oder den Auswirkungen von Individualisierung bestimmen ihr schriftstellerisches Schaffen. »Es gibt keine Toten« ist ihr erster Titel im Programm des KBV-Verlages.

Anne Kuhlmeyer

ES GIBT KEINE TOTEN

Kriminalroman

KBV

Originalausgabe

www.kbv-verlag.de
E-Mail: info@kbv-verlag.de
Telefon: 0 65 93 - 998 96-0
Fax: 0 65 93 - 998 96-20
Umschlaggestaltung: Ralf Kramp
unter Verwendung von: © donatas1205 · www.fotolia.de
Redaktion: Volker Maria Neumann, Köln
Druck: CPI books, Ebner & Spiegel GmbH, Ulm
Printed in Germany
ISBN 978-3-95441-160-3

Für einen,
den ich kannte.
Den Mut in der Rechten.
Die Versuchung linker Hand.
Für einen,
mit unverstelltem Blick
auf dieses eitle Land.

1.

Ich habe keine Lust auszusteigen«, sagte Gregor Richter und schaute hinaus in den Schnee, der weich auf die Frontscheibe fiel. Das Haus in der Billerbecker Straße glitzerte und funkelte von Lichterketten, Sternchen, Glöckchen und Kugeln. Der Eingang war fast völlig von einem Rentierschlitten versperrt, hinter den Fenstern heimeliges Licht von Schwibbögen und Pyramiden. Ein Weihnachtsmann hing an einem Sims im ersten Stock, ein anderer Mann hing im Keller.

»Ich auch nicht.« Marlene Katz klickte den Gurt auf und zog die Kapuze über ihre Mähne. »Komm schon. Sie machen es immer an Weihnachten.«

Ein Streifenwagen mischte sein Blaulicht in das der überbordenden Weihnachtsdekoration, bis sich jemand erbarmte und es ausschaltete. Hinter ihnen hielt ein Opel und entließ drei Kinder und deren Eltern in den Schnee. Bevor einer der Beamten einen vielleicht Achtjährigen aufhalten konnte, stürmte der den Rentierschlitten und löste *Stille Nacht, heilige Nacht* aus, die ein sich drehender Engel verkündete. Die Blitzlichter von Handykameras zuckten. Schließlich konnten die Weihnachtsdekobesichtiger zurück in ihr Auto gedrängt werden.

Kurz vor Feierabend war der Anruf eingegangen. Kühl und gefasst hatte eine weibliche Stimme mitgeteilt, dass sich Christian Hartfield das Leben genommen habe.

Sie gehörte dem Mädchen, das nun, die Arme um den Leib geschlungen, neben dem Toten fror, als Marlene und Gregor im Keller ankamen.

»Es stimmt nicht. Er hat sich nicht umgebracht«, sagte es. Neonlicht schlug tiefe Schatten in das junge Gesicht, kratzte daran herum, mehr konnte es ihm nicht anhaben. Sie stand da wie ein Soldat zur Totenwache, mit Stiefeln, die übers Knie reichten und dem Mantel im Military-Look, der an napoleonische Krieger erinnerte.

Im Keller gab es nicht viel zu sehen. Leer bis auf Spinnweben und die Leiche.

Der Mann hing nicht, er saß. Oder fast. Unterhalb des Kellerfensters, den Hals mit einem Gürtel am Fenstergriff stranguliert. Aufrecht stehend hätte er beinahe den Kopf einziehen müssen in dem niedrigen Raum. Es würde Mühe machen, diesen massigen Körper die schmale Kellertreppe hinaufzubugsieren. Der Gürtel, der an seiner schwarzen Hose fehlte, schnitt oberhalb des geschlossenen, sehr weißen Hemdkragens in einen muskulösen Hals. Wie der Mann zu Lebzeiten ausgesehen haben mochte, war schwer zu sagen. Die herausquellende Zunge, die erschlafften Lider über trüben Hornhäuten, die blau verfärbte Haut ... Schnell war es nicht gegangen, das Sterben.

Selbstmorde folgten ihrer eigenen Logik. Es war nicht der erste Tote, den Gregor in einer so absurden Position fand. Manchmal war es am Ende einfach ein Versehen gewesen.

»Er hat sich nicht umgebracht.« Das Mädchen reckte das Kinn nach vorn.

»Sie haben angerufen?« Marlene musterte ihr Gesicht, schmal und jung und hart.

Sie schwieg.

»Am besten, wir gehen nach oben und unterhalten uns dort, bis ...«, Gregor unterbrach sich, »bis alles geordnet ist.«

Der Notarzt hatte ihm im Vorbeieilen den Totenschein in die Hand gedrückt, ein Tut-mir-leid gemurmelt und war im Notarztwagen, eine Schneewolke hinterlassend, davongebraust. Einer der Rettungssanitäter hatte »Herzinfarkte,

Schlaganfälle, Besoffene, Verkehrsunfälle« gestöhnt und »Fröhliche Weihnachten« nachgeschoben.

Als die Kleine sich nicht rührte, fasste Marlene sie am Ellenbogen, aber sie wies die Berührung schroff zurück und blitze Gregor an.

»Geordnet, ja?« Das Geräusch, das folgte, kam einem Lachen nahe.

Drei Uniformierte drängten sich an ihnen vorbei.

»Kommen Sie.« Marlene legte alle Sanftheit in ihre Stimme, über die sie momentan verfügte. Dafür erhielt sie einen irritierten Blick mit zusammengezogenen Brauen, aber das Mädchen folgte ihr.

Das Erdgeschoss war beinahe so leer wie der Keller mit fast so vielen Spinnweben. Der Küchenbereich bestand aus einer Spüle, einer Pressspanplatte auf Sägeböcken, einer Mikrowelle und einem Campingherd. In dem Teil des Raumes, in dem andere Leute ihr Wohn- oder Esszimmer hatten, hockte ein Flachbildschirm von gigantischem Ausmaß einer ehemals weißen Ledercouch gegenüber. Darüber hing ein Foto, das vier Männer vor einem Militärfahrzeug an irgendeinem einsamen, steinigen Ort dieser Welt zeigte. Die Lichterketten am Fenster beleuchteten den Staub. Keiner setzte sich.

»Sie haben ihn gefunden«, begann Gregor. »Vielleicht sagen Sie uns, wer Sie sind und in welchem Verhältnis Sie zu dem Toten stehen? Und auch, wann Sie ihn gefunden haben.«

»Lara.« Lara verschränkte die Arme vor der Brust und fixierte den Boden.

»Also …« Gregor warf Marlene einen Blick zu. »Lara. Wann war das?«

Draußen fuhr der Leichenwagen vor. Schritte auf der Kellertreppe, Stimmen, ein Lachen, das sofort erstarb.

»Lara?« Gregor streckte eine Hand aus, berührte das Mädchen aber nicht.

»Er hat sich nicht umgebracht.« Sie riss den Kopf hoch und funkelte Marlene an. »Er hat gekocht. Für mich.«

Marlene verschränkte ebenfalls die Arme vor der Brust. »Lara. Und weiter?«

»Das geht Sie einen Scheißdreck an.« Ihr Gesicht war plötzlich nass. »Sie haben ihn aufgehängt.« Unvermittelt stürzte sie zur Terrassentür, Marlene ihr nach, packte sie am Arm.

»Ihren Personalausweis, Lara«, sagte Marlene.

Das Mädchen riss sich los, rannte in den Garten. Marlene sah ihren Schatten im Widerschein der Beleuchtung auf dem Schnee davonhuschen. Gregor war rasch an Marlenes Seite. Das Mädchen war weg. Eine Weile verfolgten sie ihre Spuren, bis sie sich mit anderen mischten und auf der Straße verloren.

»Scheiße.«

»Kannste laut sagen.« Gregor wandte sich um, flitzte zurück zur Vorderseite des Hauses, informierte den Kollegen im Streifenwagen und kam zurück. »Los, sehen wir uns den Rest an.«

Viel mehr gab es allerdings nicht zu sehen. Eine Matratze und einen übervollen Aschenbecher in einem der oberen Räume, die anderen – leer. Hartfield hatte seine Kleidung und eine Handvoll Bücher in Kartons verstaut. Und ... eine Walther P12.

»Ach.« Marlene blickte auf den Fund.

»Was hättest du getan?«, fragte Gregor.

Sie zuckte mit den Schultern. »Erschossene sehen auch nicht schön aus.«

»Die Kleine wird schon wieder auftauchen«, sagte er.

Marlene zog ihr Handy aus der Jacke. »Man muss es in Erwägung ziehen.« Sie rief die Spurensicherung an.

2.

Gregors Wohnung war beruhigend weihnachtsschmuckfrei, und Marlene kannte sich fast so gut darin aus wie in ihrer eigenen. Im Regen des letzten Spätsommers hatten sie auf seinem Balkon gesessen und aus demselben Glas getrunken. Irgendwann hatten sie angefangen, mehr zu teilen als das Zimmer in der Dienststelle. Das war nicht einfach gewesen. Besonders deshalb nicht, weil sie nicht wollte, dass jeder davon erfuhr. Eine logistische Herausforderung in einem Ort wie Coesfeld. Sie hatte es sich gemütlich vorgestellt, nach Recklinghausen wieder im Münsterländischen zu arbeiten. Gemütlichkeit hatte auch Schattenseiten.

Marlene streckte sich und zog die Decke über ihren Körper.

Sie hatte Pizza in die Mikrowelle geschoben und Bier mit ins Schlafzimmer genommen. Gregor klapperte in der Küche. Es hatte besinnlichere Weihnachtsabende gegeben. Man musste das Beste daraus machen.

Radikale Akzeptanz, hatte Hagemann es genannt. Marlene lächelte, als sie an den alten Mann, der zuletzt zu seinen beiden Freundinnen an die Ostsee gezogen war, dachte. Manchmal hätte sie ihn gern noch etwas gefragt. Seine Meinung gehört. Ihn einfach gesprochen. Als Berater. Als Freund. Mit seinen starken Gläsern und der Lupe hatte er einen scharfen Blick auf die Welt, den sie geschätzt hatte. Er war ihr Nachbar gewesen für eine kleine, wichtige Weile. Anfang Dezember war er gestorben. Gesehen hatte sie ihn nicht mehr, nur seine Beerdigung in heimatlichem Boden hatte sie besucht.

Er war alt gewesen. Und irgendwann stirbt man eben.

Eine Zeitlang hatte sie viel getrunken, sehr viel. Mit Wein

war man nicht ganz so allein, wenn die Nächte zu lang wurden. Sie konnte das noch nie, das Alleinsein. Hagemann hatte ihr herausgeholfen aus dem Strudel von Angst, Alkohol und Scham. Immer noch kamen Albträume, gelegentlich, oder sie schlief schlecht, aber insgesamt fühlte sie sich okay. Nun war Hagemann tot. Er fehlte ihr.

Marlene starrte an die Decke, nagelte den Film – Kränze, Kerzen, Gebete, Tränen, Sonne überm Schnee – daran fest und stand auf.

»Soll ich dir ein Bier mitbringen?«, rief Gregor.

»Du brauchst nicht zu schreien.« Marlene legte ihre Hände auf seinen nackten Hintern. Das Leben hatte durchaus seine schönen Seiten. Nur die Kühlschrankbeleuchtung erhellte die Küche.

»Geil.«

»War das eine Frage?« Sie ließ die Fingerspitzen über seine Hüfte wandern.

»Guck doch mal.«

»Keine Zeit.« Sie schloss die Kühlschranktür und ließ das Tiramisu von Gregors Exfrau dahinter verschwinden.

»Später«, gab Marlene nach, als er sich leicht schmollend zu ihr umdrehte und sie ihn hart an ihrem Schenkel spürte.

»Einfach zu überzeugen, der Mann«, murmelte sie, während sein Mund etwas an ihrem Hals tat, das ihr die Knie weich werden ließ. Dann hob er den Kopf und hielt sie ein wenig von sich.

»Wir müssen reden, Marlene.«

»Das ist einer der Sätze, die gerade nicht gehen.« Unbeirrt setzten ihre Hände den Weg über seine Haut fort.

Er nuschelte etwas von Andreas Niehues und der Scheißversetzung, die immer noch ausstehe, in die Grube über ihrem Schlüsselbein. Der Dienststellenleiter hatte ihnen gesagt, sie beide könnten miteinander verhandeln, wer nach Gelsenkirchen ginge, Steffen Overbeck mit seinen Computerspezialkenntnissen bliebe in Coesfeld, definitiv. Sonst stehe keiner zur Verfügung, behauptete Niehues. In den letzten Jahren waren Dienststellen zusammengelegt und Personal abgebaut worden. Gregor und Marlene sollten sich einigen. Niehues war ein feiger Sack.

»Gelsenkirchen-Süd hört sich nur so schrecklich an«, quetschte Gregor zwischen zwei Küsse.

»Finde ich auch«, flüsterte sie zurück. »Du gehst! So schlecht ist es da gar nicht.« Sie hatte keine Lust, darüber zu streiten, was wirklich in der Dienststelle los war, während sein Finger in ihre Möse drang.

Geschrei, Blut, Gewalt, Dreck, Dummheit, das Übliche. Nur mehr davon, viel mehr. So viel mehr, dass die Kollegen Glück hatten, wenn sie zwischendurch aufs Klo konnten. Hunger und Durst mussten bis nach Feierabend warten. Überstunden, Missstimmung, hoher Krankenstand.

»Nö.« Gregors Gesicht glänzte jungenhaft, er nahm sie blitzschnell auf den Arm und trug sie zurück ins Schlafzimmer. Bevor sie widersprechen konnte, presste er ihr die Hand auf den Mund und drückte sie mit seinem Gewicht aufs Bett. Ein Zornflämmchen flackerte in ihrer Brust auf. Kurz. Bis sie seinen Schwanz in sich fühlte. Eine Weile liebten sie sich freundlich, ohne einander aus den Augen zu lassen.

»Ich kann nicht weg«, sagte er.

Marlene kicherte, die Beine um seinen Körper geschlungen. Nein, sie wollte nicht an Gregors Tochter denken und ganz sicher nicht an seine Exfrau! Nicht, während seine Lippen an ihrem Nippel saugten.

»Ich auch nicht.« Sie hob ihm ihr Becken entgegen und schloss die Augen.

Bilderblitze. Bunt auf Schwarz. Seine Haut glatt und nass. Sein Atem. Sein Duft. Seine Bewegung. Sie fühlte das vertraute Prickeln im Bauch und wünschte sich über den letzten, kleinen Rand der Klippe.

»Du gehst.« Worte neben ihrem Ohr, die sie aufhielten.

Ein Hauch von Nein in ihrem Kopf, der die Lippen nicht erreichte.

Er schob seine Hand unter ihren Hintern. »Du.«

Dann erfasste eine Unzahl von Explosionen ihren Körper und sie hörte ihr: »Ja.«

3.

Nein, verflucht! Ich gehe nicht in den beschissenen Laden.« Marlene riss ihre Jacke vom Haken.

»Du kannst nicht nach Hause fahren. Du hast getrunken.« Gregor lehnte, noch immer nackt, am Küchenschrank. Ganz nah kam sie an ihn heran. Er roch so gut nach sich selbst, dass sie die Feuchte zwischen ihren Schenkeln spürte.

»Ich habe dich abgelöst, wenn du was mit Paula vorhattest, deine Bereitschaften übernommen. Und ich bin gerade mal erst hier angekommen. Recklinghausen war schon Katastrophe, aber nach Gelsenkirchen gehe ich ums Verrecken nicht, während du dir hier die Eier schaukelst.« Ruckartig drehte sie sich um, hielt inne, sah zurück. »Und ich kann so besoffen sein, wie ich will.« Damit griff sie ihren Autoschlüssel und flüchtete in den Flur.

Gregor ihr nach, hielt sie fest. »Pass auf. Ich wollte das wirklich mit dir diskutieren. Aber das scheint ja in deinem Starrkopf nicht anzukommen. Ich kann hier nicht weg, verstehst du? Paula ist gerade acht und Caroline schafft das alles nicht.«

Die arme, hilflose Caroline.

»Scheiß auf deine Ex.« Marlene hastete zurück in die Küche, zerrte den Kühlschrank auf und holte die Schüssel mit dem Nachtisch heraus. »So überfordert, wie du behauptest, ist sie nicht. Was meinst du, wie sie so was nebenbei hinkriegt und alle paar Tage das Zeug auch noch herschafft? Oder hat sie ganz andere Interessen?« Über die Schüssel hinweg blitzte sie Gregor an.

»Komm schon, Marlene.« Gregor senkte die Stimme. »Lass uns aufhören damit. Es ist nicht weit nach Gelsenkirchen. Du änderst doch gar nichts, arbeitest nur woanders.« Er streckte die Hand nach ihr aus, sie wich zurück. »Niehues wird dich sowieso schicken. Du hast dich verändert.«

»Na, da … ist es ja völlig egal, was ich tue.«

»Ja.«

»Dann ein schönes Leben noch!«

»Marlene!«

»Was?« Ihre Stimme war rau, und sie fühlte den Kloß, der die Tränen aufhielt, im Hals.

»Bleib. Heute. Bitte.«

Ein frostiger Blick auf das eiskalte Dessert. »Fick dich.« Dann drückte sie das Tiramisu auf Gregors Brust.

4.

Der Tag nach den Feiertagen begann seltsam ruhig. Die Schneefälle ließen nach, die Straßen waren selbst in Gelsenkirchen größtenteils geräumt, sodass die Schlaglöcher gut erkennbar waren. Marlene fand einen Parkplatz wenige Straßen von der Dienststelle entfernt.

Niehues hatte nicht bis zum neuen Jahr gewartet. Am ersten Feiertag hatte er angerufen. Sie solle das nicht falsch verstehen und er schätze ihre Arbeit durchaus und sie werde zurück nach Coesfeld kommen, sobald eine neue Stelle eingerichtet sei. Er würde sich dafür einsetzen, so ginge das schließlich nicht. Aber die Zeit zwischen den Jahren müsse sie in Gelsenkirchen aushelfen. Dort brenne es, personalmäßig. Er sei froh, dass sie so viel Verständnis zeige. Fröhliche Feiertage noch …

Du mich auch, hatte Marlene ins Telefon gedacht. *Die Zeit zwischen den Jahren* – Ha! Er würde sie dort verrotten lassen. Sie wünschte Niehues einen Wasserohrbruch und den Besuch seiner Schwiegermutter und legte auf, bevor der Gedanke in elektronische Impulse umgewandelt werden konnte.

Nachdem sie die Vorstellungsrunde absolviert hatte – wechselnde Gesichter, flüchtige Handschläge, Namen, die vorbeirauschten, Schulterklopfen – wies man ihr einen Arbeitsplatz in Handtuchgröße zu, packte einen Stapel Akten auf den Tisch und ließ sie allein, zumindest so allein, wie es in einem Büro mit geschätzten fünfzehn Leuten, die ständig ein- und ausgingen, telefonierten, sich unterhielten, möglich war. Martinshorn im Minutentakt von der Straße. Marlene fragte sich, warum die Streifenwagen das Gedudel schon auf dem Parkplatz anmachen mussten. Die Anwohner waren sicher längst dem Wahnsinn nahe oder ausgewandert.

Die ersten drei Ordner blätterte sie durch. Zwei Einbrüche, einmal häusliche Gewalt. Sie stand auf und trat ans Fenster, an eines, das durch Aktenschränke abgetrennt in einer Nische lag. Auf dem Fensterbrett protzte eine Orchidee mit ihren Blüten. Wer sie wohl umsorgte?

»Nimm dat Landei mit«, hörte sie hinter sich, entdeckte aber nicht den, der es gesagt hatte, nur Schneider, auf dessen Schreibtisch, ihrem gegenüber, dreimal so viele Akten lasteten wie auf Marlenes.

»Kommst du?« Schneider zog seine Jacke vom Stuhl.

»Ich?«

»Wenn's nicht zu viel Mühe macht?«

»Wohin?« Niemand hatte ihr gesagt, dass sie Einsätze fahren sollte.

»Sag ich dir unterwegs.«

Marlene rührte sich nicht.

»Mann, ich hab noch was anderes zu tun. Hau rein.« Breitbeinig wartete Schneider, ein Mann Ende zwanzig, der in irgendeinem Sportstudio zu wohnen schien, bis sie sich angezogen hatte und ihm folgte.

»Unnatürliche Todesursache, neunundsiebzig Jahre, männlich. Da war wieder so'n übereifriger Vertreterarzt am Werk, und wir haben die Schererei«, sagte Schneider im Wagen und schimpfte: »Arschloch«, als zwischen den Schneewällen am Straßenrand hervor ein Jugendlicher auf die Straße trudelte. Der Wagen schlingerte.

»Könntest du bitte die meisten Fußgänger am Leben lassen? Jedenfalls bis wir da sind.«

»Hier laufen keine rum, die es verdienen.«

Das ging ja gut los. Marlene blickte zur Seite. Sein Profil hatte etwas Weiches, fast Feminines.

In der Wohnung im ersten Stock war es eng, kalt und stank nach Erbrochenem und Tod. Sie drängten sich an Kollegen und Rettungskräften vorbei durch den Flur. Auf dem Tisch im Wohnzimmer stand eine Batterie von Medikamentenpackungen, daneben der Totenschein mit dem arbeitsaufwändigen Kreuzchen.

»Die wollen sich absichern. Immer wollen die sich absichern. Unnatürlicher Tod. Wat'n Schwachsinn!« Er hob zwei Schachteln hoch und las die Aufschriften, stellte sie ab und nahm den Totenschein. Der Arzt war fort.

»Kreuz machen und abhauen, super.« Schneider schrieb die Telefonnummer von dem Stempel unter dem Dokument auf einen Zettel.

»Hier. Such den, wenn wir wieder da sind. Und den Hausarzt auch.«

»Danke, Meister, dass ich euch helfen darf.«

Der Zettel segelte auf den Boden, Marlene hob ihn auf. Die Leiche lag neben dem Sofa, den Rücken halb angelehnt, die Wange in einer Lache Erbrochenem, Arm und Bein unbequem verdreht, so als wäre der Mann heruntergefallen und in dieser würdelosen Position verstorben. Sein Hemd war aufgeknöpft, ein Ärmel hochgeschoben. Darunter kam marmorierte, wachsbleiche Haut zum Vorschein. Wahrscheinlich hatte der Arzt pro forma sein Stethoskop auf die Brust gehalten.

Schneider telefonierte mit der Staatsanwaltschaft wegen der Obduktion. Als er fertig war, sagte er mit einem Blick auf den Toten: »Nicht mal die Mühe einer vernünftigen Leichenschau hat er sich gemacht. Wahrscheinlich steckt das Messer noch im Rücken.« Auf der Suche nach dem Erfolg seines Kalauers blickte er um sich, fand aber keine Resonanz.

»Verschwinden wir, damit du Zeit für das Protokoll hast bis Feierabend.«

»Wie kommst du darauf, dass ich das mache?« Langsam reichte es ihr.

»Weil du die Neue bist, und die Neuen machen das immer.«

5.

Auf der Wache waren inzwischen alle Zellen mit Betrunkenen, Zugedröhnten und Durchgeknallten besetzt. Eine Frau mit abenteuerlich hohen Absätzen und rosafarbenen Strähnen im Haar schrie in einer für Marlene nicht identifizierbaren Sprache auf einen Mann ein, den zwei Kollegen auf einem Stuhl halten mussten. Er schlief.

Telefon.

Rufe.

Martinshorn von draußen.

Und die Frau hörte nicht auf zu schreien.

Marlene flüchtete an ihren Arbeitsplatz, steckte sich die Stöpsel von ihrem MP3-Player in die Ohren, *Summertime*, und machte sich ans Protokoll. Ganz unglücklich war sie mit dieser Arbeit nicht, nur an dem Ton ihres Auftraggebers musste dringend etwas getan werden. Schneider war irgendwo auf dem Flur abgebogen, hatte die Hand gehoben, ohne sich umzusehen, und war hinter eine Tür verschwunden. Besser so.

Wenn Marlene ihren Stuhl ein klein wenig verrückte, konnte sie aus dem Fenster auf eine schmuddelige Fassade schauen. Sie arbeitete vor sich hin, bis es dämmerte.

Es schneite wieder – in feinen, von der Straßenbeleuchtung in Szene gesetzten Flocken. Hoffentlich blieben die Autobahnen frei. Kurz vor halb fünf trat eine Art von Stille ein. Alle redeten leise miteinander, die Telefone schellten seltener, die Zellenbewohner schwiegen. Ein Atemholen vor dem Abend und dem Wahnsinn der Nacht. Marlene packte ihre Sachen zusammen, trat in die Fensternische und schaute den Flocken zu. Eine kleine Abgeschiedenheit am Ende des ersten Tages, nur das Summen der Stimmen. Keiner von den Leuten an den sechs Schreibtischen konnte sie sehen. Alleinsein hatte auch etwas für sich.

Der erste Tag einer unendlichen Reihe. Niehues würde keinen Finger rühren und sie hier einfach vergessen. Eine Flocke landete vor ihren Augen am Glas, ein perfekter Stern. Dann schmolz sie.

»Magst du sie?« Schneider. Er flüsterte.

Sie spürte seinen Atem im Nacken, hatte ihn nicht kommen hören.

»Wen?«

»Die Orchidee.«

»Hübsch.«

»Mindestens so hübsch wie du.« Plötzlich fasste seine Hand nach ihrer Brust, grob, fast schmerzhaft.

Ihr Puls schnellte hoch.

»Lass los oder es tut dir leid«, zischte sie.

Ein trockenes Lachen. »Was willst du? Wir brauchen hier keine Mädels. Oder eben nur manchmal. Wir haben schon genug Tussen, die den Schnitt kaputtmachen und nichts auf die Kette kriegen. Andererseits …« Seine Hand massierte ihre Brust.

Alleinsein.

Niemand konnte sie sehen, oder es kümmerte keinen.

In ihrem Hirn ratterte es.

»Sorgen um die Beförderung? Grenzdebile haben's halt schwer.«

»Wenn ihr Fotzen dauernd bevorzugt werdet …«, presste er durch die Zähne, ließ los und tastete hinab zu ihrem Hosenbund. Sie fuhr herum, verlagerte das Gewicht, drückte gegen seinen Körper, dass er einige Schritte rückwärts hinaus aus der Nische stolperte, und griff ihm in den Schritt. Fest. Sehr fest.

»Reiß dich zusammen, Schneider, oder deine Familienplanung ist abgeschlossen«, sagte sie laut und jedes Wort betonend.

Das Murmeln brach ab. Nichts mehr. Die abgestandene Luft im Raum erstarrte. Ein Telefon klingelte und klingelte und klingelte und schwieg. Bröckchen mit dem Geruch nach altem Kaffee brachen aus der Stille. Es meldete sich ein Handy mit einer Melodie. Jemand gluckste und nahm ab.

Marlene stieß Schneider so kräftig von sich, dass er sich am Schreibtisch festhalten musste. Er keuchte, blitzte Wut zu ihr hinüber, so gut es ging. Ihm blieb nichts übrig, als sich auf seinen Stuhl zu hieven. Eilig zerrte Marlene ihre Jacke von der Lehne und nahm im Gehen das ein oder andere Grinsen wahr. Häme, von der sie nicht wusste, wem sie galt.

Sie fand sich auf der Straße wieder. Ihr Auto war weg. Verdammte Hacke! Durch ihren Kopf donnerten Sattelschlepper. Wo hatte sie es abgestellt? Kurz lehnte sie sich an die Hauswand. Ob jemand aus dem Fenster schaute? Tröstlich spürte sie den Putz unter den Händen. Tränen sammelten sich.

Wut und Ohnmacht.

Einatmen, ausatmen.

Schneider war das Arschloch. Schneider war das Arschloch. Schneider war das Arschloch.

Okay.

Nein.

Fast.

Sie löste sich von der Wand, einatmen, ausatmen, und entdeckte *Die Zelle* schräg gegenüber, Gitter mit Weihnachtsbeleuchtung und Tannenzweigen vor den Fenstern. Egal, wie das Ding hieß, wenn sie dort nur ein Bier bekam. Oder einen Kognak. Oder zwei. Die Knie zitterten ihr, als sie die Straße überquerte.

Drinnen war es warm und stickig. Vier Rentner saßen am Stammtisch vor ihren Gläsern. Am Tresen hockte eine junge

Frau mit kurzem Rock und Stulpen, neben ihr ein Typ, der seine Boxer-Shorts mit Entenaufdruck über dem Hosenbund sehen ließ. Die beiden hielten Händchen. Marlene kletterte auf einen Hocker und bestellte ein Bier.

»Warm oder kalt?«, fragte die Blonde hinterm Tresen, ohne die Zigarette aus dem Mundwinkel zu nehmen.

»Warmes Bier?« Marlene schüttelte sich.

»Na, bei dem Wetter. Gut für die Nieren.«

Tatsächlich entdeckte Marlene einen Minitauchsieder neben den gespülten Gläsern. »Kalt, bitte.«

»Noch eins, Erika«, kam es vom Stammtisch. Erika, sie musste weit über sechzig sein, trug ihr Haar zu einem Knoten aufgesteckt. Lose Strähnen umflatterten ihren dürren Hals. Sie zapfte zwei frische Pils, in eines davon kam der Tauchsieder. Eigentlich sollte Marlene etwas essen. Das hatte sie den ganzen Tag noch nicht getan.

»Haben Sie eine Karte?«, fragte sie.

»Frikadelle, Mettendchen oder Erdnüsse. Küche is heute nich. Der Koch hat frei.«

»Danke.« Marlene verschob das Essen, trank ihr Bier aus und orderte ein neues. Ein Luftzug wehte Schneeflocken und einen Mann von einem anderen Planeten herein. Er klopfte den Schnee von seinem Mantel, hängte ihn auf und steckte den Schal in den Ärmel, darunter trug er einen grauen Anzug. Während er sich, einen Hocker freilassend, neben Marlene setzte, wischte er über den Tresen, bevor er seinen Arm darauf ablegte. Freundlich nickte er Marlene zu und bestellte einen Kaffee. Gut sah er aus mit dem dunkelblonden Schopf und dem hellen Blick, glatt rasiert, sauber irgendwie.

Nur falsch.

An diesem Ort und an diesem Tag.

6.

Daniel entdeckte sie sofort, als er den Schlauch von Kneipe, die ihrem Namen alle Ehre machte, betrat. Die Jacke hatte sie eng um den Körper gezogen, die Beine in Röhrenjeans übereinandergeschlagen. Im Gegensatz zu den anderen Gästen sah sie nicht zum ihm herüber. Ein klares Profil unter wildem Haar.

Hübsch irgendwie, auf eine raue Weise.

Nur falsch.

An diesem Ort und an diesem Tag.

Auf Umwegen war er hier gelandet. Ein paar Tage hatte er in Amsterdam verbracht. Weihnachtstage, wenngleich er das Fest nicht feierte, eigneten sich prima für Besuche. Auf diesen hätte er vielleicht verzichten sollen. Aber gut, die Dinge waren eben so. Ohnehin wäre es früher oder später … Darüber mochte er nicht mehr nachdenken. Einen schönen Tag hatten sie miteinander verlebt und eine letzte Nacht, die wollte er in Erinnerung behalten.

Auf dem Rückweg war Stau gewesen, Umleitung und wieder Stau. Der Schnee bildete eine weiße Wand, an der das Licht der Scheinwerfer abprallte. Sein Navigationsgerät hatte ihn über Nebenstraßen führen wollen, doch die mied er besser. Als vor ihm erneut die Warnblinkanlagen aufleuchteten, schlug er aufs Lenkrad und nahm die Abfahrt. Das Navi zeigte: keine Satelliten.

Nun war er hier, wo genau auch immer hier war, brauchte einen Kaffee und einen Plan. Der Weg zurück nach Leipzig würde noch Stunden dauern, selbst bei trockenen Straßen. Die Verkehrsnachrichten hatten landesweit kilometerlange Staus gemeldet. Vielleicht sollte er sich ein Hotel suchen und morgen abwarten. Nur morgen hatte er Termine, zwei davon konnte er nicht verschieben, nicht wegen so etwas Lächerlichem wie dem Wetter.

Der Kaffee war heiß und überraschend aromatisch. Er entspannte sich etwas.

»Sehr gut«, sagte er und hob die Tasse.

»Noch einen? Einen Kognak dabei?« Die Luftgetrocknete hinter dem Tresen lächelte.

»Gerne. Nur den Kaffee.« Daniel betrachtete die Frau neben sich, die in den Schaum ihres Bieres blickte.

»Kalt heute«, begann er.

»Jo.« Sie sah nicht auf.

»Und glatt.«

»Stimmt.«

»Und dieser Schnee.«

»Was ich sage.«

»Letztlich kann man zufrieden sein, dass man überhaupt ein Wetter bekommt.«

»Sonst würde Ihnen jetzt echt nichts einfallen, oder?« Mit einer unbestimmten Farbe blickte sie ihm in die Augen.

»Nein, heute nicht. Mögen Sie sich unterhalten?«

»Nein, heute nicht.« Sie wandte sich ihm zu und hob ihr Glas, er seine Kaffeetasse.

»Schön, dann reden wir über was anderes.«

Sie lachte widerwillig.

»Sie wohnen hier in der Nähe?« Einen Versuch hatte er noch.

»Mehr in der Nähe. Sie offenbar nicht.«

»In Leipzig.«

»Das wäre jetzt weniger in der Nähe.«

»Ja. Leider.« Mit geneigtem Kopf sah er sie eine Weile an. Dann entschloss er sich. »Ich brauche ein Hotel. Können Sie mir eins empfehlen.«

Sie lachte auf. »Hier in Gelsenkirchen? Nee. Wirklich nicht. In Coesfeld könnte ich eins empfehlen. Obwohl ich da eher nicht im Hotel wohne.«

»Dort leben Sie?«

»Genau.« Sie nahm einen tiefen Zug aus ihrem Glas, wischte sich den Schaum von der Oberlippe und bestellte neu.

»Schöne Gegend.« Jedenfalls nahm er das an. Er hätte sein Navi fragen müssen, wo sich der Ort befand.

»Sehr viel Gegend.«

»Und was tun Sie hier?«

»Arbeiten.«

»Als was?«

Wieder dieser Blick.

Bevor sie antwortete, befreite sie ihn davon. »Ich bin Polizistin.«

»Ah.«

»Ja.«

»Verwandtschaft.«

»Im Hinblick auf die Schöpfungsgeschichte?«

»Wenn man so weit zurückgehen will … Ich meinte eher im Hinblick auf die Arbeit.«

Die Tür ging auf, Eiseskälte strömte herein und schob ein mittelalterliches Pärchen im Nashornformat vor sich her. Sie begrüßten die Stammgäste und ließen sich an einem Tisch am Fenster nieder.

»Ach, ja? Was tun Sie denn?« Eine Falte bildete sich zwischen ihren Brauen, eine ganz winzige.

»Security.«

»Ah.

»Ja.« Daniel kannte die Vorurteile, die Polizisten gegen seine Branche hegten, und ihm war klar, dass sie nicht völlig zu Unrecht bestanden. »Hauptsächlich Objektschutz«, fügte er an. Zu seiner Überraschung wollte er einen guten Eindruck bei ihr hinterlassen. Und den Personenschützern wurde noch einiges mehr nachgesagt, Beziehungen zum Rotlichtmilieu, Geldwäsche, Unterstützung von Menschenhandel und Waffenschmuggel und was nicht alles. In jeder Branche mochte es schwarze Schafe geben. Er und *seCURity* gehörten nicht dazu. Ein wenig Ausgleich in die ungerechte Welt zu bringen, war ein Grund gewesen, die Firma aufzubauen, damals, als er aus Israel zurückgekommen war. Das war eine Weile her, und die Welt hatte sich weitergedreht.

Nur die Wüste war ewig.

Und der Krieg, der keiner war, mehr ein Lebensgefühl, mehr Normalität, nicht nur unter den Soldaten, sondern auch im Bus, im Supermarkt und im Kibbuz. Anfangs hatte er bleiben wollen und war ganz selbstverständlich in die Armee eingetreten. Ihm hatten der Wald und der Regen und der Frieden mehr gefehlt, als er sich lange eingestanden hatte.

»Bei uns läuft alles regelgerecht«, sagte er zu ihrer hochgezogenen Braue und ärgerte sich für seine ungefragte Rechtfertigung.

»Warum glauben Sie, dass mich das interessiert?«

»Was interessiert Sie denn?«

Sie schwieg, trank, wartete. »Tut mir leid. Ich bin nicht sehr unterhaltsam. War ein Scheißtag heute. Eigentlich will ich nur nach Hause in die Wanne.« Damit rutschte sie vom Hocker, legte einen Schein auf den Tresen. »Vielleicht hätten wir uns an einem anderen Tag begegnen sollen. Irgendwann im Mai. In München oder Berlin«, und zog den Reißverschluss ihrer Jacke hoch. Er wollte nicht, dass sie ging und ihre unbestimmte Augenfarbe für immer mitnahm. Ein Splitterchen von einem Gedicht fiel ihm ein: *Zwei fremde Augen, ein kurzer Blick. Die Braue, Pupillen, die Lider … vorbei, verweht, nie wieder.* Noch während er nachsann, woher er es kannte, legte er ihr die Hand auf den Arm.

»Sagen Sie mir Ihren Namen?«

Sie erstarrte, ballte die Faust, fing sich, als er beschwichtigend die Handfläche zeigte und sie anlächelte.

»Wenn Sie mir Ihren sagen.«

Daniel zog seine Visitenkarte aus der Innentasche des Jacketts.

Sie las, nickte. »Marlene Katz.«

Ein fester Händedruck, eisige Finger. Und dieser Blick. Sie gefiel ihm. Sie war eine Überraschung. Dann war sie fort.

»Ich bringe Sie zu Ihrem Wagen.« Eilig bezahlte er und holte sie auf der Straße ein. Rasch schritt sie aus.

»Das ist nett, besonders, wenn Sie den Weg kennen.« Der Wind hinterließ Schneekristalle in ihrem Haar, sie zog die Kapuze darüber. »Ich habe ihn hier irgendwo abgestellt.« Suchend schaute sie sich um.

»Ich meinen auch.« Sich fast berührend auf dem schmalen Gehweg, die Hände in den Taschen, liefen sie nebeneinander her, kreuzten zwei Seitenstraßen, bevor er auf seinen Schlüssel drückte und wenige Meter entfernt die Warnblinkanlage seines A8 aufleuchtete.

»Wollen Sie einsteigen? Dann suchen wir bequemer.«

Marlene betätigte ebenfalls die Fernbedienung. Direkt neben dem Audi blinkte es.

»Danke«, sagte sie. »So weit ist es nicht.«

Schade eigentlich.

Der Feierabendverkehr war abgeebbt. Viele Leute hatten vermutlich Urlaub zwischen den Feiertagen oder steckten in den Skigebieten fest. Eine Weile sah er sie an. Schnee zwischen ihnen. Daniel hörte das Klicken der Zentralverriegelung, die seinen Wagen wieder verschloss.

»Also dann …« Sie hielt ihm die Hand hin. Er nahm sie und hielt sie fest.

»Darf ich Sie anrufen?«

»Wenn es nicht unbedingt sein muss …«

Noch einen Moment, dann ließ er sie los. »Kommen Sie sicher an.«

Sie nickte und setzte sich in ihren Golf. Ein Trupp von Jugendlichen kam grölend heran. Die Jungs schlängelten sich an ihm vorbei und verschwanden in einen Hauseingang.

Marlene winkte ihm noch einmal zu und parkte rückwärts aus. Als sie anfuhr, torkelte ein Mann auf die Straße. Ihr Wagen bremste. Der Mann stürzte, blieb liegen. Marlene sprang aus dem Wagen. Der Typ stöhnte.

»Alles okay mit Ihnen?« Marlene, bleich und atemlos, fasste den Mann am Arm..

Daniel stieg auch aus und war sofort neben ihr.

Mühsam rappelte sich der Mann auf. Ein kleiner Mensch mit Halbglatze, Anorak und dem Geruch von Chaos, diese Mischung aus Schweiß und Angst, Alkohol und Hunger.

»Hau ab, Schnalle, sons hau ich dir eins inne Fresse, du dumme Schlampe.« Wankend kam er auf die Beine und holte aus.

»He, he, he.« Daniel fiel ihm in den Arm, griff ihn am Kragen. Im Licht der Straßenbeleuchtung bemerkte er die winzigen Pupillen.

»Was wills'n du. Die Schnecke hat mich umgefahr'n. Ich hol die Bulln!«

Daniel hörte Marlene atmen. Sie würde doch wohl die Klappe halten?

»Die Bullen sind schon da, Arschloch. Du scheinst ja ganz in Ordnung zu sein, bis auf das Zeug, was du im Blut und in der Tasche hast.« Mit der Linken hielt er ein Tütchen hoch.

Staunen malte sich auf das Gesicht des anderen, aber es brauchte einen Augenblick, bis die Information sein Hirn erreichte.

»Das is …« Empörung. »Das is nich meins. Ich hab …« Er fummelte an seiner Jacke und zog ein anderes Tütchen heraus. Seine Augen verengten sich. »Du Drecksau!« Er versuchte sich zu befreien. Aber Daniel stieß ihn in den Schneehaufen neben einer Einfahrt.

»Sieh zu, dass du wegkommst.«

Vor sich hinschimpfend erhob er sich, klopfte den Schnee ab und humpelte davon.

Daniel sah sich um. Marlene stand da, festgefroren.

»Scheiße«, murmelte sie und presste die Hand auf den Mund.

»Haben Sie nicht doch Lust, mir Ihre Telefonnummer zu geben? Ich finde sie sowieso heraus.« Er kramte nach seinem unschuldigsten Lächeln und legte es an. »Oder ich bringe Sie nach Hause und Sie zeigen mir das beste Hotel in ganz Coesfeld.« Das wäre immerhin ein Plan. Kein tauglicher für die Termine morgen, kein sinnvoller überhaupt. Aber irgendeiner.

Außerdem: eine Polizistin. Eine hübsche.

Und eine, die sich nicht an die Regeln hielt.

Die Gedanken flimmerten in Leuchtschrift über ihre Stirn. Er ließ ihr Zeit.

»Einverstanden«, sagte sie, war aber noch nicht fertig. »Was kostet mich das?«

Vorsicht! »Einen Kaffee im Corso? Wenn Sie mal in Leipzig sind?«

Wieder eine Pause. Schnee. Dann wiederholte sie: »Einverstanden.«

7.

Die Heizung war ausgefallen. Marlene goss sich einen Erdbeerlikör ein, etwas Stärkeres war vorsichtshalber nicht im Hause. Dazu Pfefferminztee. Sie wärmte so lange ihre Hände an der Tasse, bis sie kalt war. Eingehüllt in ihre Decke fingerte sie die Visitenkarte aus der Jeans neben dem Bett.

Daniel Schönfelder, *seCURity*, Adresse, Telefonnummer.

Gott, was für ein Akt, dem Typen eine Bleibe zu verschaffen. Auf der Fahrt hatte sie im *Haselhof* angerufen. Die hatten nichts mehr frei, die *Weißenburg* in Billerbeck war zwischen den Feiertagen geschlossen. Bis sie sich durch ein paar Pensionen telefoniert hatte, lag der erste Stau hinter ihnen und der nächste vor ihnen. In einer Pension, die sich *Berkelblick* nannte und die Marlene nicht kannte, konnte sie endlich ein Zimmer für ihn buchen.

Während sie telefonierte, betrachtete sie Daniel Schönfelder im Licht der Armaturen, ein ruhiges, konzentriertes Gesicht. Genauso war sein Fahrstil. Der warme Strom der Heizungsluft, Soul aus den Lautsprechern – fast wäre sie eingeschlafen. Mit klopfendem Herzen schreckte sie hoch. Der Mann hatte ihr den Arsch gerettet, erst einmal. Aber das war lange kein Grund, ihm zu trauen. Im Gegenteil. Er war Zeuge eines Unfalls mit Personenschaden gewesen, bei dem sie wegen ihres Alkoholkonsums Fahrerflucht begangen hatte.

Den Pfefferminztee trank sie kalt. Sie fuhr sich über die Stirn. Was für ein Wahnsinn!

Die Erdbeerlikörflasche hatte zwei Drittel ihrer Füllung eingebüßt, und allmählich fingen Marlenes Wangen an zu glühen, eine wohlbekannte, gefährliche Leichtigkeit trat ein.

Und die Erinnerung an die Scham am nächsten Tag nach den Abstürzen kehrte zurück. Hagemann. Hagemann war tot.

Sie zermarterte sich das Hirn, weshalb Schönfelder ihr auf diese idiotische Weise geholfen hatte. Woher waren die Tütchen gekommen, mit denen er und der Typ, der ihr vors Auto gelaufen war, herumgewedelt hatten? Ganz genau hatte sie das nicht mitbekommen – und was drin war auch nicht. Sie hätte Schönfelder fragen müssen. Hatte es aber nicht getan. Sie war froh über sein Angebot gewesen, sie nach Hause zu fahren. Genau genommen war alles gerade noch gut gegangen. Oder vielmehr: Es hätte deutlich schlimmer kommen können.

Das Telefon klingelte.

Auf dem Display stand Gregors Nummer. Sie nahm nicht ab. Diesmal sprach er nichts auf den Anrufbeantworter. In den sieben Anrufen zuvor hatte er von Christian Hartfields Lebensumständen berichtet. Ex-Soldat sei er gewesen, Afghanistan und so. Die Mutter wohne nebenan, sei aber nicht vernehmungsfähig und so weiter und so weiter … Zuletzt hatte er eine Liebeserklärung gemurmelt.

Wieso funktionierte eigentlich das Telefon anstelle der Heizung?

Schönfelder wirkte erfrischend unkompliziert. Während der Fahrt nach Coesfeld hatten sie über die Arbeit gesprochen, und er hatte vom Expansionsvorhaben seiner Firma geredet. Gerade weibliches Personal fehle ihm, dabei hatte er sie angesehen. Marlene erzählte ihm mehr über ihre bescheuerte Arbeitssituation, als sie wollte, und ärgerte sich jetzt darüber. Kurz vor zehn hatte er sie zu Hause abgesetzt, sich verabschiedet und freundlich gesagt: »Wenn Sie mal Sicherheit brauchen … oder was anderes. Einen Job zum Beispiel.«

Der Gedanke ging ihr nicht aus dem Kopf. Über die Folgen, wenn jemand von dem Unfall erführe, machte sie sich keine

Illusionen. Und da war auch noch Schneider, dem sie morgen – sie sah auf die Uhr, zwanzig nach zwei – heute wieder begegnen musste. Und Niehues gab es auch noch. Und Gregor. Und … sie wusste nicht, wie sie weitermachen sollte. Lange beobachtete sie den Lichtfleck an der Decke.

Dann wusste sie es.

Sie musste eingenickt sein, denn plötzlich war es drei. Dennoch durchströmte sie ein Gefühl von Energie. Sie stellte den Wecker auf sieben, stand auf, setzte sich an den Computer, schrieb, druckte das Dokument aus. Vorsorglich zog sie einen weiteren Pullover über und schlüpfte in ihre Jacke. Draußen war es still und frostig. Als sie die Kündigung in den Postkasten steckte, wurde ihr warm.

8.

Warm lag das Holz des Messergriffs in Laras Hand. Der Kerl lag in seinem breiten Bett und schnarchte mit offenem Mund. Und er stank.

Sie hob das Messer über seine Brust und ließ es wieder sinken. Er würde den Schmerz nicht mal mitkriegen, so breit, wie der war. Aber sie hatte ihn mitgekriegt, gleißend und schneidend, als er sie in den Arsch gefickt hatte. Das war nicht abgemacht gewesen. Das nicht. Er hatte gelacht. Dann hatte er weitergetankt, bis die Flasche mit dem edlen Etikett leer war.

Die Messerspitze machte einen Punkt auf seine Haut, Dunkles quoll heraus, der Dreckskerl zuckte nicht einmal.

Aber er lebte.

Noch.

Er schnarchte.

Vor ein paar Wochen hatte Lara eine Nacht auf der Intensivstation verbracht. Nach einer Feier mit ein paar Leuten war das gewesen. Daran hatte sie keine Erinnerung.

Die letzte war die an eine Flasche Wodka, die herumging.

Die danach: Plastikflaschen mit wasserheller Flüssigkeit über ihr.

Von den Einstichen in ihrem Arm und ihrem Hals hatte sie nichts gespürt. Eigentlich hatten sie nur ein wenig vorglühen wollen und sich einen mit Wodka getränkten Tampon in den Arsch gesteckt, damit es schneller ging. Das würde sie nicht wieder tun. Es brachte nichts. Als sie aufgewacht war, hatte sie eine Weile gebraucht, bis sie die Schwestern deutlich erkennen konnte, dann hatte sie sich die Schläuche aus dem Arm gerissen und war abgehauen.

Die Uhr zeigte drei. Der Typ rührte sich keinen Millimeter.

Sie musste weg hier.

Dabei hatte sie sich vorgestellt, ein paar Tage bleiben zu können an diesem schönen Ort mit Blick auf die Lichter von Münster, einer Wohnung auf zwei Etagen, so groß, dass ihre Brüder, Vater und Mutter und der neue Alte von Mutter sich bequem hätten aus dem Weg gehen können.

Auf der Treppe kam Lara der Golden Retriever entgegen, stupste seine Nase gegen ihr Knie, und sie griff in das seidige Fell.

Warm.

Am Fuße der Treppe setzte sie sich auf eine Stufe.

Schmerz.

Ihre Hände gruben sich in das Fell.

Sie brauchte Geld. Die paar schnellen Nümmerchen auf der Straße in den letzten Tagen hatten nicht genug eingebracht, um eine Zugfahrt zu bezahlen. Bei der Kälte halfen nicht einmal blonde Zöpfe, und sie hatte einige Nächte bei McDonald's und auf dem Bahnhof verbringen müssen.

Sie stand auf und streifte durch die Wohnung. Um sieben würde ein Zug nach Bielefeld fahren, von da hätte sie Anschluss nach Leipzig. Das entnahm sie dem Computer in seinem Arbeitszimmer. Akten lagen herum. Sie warf einen Blick hinein. Rechtsanwalt war er, der Sack.

Leipzig. Lara war noch nie dort gewesen. Sie hatte lange überlegt, ob sie hinfahren sollte. Während der Alte oben schnarchte, verschickte sie eine Mail, rechnete aber nicht damit, dass sie sofort Antwort erhalten würde. Der Computer machte einen hellen Ton. Da war sie: *Max holt dich ab. Ich kann nicht. lG Till*

Liebe Grüße. Lächerlich! Till war ein Idiot. Wenn es nicht Christians Wunsch, ja, sein letzter Wille gewesen wäre, dass sie sich bei ihm meldete, hätte sie den Teufel getan. Und wenn das hier nicht völlig schiefgelaufen wäre. Tatsächlich konnte sie ebenso gut in Leipzig sein wie anderswo. Überall konnte sie sein. Wer immer dieser Max war, schlimmer als zu Hause, hier oder mit Till konnte sie es auch nicht treffen.

Einen Moment setzte sie sich wieder auf die Treppe und dachte mit der Hand im weichen Hundefell nach.

»Ich würde dich mitnehmen, wenn ich könnte«, sagte sie. Der Hund lief fort, kam mit einem nackten Plastikhuhn zurück und legte es ihr vor die Füße.

»Danke.« Sie drehte das Teil in den Händen. Es quietschte beim Draufdrücken.

Geld. In seiner Hosentasche war keins zu finden gewesen. Nicht einmal eine Brieftasche. Sie hatte nachgeschaut. Aber irgendwo musste er das Ding doch haben. Da entdeckte sie den Mantel an der Garderobe und durchsuchte die Taschen. Bingo! Eine ganze Anzahl Scheinchen und eine Kreditkarte. Sie knüllte den neuen Reichtum in die Tasche.

Auf geht's!

An der Tür hielt sie inne. Oben schnarchte es. Sie flitzte in die Küche, fand, was sie suchte, packte noch Obst, Käse, Kuchen und eine Flasche Wein in ein Körbchen, und hastete ins Schlafzimmer hinauf.

Er lag starr da mit offenem Mund. Vorsichtig breitete Lara die Frischhaltefolie über sein Gesicht und schob sie behutsam unter seinen Kopf. Warten. Keine Reaktion. Hirnamputiert. Die Folie hob und senkte sich im Rhythmus der Atmung. Sie legte das Huhn darauf. Der gewölbte Leib passte perfekt in den Mund.

Sie ging mit Hoffnung im Herzen.

9.

Nichts, nichts, nichts.« Gregor ließ die flache Hand auf den Schreibtisch fallen.

Niehues saß ihm gegenüber und lehnte sich zurück. »Was ist mit der Rechtsmedizin?«

»Nichts. Sag ich doch. Willst du nicht mal nach Hause gehen? Kalte Wohnung?«

Einen Abend vor Silvester lief nicht mehr viel.

»Sie haben keinen Befund geschickt?«, hakte Niehues nach.

»Hörst du mir eigentlich zu? Ich hab zig Mal angerufen. Angeblich gab es Krankheitsfälle, deshalb haben sie noch keinen Obduktionsbefund, den sie rausgeben könnten.« Er stand auf und lief im Zimmer auf und ab. »Und wenn Marlene dem Staatsanwalt nicht hinterhertelefoniert und genervt hätte, hätte es nicht einmal eine Obduktion gegeben. Und das bei dem, was die Spusi gefunden hat, weil irgendein Depp die Sachen im falschen Labor abgestellt hat. Und die smarte Frau Doktor sich außer Stande sah, den Toten zu entkleiden. Andernfalls ..« Kurz hielt er inne und nahm seine Wanderung dann wieder auf. Zumindest war die Rechtsmedizin so gnädig gewesen, ihnen mitzuteilen, dass durchaus ein Tötungsdelikt vorliegen könne, dem ersten Augenschein nach. Dem ersten Augenschein nach? Hatte sich Hartfield etwa selbst *Verräter* in die Brust geritzt, oder was? »Wir machen uns lächerlich, Andreas. Man kann eine Behörde nicht mit ein paar Hanseln aufrechterhalten.«

»Dann stell dich schon mal auf längere Arbeitswege ein.« Der kompakte, kleine Niehues wurde rot. Sein Blutdruck. »Meinst du mir gefällt es, dass ich die Katz abgeben musste? Sie hätte nicht Ja sagen müssen. Hat sie aber. Um gleich darauf hinzuschmeißen.« Er zog eine Schublade heraus und holte ein Papier heraus. Zögerlich nahm Gregor es ihm aus der Hand. Marlenes Kündigung.

»Das glaub ich nicht.«

»Frag sie.«

»Sie geht nicht ans Telefon.«

»Hast du was mit ihr?«

Gregor starrte auf das Blatt. »Weißt du, wo sie ist?«

»Sie hat sich krankgemeldet.« Niehues steckte das Papier wieder zurück in den Schreibtisch. »Krank. Ha! Dauernd krank, wenn einem was nicht passt. Oder gleich ganz die Brocken hinschmeißen. Was ist überhaupt mit Overbeck?«

Immer noch schaute Gregor vor sich hin. »Sitzt aufm Klo. Wie die Rechtsmediziner. Scheint 'n Virus zu sein.«

»So kann ich nicht arbeiten.«

Beide schwiegen. Niehues entfärbte sich wieder.

»Hast du wenigstens was von der Zeugin gehört?«

»Dass sie Lara Roggenkamp heißt, fünfzehn Jahre alt und verschwunden ist. Das Jugendamt weiß Bescheid. Die Eltern regen sich nicht besonders auf. Die kennen das.«

»Und die Mutter von Hartfield?«

»Heult.« Gregor setzte sich wieder und stützte den Kopf in die Hände. »Sie hätte es ja immer gesagt, dass es so kommen würde. Aber keiner hat ihr geglaubt. Überhaupt hat sie keinen Sohn haben wollen, weil die in den Krieg müssten. Der Vater war hier stationiert und ist nach der Hochzeit und nachdem er Hartfield junior gemacht hat zurück in die USA.« Gregor sah auf die Uhr. »Mitgekriegt was nebenan los war, hat sie nicht. Sagt sie.«

»Und jetzt?«

»Ich mache nächstes Jahr weiter. Die anderen sind schon alle weg.« Gregor schloss die Mappe, die vor ihm lag.

»Die Zeit läuft uns weg, Gregor.«

»Dann mach 'n Vorschlag. Ich sehe nicht, was wir jetzt tun können. Die Suche nach der Kleinen läuft. Die Mutter weiß nichts. Die Spusi hat ihre Arbeit inzwischen gemacht. Da kommen nur noch die DNA-Spuren dazu. Nächste Woche. Der Obduktionsbefund kommt auch. Nächste Woche. Nachbarn sind befragt, Freunde keine bekannt bis jetzt. Gelebt hat er vom Amt. Wegen der Waffe hab ich beim Bund nachgehört. Denen fehlt keine, aber sie wollen das noch mal prüfen. Außerdem ist er schon lange raus da. Nichts, nichts, nichts. Steht alles hier drin.« Gregor schob Niehues die Mappe zu.

»Dass er mal 'ne Bewährungsstrafe hatte, hast du vergessen.«

»Wenn du das schon weißt ...« Gregor erreichte fast die Tür. »Schön, dass du es mir verrätst. Weswegen?«

»Habt ihr Drogen gefunden?«

Widerstrebend drehte Gregor sich um. »Dann hätte ich es dir möglicherweise gesagt?« Er legte die Hand auf die Klinke.

»Ach ...«

»Was noch?«

»Was machst du Silvester?« Auch Niehues stand auf. Er fuhr den Computer herunter. Etwas lag in seinem Blick, das Gregor nicht deuten konnte. Vielleicht war es einfach Müdigkeit.

Er drückte die Tür auf. »Komm gut rein.«

10.

Der Silvestermorgen weckte Marlene zu spät mit einem blankgeputzten Himmel und den Schlieren eines Traums. Sie räkelte sich zwischen gestärkten Laken. Ein guter Traum war das. Am Schluss blickte sie durch eine Lupe und Brillengläser in eine Pupille, die größer und größer wurde, heller statt dunkler und sich schließlich in weißem Nichts verlor. Die Leichtigkeit von Federwölkchen blieb zurück. Ging nicht in Erfüllung, was man die erste Nacht in fremden Betten träumte? Nur war er am falschen Ort geträumt worden. Immer geschah alles am falschen Ort. Gemessen daran, war dieser falsche Ort ausgesprochen luxuriös.

Sie duschte, zog sich an und begab sich zum Frühstücksbuffet, üppig und appetitlich, ins Restaurant. Entgegen ihrer Gewohnheit langte sie zu, sah hinaus in den Schnee und den Verkehr und zog die Zeitung zu sich heran. Auf der Titelseite – Feuerwerk. Das vom Vorjahr vermutlich.

Noch nie hatte sie in einem so teuren Hotel übernachtet. Schönfelder hatte sie beruhigt. In den nächsten Tagen könne sie in eine Wohnung umziehen, bis dahin dürfe sie sich als sein Gast betrachten. Sie musste irre sein. Ließ einen sicheren Job samt Pension sausen für ein paar Tage Luxushotel. Es gab kein Zurück. Da war Gelsenkirchen, Gregor, der Unfall, der Alkohol, die Scham …

»Dann haben Sie schon zwei Kaffee im *Corso* bei mir gut, wie?«, hatte Marlene gesagt und ein mieses Gefühl weggelacht. Das Gefühl, dass er etwas gegen sie in der Hand hatte. Gegen sie und für sie. Eine neue Arbeit zum Beispiel, wo sie schon auf ihre Pension gepfiffen hatte. Die Alternativen waren wenig anziehend, sodass sich ein paar Nächte im *Fürstenhof*, einem der nobelsten Hotels in Leipzig, verschmerzen ließen.

Marlene schlug die Zeitung auf. Ein Kellner schenkte Kaffee nach.

In Kairo prügelten Polizisten.

Sie biss ein Stück Melone ab.

Beethovens Neunte im Gewandhaus.

Schönfelder wollte gegen zehn da sein.

Siebenundzwanzig Verkehrsunfälle gestern.

Vielleicht sollte sie noch etwas von der gegrillten Tomate holen. *Vermisst.*

Eine kleine Meldung auf Seite vier.

Vermisst wird der 23-jährige Till Heimann. Wie von der Polizei mitgeteilt wurde, ist er zuletzt am Heiligen Abend auf dem Weg zu seiner Wohnung in Plagwitz gesehen worden. Er soll der rechten Szene angehören, ebenso wie sechs weitere Personen, die im Laufe dieses Jahres vermisst gemeldet wurden. Zu den näheren Umständen wollte die Polizei derzeit keine Angaben machen. Die Bevölkerung wird um Mithilfe gebeten.

Es folgte eine Telefonnummer. Marlene legte die Zeitung weg.

Sieben Vermisste? Personen? Männer? Frauen? Neo-Nazis?

Für einen Moment dachte sie an eine junge Frau, die keiner vermisst hatte, nach der sie trotzdem hatte suchen müssen. Sie blieb verschwunden. Und an einen kleinen Jungen. Als sie ihn fand, lebte er nicht mehr.

Hagemann hatte ihr geholfen. Nicht direkt natürlich. Bei einem Kaffee und nur, weil er da war. Einer mit einem klaren Blick, der den eignen schärfte. Inzwischen hatte sie das Gefühl, als verschwämme der ihre.

Daniel Schönfelder setzte sich neben sie, schaute auf den Artikel, den Marlene eben gelesen hatte, und lächelte ein Guten-Morgen-Lächeln. Der Kellner brachte frischen Kaffee.

»Die Stadt hat einiges unternommen, damit die Nazis hier

verschwinden. Jetzt verschwinden sie von alleine.« Er rührte im Kaffee, ohne Zucker oder Milch hineingetan zu haben.

»Wie verschwinden? Wie sollen sie denn einfach verschwinden?« Ihr war, als spürte sie einen Blick im Nacken, einen blinden durch dicke Gläser. Als sie sich umdrehte, löffelte eine Kurzhaarige im Kostümchen ihr Müsli am Nachbartisch.

»Zumindest werden die Aufmärsche gestoppt. Meistens. Einmal hat die Polizei schon am Bahnhof solange Personenkontrollen gemacht, bis die bewilligte Demonstrationszeit verstrichen war. Ohne Aufmarsch.«

»Dann sind sie aber nicht verschwunden, oder?« Marlene nagte an einem Stück Käse.

»Doch. Mit dem Zug.« Er lächelte und stibitzte eine Traube von Marlenes Teller.

»Dann waren sie nicht weg, sondern im Zug.« Zusammen mit ihrer Gesinnung, die nicht einfach wegzuschicken war oder von selbst verschwand. Die sich vielmehr ausbreitete, schleichend, einsickerte in die ganz normalen Leute, die, wenn man sie fragte, sich empörten. Nur zu viele Ausländer fanden sie auch nicht gut. Marlene hatte genug mit diesen ganz normalen Leuten zu tun gehabt. Ihr stellten sich die Nackenhaare hoch, wenn sie daran dachte.

»Weg wäre mir auch lieber gewesen.« Seine Augen folgten einem Passanten draußen, der mitten durch den Verkehr über die Straße rannte. Marlene beobachtete ihn. Der junge Mann schlängelte sich kühn zwischen den Autos, die an der Ampel hielten und gerade anfuhren, hindurch. Als eine Silvesterrakete in den blauen Himmel zischte und fahle Sternchen und schmutzigen Rauch hinterließ, vergaß sie ihn.

»Haben Sie etwas Bestimmtes vor heute Abend, oder würden Sie mich begleiten?«

Marlene hatte nichts vor. Nichts geplant. Wie auch? Sie kannte keine Menschenseele in Leipzig außer Schönfelder.

»Was werden meine Aufgaben sein?«

Er sah sie an mit diesem arglosen, höflichen Blick. »Nun, fröhliches Feiern würde ich sagen.«

Marlene probierte von einem Dessert in braun und weiß und rot. »Ja, das wäre sicher nett. Danke für die Einladung. Ich meinte mehr meinen neuen Tätigkeitsbereich.«

»Den zeige ich Ihnen ausführlich, wenn es so weit ist. Zuerst sollen Sie die Stadt kennen lernen. Das gehört dazu.« Er zog einen Stadtplan aus der Tasche und schob ihn ihr hin. »Haben Sie ein Smartphone, mit dem Sie gegebenenfalls navigieren können?«

»Sicher.«

»Gut.«

Das Restaurant leerte sich allmählich. Die Kellner trugen das Geschirr ab, deckten neu ein und füllten das Buffet auf.

Schönfelder erhob sich.

Sein Handy klingelte.

»Ich hole Sie ab.«

»Wann?« Sehr viele Informationen über die Gestaltung des Abends hatte er nicht preisgegeben.

»Ziehen Sie sich warm an.« Er hob die Hand und ging.

11.

Lara saß im Zug und sah die Schneelandschaft vorüberrauschen. Weiß und Fastweiß und Beinahegrau. Windräder. McDonald's. Kernkraftwerke. Das Messer hatte sie im Mantel. Sie schlief nicht.

12.

Gregor saß im Sessel und sah Bilder vorüberflimmern. Talkshow. Zapp. Feuerzangenbowle. Zapp. Jahresendgeblubber. Zapp. Eine Flasche Whisky stand auf dem Tisch. Er schlief ein.

13.

Daniel fuhr in Richtung Paunsdorf. Ein paar Dinge mussten noch erledigt werden, ehe das Jahr wechselte. Bevor er das neue Industriegebiet erreichte, bog er an einer Nachwende-Investitionsruine, einem leer stehenden Bürokomplex, ab. Am Tor zur Tiefgarage war niemand zu sehen. Keine Albaner, keine Polen, keine Bulgaren. Nur Zladko. Der wartete nicht auf die Freier der Gerüstbaufirmen und Schlachtbetriebe, die die Tagelöhner, Saisonarbeiter und Illegalen einsammelten und busseweise in ihre Betriebe karrten, wo sie zehn, zwölf, vierzehn Stunden keulten und mit vierzig Euro nach Hause gingen, sondern auf ihn, auf Daniel.

Der Winter meinte es ernst. Wolken waren herangezogen, und Schneeflocken taumelten zu Boden.

Daniel ließ das Fenster herunter. »Hast du ihn ...« Er suchte ein Wort. »Untergebracht?« Das traf es in gewisser Weise.

Zladko kam heran. »*Kryer*.«

Daniel nickte. Erledigt. Zladko konnte perfekt Deutsch sprechen, aber er ließ es nicht jedermann zu jeder Zeit wissen. Daniel schob ihm ein zusammengerolltes Bündel Scheine in die Hand. Der andere steckte es ein. Für die erledigte Arbeit und dafür, dass Zladko neue Leute anheuerte. Daniel bezahlte angemessen, versicherte die Leute, meldete sie bei der Mini-Job-Zentrale an. Er kümmerte sich darum, dass alles seine Ordnung hatte. Zladko traf die Auswahl. Sie konnten nicht jeden nehmen, nicht jedem trauen. Nicht jeder taugte für die Jobs, die Daniel zu vergeben hatte. Aber wenn sie einer eingehenden Prüfung standhielten, bekamen sie gutes, sicheres Geld nebenher. Eine Weile sah Daniel Zladko nach, wie er zu seinem Wagen hinkte. Sein linker Unterschenkel lag in Srebrenica. Zladko war Offizier in der Jugoslawischen Armee gewesen. Jetzt war er nur noch Kosovare.

14.

Marlene war nackt, fast nackt. Im Zimmer lungerten sämtliche Sachen aus dem Koffer herum. Alle hatte sie an und wieder ausgezogen. Wenn sie nur eine Ahnung hätte, wo Schönfelder mit ihr hinwollte. Ziehen Sie sich warm an. Das musste sie. So oder so. Aber auf welche Weise warm? Pelz oder Norwegerpullover? Abgesehen davon, dass weder das eine noch das andere unter ihrer Garderobe weilte. Kurz nach sieben und Schönfelder hatte nicht angerufen. Vielleicht versetzte er sie einfach und sie hing den Rest des Abends im Hotel. Aber das würde sie auf keinen Fall tun. Wenn er in den nächsten zwanzig Minuten nichts von sich hören ließ, zog sie irgendetwas an und ging aus. Es klopfte leise.

»Ja.«

Wieder.

Sie nahm eine dunkle Bluse. Und jetzt? Rock oder Hose? Sie öffnete die Tür einen Spalt. Schönfelder. Und schlug sie zu. Rock oder Hose? Im Zimmer sah es aus wie nach einem Attentat. Sie versuchte die Arme durch die Ärmel zu stecken und gleichzeitig die Klamotten zusammenzuraffen. Es klopfte.

»Ja.«

»Sind Sie soweit?« Seine Stimme klang teppichweich.

Nein. »Ja.« Sie erwischte einen Rock. Warm anziehen. Nahm die Hose und schlüpfte mit einem Bein hinein, während sie zur Tür hüpfte.

»Moment.«

»Ich warte unten auf Sie.«

»Moment. Wo gehen wir hin?«

Nichts.

Mist.

15.

Schönfelder saß in einem eleganten Anzug im Foyer und telefonierte. Marlene sah an sich hinab. Schwarze Jeans und hohe Stiefel. Mist. Am liebsten wäre sie zurückgelaufen, aber er entdeckte sie sofort. Und empfing sie wie eine Prinzessin. Auch das noch.

»Im *Mückenschlösschen* habe ich einen Tisch bestellt. Ist das okay?«

Ein Schlösschen. Du liebe Güte. Sie nickte tapfer.

Auf der kurzen Fahrt unterhielt er sie mit kleinen Verweisen auf das städtische Leben. Rechts führte die Straße zum Zoo, den man großzügig ausgebaut hatte, links der Ring, der Grund der ehemaligen Stadtmauer, die nur sehr partiell … Sie genoss das Geräusch seiner Stimme mit der leichten Dialektfärbung und ihrer Nachts-um-vier-Melodie. Überhaupt war seine Gegenwart von angenehmer Leichtigkeit. Champagnerprickelnd.

Eine Straßenbahn ratterte neben dem Auto, sie bogen ab.

»Das Waldstraßenviertel. Hier bin ich aufgewachsen.«

Gründerzeithäuser mit hohen Fenstern und aufwändigem Stuck. An den Rändern der breiten Straße schmutzte der Schnee.

»Tatsächlich? Meine Großmutter muss hier irgendwo gewohnt haben. Sedanstraße.« Ihre Großmutter stammte aus Leipzig. Auf verworrenen Kriegs- und Nachkriegspfaden war sie ins Münsterland geraten und dort hängen geblieben.

»Feuerbachstraße jetzt. Rechts oder links?«

»Macht das einen Unterschied?«

»Nein. Heute nicht mehr. Früher ja. Im Vermögen.«

»Sedanstraße 21.« Marlenes Herz schlug heftig. Sie hätte gern angehalten und das Haus angeschaut, in dem die Großmutter ein Kind gewesen war. Schönfelder wusste offenbar mehr über das Viertel, das seinerzeit vor allem von Juden bewohnt war.

»Links. Die arme Seite. Und hier …« Im Vorbeifahren zeigte er auf ein Eckhaus. Marlene hatte nichts gesagt, also hielten sie nicht. »… haben meine Eltern gelebt. Inzwischen sind sie nach Mölkau gezogen.«

»Sie sind auch jüdisch?« Marlene merkte selbst, was für eine merkwürdige Formulierung das war.

Sein Mundwinkel hob sich. »Wie Sie.«

»Sie wissen … Woher?« Natürlich hatte er ihre Vita gecheckt. Besonders schwierig konnte das nicht gewesen sein. Aber sie hatte nur wenigen Menschen von ihrer jüdischen Herkunft erzählt. Bei ihr zu Hause hatte man selten und mit vorgehaltener Hand darüber gesprochen, als wäre es etwas Gefährliches, etwas Unanständiges, ein Makel. Ein Familiengeheimnis, das die Toten einschloss. Hagemann hatte sie von ihrem Jüdischsein erzählt, wie falsch sie sich darin fühle und wie falsch an jedem anderen Ort, falsch und allein, und wie ungerecht das sei. Er hatte die Schultern gehoben und gesagt, jeder lebe in seiner Zeit. Es gebe keine Gerechtigkeit. Manchmal etwas weniger Ungerechtigkeit. In diesem Moment, zum Beispiel, habe sie ganz schön Glück gehabt mit ihrer Zeit. Er hatte sich einen Zigarillo angesteckt und Rauchwölkchen in die Luft geblasen.

Sicher, es gab Schlimmeres. Es gab immer Schlimmeres. Die Wut blieb trotzdem. Über die verpassten Gelegenheiten, über das Ausgeschlossensein, über die Einsamkeit, über das Schweigen. Wie lebte Schönfelder damit?

Vor einem großen, mit Lichterketten geschmückten Haus parkte er ein.

Das *Mückenschlösschen* war sicher nicht als Restaurant konzipiert worden. Die üppig verzierte Tür öffnete sich nach innen.

Sie betraten einen Saal mit holzgetäfelten Wänden, Kronleuchtern und ungeschliffenem Parkett. Der Raum versprühte einen widerborstigen Charme und die Karte, die ein Kellner mit langer, roter Schürze brachte, enthielt Gerichte wie Flusskrebse mit Wurzelgemüse und Fettbemmchen mit Gewürzgurke.

»Das war kein Zufall, oder?« Marlene hob ihr Glas. Einen Muskatwein hatte Schönfelder ausgesucht. Er stieß mit ihr an.

»Nicht?«

»Sie wissen einiges über mich, und ich fast nichts über Sie.«

»Dann fragen Sie.« Er lehnte sich zurück.

Marlene hatte viele Fragen. Nur fielen sie alle seinem Dauerlächeln zum Opfer. Sie trank noch einen Schluck, überlegte, wie sie beginnen sollte. Dann fragte sie etwas ganz Blödes. »Haben Sie einen Hund?«

»Nein.« Das Dauerlächeln ebbte ab. »Aber das war nicht, was Sie wissen wollten, oder? Sie wollten wissen, wer ich bin und warum Sie hier sind.«

»Ja.« Warum, zum Teufel, fühlte sie sich so gehemmt?

»Ehrlich gesagt, braucht meine Firma Frauen für ganz spezielle Aufgaben.«

Spezielle Aufgaben klang nicht so gut.

»Dazu später. Und natürlich war unsere Begegnung Zufall. Es versteht sich von selbst, dass ich nach dem ersten Eindruck Informationen über Sie gesammelt habe. Ich gehe davon aus, dass Sie das auch getan haben.«

Nun ja, in gewisser Weise hatte sie das. Jedenfalls hatte sie sich über seine Firma erkundigt. Die erschien seriös. Ihre Informationsquellen hatten sich mit der Kündigung ziemlich reduziert. Die Firma hatte einen kleinen Internetauftritt. Persönliches über Daniel Schönfelder fand sich nicht. Finanzamt, Gewerbeamt, Einwohnermeldeamt. Marlene hatte eine dienstliche Stimme angelegt und ihren aktuellen Berufsstatus beschönigt. Erstaunlich, wie leicht es war, Auskünfte zu erhalten, wenn man den richtigen Ton anschlug. Nur die Dame vom Einwohnermeldeamt hatte kurz gezögert.

»Erzählen Sie mir von sich.« Sie drehte den Stiel ihres Glases. Die Fettbemmchen kamen. Graubrot mit Gänseschmalz. Sie nahm eines.

»Tja, was gibt es da zu erzählen? Sozialistische Schule. Die Wende, als ich siebzehn war. Abitur. Dann Geschichte in Berlin, bis ich keine Lust mehr hatte.«

»Kein Abschluss?«

»Doch. In Informatik. Meine Eltern wollten damals … Ach, das ist eine lange Geschichte. Ich wollte nicht und bin nach Israel gegangen. War eine tolle Zeit.«

»Und warum sind Sie wiedergekommen?«

Er blickte eine Weile ins Leere. »Weil dies hier mein Land ist«, sagte er dann.

»Aha.« Vielleicht musste man erst fortgehen, um Dreckswetter zu mögen. Sie beobachtete ihn genau. Er lachte kein bisschen. Sie selbst hatte sich geschämt für das, was er »mein Land« nannte. Sie wendete das Wort in ihrem Kopf. Schön wäre es schon, ein Land zu haben.

»Ja. Und dann musste ich irgendetwas machen. Nun mache ich eben dies. So einfach ist das.«

Warum fand sie das alles gar nicht so einfach?

»Was haben Sie in Israel getan?«

»Was man da so macht. Man geht in einen Kibbuz und arbeitet, kümmert sich um seinen Aufenthaltsstatus und tritt schließlich in die Armee ein.«

»Und dann wollten Sie kein Soldat mehr sein?«

»Nein. Das war nicht der Grund wiederzukommen. Möglich, dass Sie das albern finden«, sagte er und sah aus, als würde er ein Geständnis ablegen. »Mir hat der Regen gefehlt, der Schnee, die Stadt und meine Sprache.« Er lachte nicht, er legte ein Geständnis ab. »Ich hätte nie gedacht ...«

Dass das so wichtig war?

Er wischte seine Worte mit einer Handbewegung weg. Aber gesagt war gesagt. Und Marlenes Herz blieb daran hängen.

Das Essen war ausgezeichnet. Schönfelder hatte auf die Flusskrebse verzichtet, nicht, weil er sie nicht mochte. Er lebte koscher-like, wie er sagte. Sie hatte Steak mit Salat bestellt.

Eine Nixe mit einem Grottenolm kam herein. Die Pailletten ihres Kleides schillerten in Türkis und Regenbogenfarben über ihrem Hintern. Das Pärchen setzte sich an einen Tisch am Kachelofen, und Marlene konnte kaum den Blick lösen. Als sie sich endlich losriss, meinte sie, aus den Augenwinkeln einen Alten mit dicken Gläsern in der Nische sitzen zu sehen, während sie das Glas hob.

»Wollen wir?«, fragte Schönfelder nach einem Dessert aus Birne, Eis und Anis. Marlene hob die Brauen.

»Feiern, tanzen, das Feuerwerk ansehen?«

16.

Am Völkerschlachtdenkmal waren die Truppen aufmarschiert. Laut und bunt, quirlig und fröhlich. Auf zwei Bühnen wechselten sich Bands ab. Schönfelder nahm Marlene bei der Hand, einer warmen Hand, trotz der Kälte, und zog sie durch die Menge, vorbei an Buden mit Würstchen, Bier und Glühwein, Döner, Cocktails, Obst, Softeis, chinesischem Fastfood, Süßigkeiten und dem Zelt einer Wahrsagerin. Auf der Fahrt hatte Schönfelder geplaudert über diesen Ort. Ein Monument mit Figuren aus Granit, martialisch und pompös, das an das Gemetzel der Völkerschlacht auf den Äckern um Leipzig während der napoleonischen Kriege 1813 erinnern sollte. Eingeweiht zur Kaiserzeit, verherrlicht und verehrt, verschmäht, verspottet und missbraucht für jeden Zweck. Inzwischen trafen sich alljährlich die Neo-Nazis am 30. April dort in guter, alter Tradition. Walpurgisnacht und 1. Mai.

»Symbole«, sagte Schönfelder. »In welcher Zeit leben wir eigentlich?«

Zum ersten Mal sah Marlene einen Zug von Bitterkeit um seinen Mund, der sich sofort seinem Lächeln ergab, als er zu ihr herüberschaute.

Und da stand es. Übergroß und verschneit. Hart wie die Sprache von *Rammstein*. Auf der riesigen Eisfläche des Wasserbeckens davor tummelten sich Schlittschuhläufer. Manchmal stiegen verfrühte Raketen in den Himmel. Er zog sie an der Bühne mit Metal-Rhythmen vorbei, hin zu der, von der es swingte. Da war plötzlich Raum. Paare tanzten. Er drehte sich zu Marlene um, sein Gesicht ganz nah, Atemwölkchen zwischen ihnen, fasste sie um die Taille und wiegte sich mit ihr. Schön war das. Irgendwie.

Beim ungefähr fünften Glühwein fand Marlene, dass es einfacher sei, sich beim Vornamen zu nennen. Eine halbe Stunde bis Mitternacht und kalt war ihr auch nicht mehr. Sie brauchten frischen Glühwein. An dem Stand drängelte sich eine Traube Menschen nach Sekt, der in blaue Steingutpötte abgefüllt wurde. Marlene und Daniel bevorzugten den Glühwein, der hier besser war als sein Ruf.

»Hey, Alter. Was treibst du denn hier?« Ein Mann, der in seinen Ausmaßen den Granitfiguren am Denkmal Konkurrenz machen konnte, legte Daniel die Hand auf die Schulter.

»Frieder. Mensch!« Daniel schob Marlene ein wenig nach vorn und stellte sie vor.

Der Hüne quetschte Marlene die Hand, pfiff leise und anerkennend.

»Sie fängt bei uns an«, stellte Daniel klar. Frieder grinste, nachdem er Marlene von oben bis unten gescannt hatte. Es fehlte nur noch, dass er ihren Zahnstatus begutachtete.

»Ganz schön was los«, stellte er an Daniel gewandt fest.

»Gut, dass wir hier nichts zu tun haben. Trinkst du was mit?«

»Nee, lass mal. Ich bin mit ein paar Leuten und einer Kiste Bier da.«

Marlene fröstelte kurz bei dem Gedanken an eisiges Bier.

»Da drüben.« Er wies mit dem Kinn in Richtung Döner-Bude. »Der Türke hat sein Geschäft bei uns um die Ecke. Ganz okay, der Mann. Er ist eigentlich auch kein Türke, sondern Perser, aber das sagt er keinem.« Damit hob er die Pranke zum Gruß und pflügte durch die Menge.

»Er ist ein sehr alter Freund von mir, besser ein Weggefährte. Hat so seine Schrullen und manchmal ziemlich meschuggene Ansichten, aber ein loyaler Mensch«, sagte Daniel.

Marlene fragte sich, weshalb er das so betonte.

Dann wurde es laut. Eine Gruppe von Schwarzgewandeten schmetterte eine Art Schlachtgesang. Ein Häuflein Mädels mit Tüll über Winterjacken fiel ein und zählte hoch- und vielstimmig die Sekunden im Countdown. Die Zeiger der Uhr, in grünem Licht auf das Monument projiziert, zitterten dem Jahreswechsel entgegen. Begleitet wurden die Sekunden von der Band mit dröhnenden Basssequenzen.

Schlag zwölf brach Jubel los.

Böller krachten, Sternchen und Kugeln in Weiß, Rot, Blau, Grün im Himmelsschwarz.

Daniel küsste Marlene auf den Mund. Bevor sie sich aufregen konnte, lächelte er.

»Auf ein gutes Jahr.«

Ein Pärchen drängte sich an ihnen vorbei. Das Völkerschlachtdenkmal, angestrahlt von Scheinwerfern, lag im Pulverdampf. Um sie herum krachte und zischte es. Plötzlich ein Rumms wie eine Detonation, dann Johlen und Kreischen. Marlene zuckte und sprang zur Seite, als ein Stahlhelm neben ihr aufs Pflaster klapperte, das Geräusch kaum gedämpft von den Schneeresten.

»Die haben 'ne Macke.«

Kurz darauf erneut ein Knall. Der Druck beutelte die Trommelfelle.

»Los, weg hier.« Daniel zerrte Marlene hinter sich her. »Das ist die Üb.«

»Die was?« Marlene verstand nicht.

»Die Handgranate Üb. Bundeswehrkram. Die sind ja nicht ganz dicht«, brüllte er.

Sie erreichten den Rand der Menge. Auf der gegenüberliegenden Straßenseite am Park sprühte unter Begeisterungsrufen eine ganze Raketenbatterie Funken. Wieder und wieder der ohrenbetäubende Donner.

Dann Schreie.

Flaschen flogen auf die Straße und zerschellten. Von Weitem sah Marlene Jugendliche tanzen und werfen.

Böller, Gläser, Konfetti, Bockwürste.

Sie rissen die Arme hoch und bejubelten jede neue Explosion. Fünf, sechs Stahlhelme kollerten auf der Straße. Einen unendlichen Vorrat von diesen Dingern, diesen Üb-Dingern, schienen die zu haben. Fasziniert und entsetzt folgte Marlene dem Treiben.

»Das haben wir auch mal gemacht. Stahlhelm drauf und ab die Post. Man durfte nur nicht erwischt werden. Außerdem unter den vielen Leuten … das ist Scheiße. Lass uns verschwinden. In Werk II läuft eine Jazz-Session. Was meinst du?« Auch Daniel schaute mit krauser Stirn dem Geschehen zu. Sie standen vor dem Zelt der Wahrsagerin. Leute gingen ein und aus und schienen sich wenig für den Höllenlärm um sie herum zu interessieren. Manche hatten wohl auch einen Zustand erreicht, in dem sie keinerlei Interesse mehr aufbringen konnten. Ein paar Meter weiter kotzte eine Blondine in einen Papierkorb. Aus dem Zelt schlüpften zwei junge Männer, küssten sich und entfernten sich kichernd. Marlene hätte gern gewusst, was ihr die Zukunft brachte, die nähere und die fernere. Da zersplitterte die Gegenwart.

Ein gigantischer Knall.

Begeisterung erfasste die Menge, wogte durch sie hindurch, brandete gegen die Bühnen, schwappte über die Grüppchen auf der Straße. Das Geräusch war von weiter weg, aus der Nähe der Döner-Bude gekommen. Wieder Schreie und Jubel, der anschwoll. Aber etwas mischte sich in ihn hinein, etwas Dissonantes, ganz und gar Klägliches. Es klang nach Angst und Schmerz.

Daniels Kopf fuhr herum. »Nein!«

Er war sehr blass, soweit Marlene das in dem flackernden Licht erkennen konnte. Dann rannte er los.

»He!« Ihr blieb nichts, als ihm zu folgen. Leute schubsten, kamen ihr entgegen mit verzerrten Gesichtern, bleich und zitternd, jemand rammte ihre Schulter. Sie strauchelte, wurde gedrängt und geschoben, schlug sich durch, immer Daniels Rücken hinterher, den sie verlor, wieder entdeckte, bis sie über ein Bein stolperte, das niemandem mehr gehörte.

Die Metal-Band hämmerte ihren stählernen Sound. Ein Mann mit einem blödsinnigen Hut und alkoholverschwommenem Gesicht riss sie am Arm und wollte mit ihr tanzen. Angeekelt stieß sie ihm ihren Ellenbogen in den Bauch. Das Grölen und Johlen wollte nicht enden. Keuchend erreichte sie Daniel und hielt sich an ihm fest.

Er rührte sich nicht.

Plötzlich lachte er.

Irre.

Sein Lachen traf die zerfetzten Körper, das Blut im Schnee, Frieder, den Hünen. Auf den Knien, den Kopf im Nacken und die Hände vorm Gesicht, sah Marlene ihn mit aufgerissenem Mund sich hin und her wiegen. Ohne Laut. Dunkles auf seiner Jacke. Viel, sehr viel davon. Daniel löste sich aus seiner Starre und rannte zu ihm hin. Eine Frau mit blutigen Händen und verbranntem Haar nahm Marlenes Arm. Entsetzen im Gesicht. Marlene stützte sie, aber sie wusste nicht, was sie mit ihr machen sollte. Sie hatte sich den Silvesterabend anders vorgestellt. Einhändig fummelte sie ihr Handy aus der Tasche und wählte den Notruf. Der Mann in der Leitung blaffte sie an, dass sie gefälligst auflegen solle. Ein Rettungswagen sei unterwegs.

»Ein Rettungswagen? Hast du sie noch alle, du Penner? Hier ist die Hölle.«

»Sagen Sie Ihren Namen und Ihren Standort. Wir werden …«

»Katz, Kriminalpolizei«, sagte sie.

»Oh.«

»Eine Explosion am Völkerschlachtdenkmal. Massenanfall von Verletzten. Es gibt Tote. Wie viele, ist noch nicht zu übersehen.«

Die Frau an Marlenes Arm rutschte langsam zu Boden. »Wir brauchen hier mindestens fünf Teams mit Notärzten. Ansonsten wissen Sie, was zu tun ist?«

Die Stimme am anderen Ende vibrierte. »Die Kliniken werden informiert. Wie …« Kurze Pause. »Wie war noch mal Ihr Name.«

Marlene legte auf. Die Frau lag am Boden und starrte in den Himmel. Die Schneeflocken, die auf ihre Augen fielen, konnte sie nicht mehr sehen. Marlene zählte.

Eins.

Inzwischen wehte ein Tango von der Bühne herüber.

Lachen und Feuerwerk.

Daniel kniete vor Frieder und versuchte, dessen Hände vom Gesicht zu lösen. Frieder schrie.

Marlene stieg über einen Körper in grotesk verrenkter Stellung.

Zwei.

Ein Mann mit einer Hand in der Hand stieß sie an, wollte sie aufhalten, ihr die Hand geben, die an seinem Arm fehlte. Sie lief davon. Aus der Döner-Bude züngelten Flammen, nicht viele, kleine Flämmchen mit bissigem Rauch. Sie rutschte auf einem Brötchen aus und musste sich abfangen. Am Rand des Imbissstandes lehnte eine sehr dicke Frau, umklammerte die Döner-Tasche in ihrem Schoß mit der einen Hand und hielt die andere an ihre Wange. Als sie sie wegnahm, sah Marlene, dass sie keine mehr hatte. Ein Malinois streunte mit irgendetwas Blutigem in der Schnauze umher. Neben einem Mann in Bomberjacke, ohne Haare, ohne Beine, ließ der Hund sich nieder.

Drei.

Von Weitem hörte Marlene das Jaulen von Martinshörnern. Der Lärm der Menge legte eine Pause ein, um kurz darauf hysterischem Gekreisch Raum zu verschaffen. Die Menschen flohen, fort vom Chaos, hetzten davon, flüchteten ins Dunkel. Marlene setzte sich auf eine Bank und sah hinüber zu den Resten des Imbissstandes. Der Dönerspieß drehte sich noch. Neben ihr hörte ein Junge, dessen Kleidung mit seiner Haut verschmolzen war, auf zu atmen.

Der Tango starb.

Vier.

Es roch nach verbranntem Fleisch. Sie stand wieder auf und ging zu einem der Nachbarstände, dem mit den Cocktails, der nahezu unversehrt geblieben war, und langte eine Flasche Tequila vom Regal. Daniel nahm sie ihr aus der Hand und hetzte zurück zu Frieder, der immer noch kniete, reglos, wimmernd, die Hand über den blutigen Trümmern, wo ehedem sein rechtes Auge gewesen war. Daniel schraubte den Verschluss ab, trank, gab die Falsche Marlene zurück, wartete, bis auch sie einen Schluck genommen hatte und flößte Frieder das Getränk ein. Der schluckte gierig, stöhnte, stützte sich auf den Boden. Daniel hielt sein Handy ans Ohr, Marlene hatte es nicht klingeln hören, lauschte und die Restfarbe wich aus seinem Gesicht. Um sie herum taumelten Menschen durch die Nacht, Verletzte, Weinende, Ziellose, und noch immer zischten Raketen ins Schwarz. Der Schnee fiel dichter. Vor dem ersten Rettungswagen wichen die Leute zurück. Er hielt, ein Sanitäter sprang heraus, blickte sich um und kotzte in den Schnee.

»Hören Sie auf damit.« Daniel zerrte ihn am Ärmel zu Frieder hin. Ein älterer Dicker, auf dessen Jacke *Leitender Notarzt* stand, mischte sich ein.

»Ich entscheide die Reihenfolge.«

»Sicher. Dann nehmen Sie ihn zuerst mit.«

Mit einem Rundblick prüfte er die Lage und nickte schließlich seinem Kollegen, der aus dem zweiten Rettungswagen gesprungen war und auf Anweisungen wartete, zu. Zwei Sanitäter hoben den Hünen auf eine Trage. Der Mann mit der Hand in der Hand schleppte sich heran und übergab sein Eigen endlich in fremde Obhut. Aus dem Stumpf tropfte es. Dann nahm er den Tequila von Frieder und glitt dem Dicken vor die Füße.

Fünf.

17.

Eine Explosion.
Tote.

Da drüben irgendwo.

Alle rannten wie bekloppt durch die Gegend. Lara presste sich fest an die Mauer des Denkmals. Eigentlich hatte sie hineingewollt. Aber es war zu. Max hatte sie verloren in dem Durcheinander. Die Weinflasche war leer. Sie fror. Und jetzt auch noch die Scheißexplosion. Nirgendwo konnte sie bleiben.

Nie.

18.

Gregor schloss das Fenster und wankte zurück zur Couch. Er hatte genug.

Von allem.

Draußen wurden noch vereinzelt Geister vertrieben.

Nur seine blieben ihm.

Immer.

19.

»Kommst du mit?«

Sie erreichten Daniels Wagen. Bevor er einstieg, rieb er sich die Hände mit Schnee ab.

»Ich kann dich zurück ins Hotel bringen.«

»Keine schlechte Idee.« Die einzig sinnvolle. Marlene war übel.

Er hielt ihr die Beifahrertür auf. »Dann fahre ich allein.«

»Wohin?«

»Im Ariowitsch-Haus hat es einen Anschlag gegeben. Ich weiß noch nicht genau, was passiert ist.«

Die jungen Leute am Rand des Parks brannten immer noch Feuerwerk ab. Blaulicht flackerte über allem und neue Einsatzwagen kamen hinzu. Polizei, Rettungswagen, Feuerwehr, dazwischen strebten verstörte Menschen fort.

Marlene saß im Wagen und zitterte. Noch ein Anschlag. Gut, klar, wenn man schon einmal dabei war …

»Was ist das Ariowitsch-Haus?«

Daniel ließ den Motor an. »Das Gemeindehaus. Jüdische Begegnungsstätte. War früher ein Altenheim.« Eine Frage stand in seinem Gesicht.

»Sicher«, sagte sie, und er fuhr los.

Als sie das Waldstraßenviertel erreichten, kamen ihnen Rettungswagen ohne Signal entgegen. Vor dem Gebäude, einem massigen, renovierten Bau, hielten Feuerwehrautos. Nach größerer Zerstörung sah es auf den ersten Blick nicht aus.

»Was ist passiert?«, fragte Daniel einen gebeugten Alten mit Kippa. Der rang die Hände.

»Eine Bombe.« Seine Augen lagen in tiefen Schatten.

»Verletzte?« Nach Toten wollte Daniel wohl nicht fragen.

»Ein Segen, nicht. Aber ...«

Ein Sprengsatz war hochgegangen und hatte einigen Schaden angerichtet. Aber die Flammen hatten keine Kraft, nur Rauch quoll aus einem der unteren Fenster.

Daniel fuhr sich durch das Gesicht.

»Noch mal gut gegangen«, sagte er und sah unendlich müde aus.

Dann plötzlich Rufe, die sich steigerten. Jemand schrie, grell und durchdringend. Ein Feuerwehrmann trug einen Körper auf dem Arm hinaus ins Freie. Schnee fiel darauf. Also doch eine Verletzte. Der Feuerwehrmann schleppte die Frau an ihnen vorbei zum Rettungswagen.

»Kennen Sie sie?«, fragte Daniel den Alten.

Der schüttelte den Kopf. »Niemand von uns«, und murmelte ein Gebet. Dann drehte er sich um, nickte Daniel zu. »Noch mal gut gegangen«, und schlurfte davon.

20.

Er war einer von uns«, sagte Max. Lara hatte ihn wiedergefunden. »Diese Dreckschweine!«

Zu Fuß waren sie durch die Straßen marschiert, weil die Straßenbahnen ihren Betrieb eingestellt hatten. Es hatte lange gedauert und Lara hatte ihre Füße nicht mehr gespürt. Plötzlich hielt Max inne, tigerte vor einem Geschäft auf und ab, suchte, fand nichts. Schließlich entdeckte er ein zugeschneites Fahrrad, zerrte es heran und krachte es gegen die Scheibe. Das Glas riss. Max setzte nach und sprang zurück. Splittern. Das Rad landete in der Auslage von dem *Storch-Heinar*-Laden, der nur ein paar Häuser von ihrem *Thor-Steiner*-Laden entfernt neu eröffnet hatte.

»Dreckschweine«, wiederholte er, griff sie bei der Hand, und Lara stolperte ihm hinterher, bis sie die übernächste Querstraße erreichten.

Er drückte die Tür zu einem Mietshaus auf, im Flur roch es nach Sauerkraut und Keller. Die Treppenstufen knarrten bis in den vierten Stock. Von der Wohnungstür blätterte rotbraune Farbe, und im Wohnzimmer herrschte Schweigen. Drei Männer hockten vor ihren Bierflaschen, über ihnen hing Rauch im trüben Licht, der Fernseher lief ohne Ton. Heiß war es in dem engen Raum.

»Dennis hat es erwischt am Völki«, sagte Max. Völki nannte Max liebevoll das Völkerschlachtdenkmal, diesen finsteren, großen Klotz.

Einer sah auf und reichte ihm ein Bier aus dem Kasten neben dem Sofa. Sie wussten es schon.

»Und Kevin ist immer noch nicht wieder aufgetaucht«, sagte der im Unterhemd.

Lara nahm sich auch ein Bier, hockte sich auf den letzten freien Klappstuhl, Max neben die beiden auf dem Sofa.

»Sie werden bezahlen«, zischte der Rothaarige. Er erhob sich, schwankte, streckte den Arm aus. So verharrte er eine Weile, schwankend, bis Lara es ihm gleichtat. Einer nach dem anderen stand auf und hob die Hand zum Gruß.

»Uns ist der Endsieg.« Max starrte in die Zukunft.

»Sieg Heil.«

21.

Marlene stand leise auf und tastete sich ins Bad. Geblendet von der Helligkeit blinzelte sie. Das Badezimmer verdiente seinen Namen, so sauber und geräumig wie es war. Die Badewanne hatte die Größe eines Pools, und die Spiegelwand hätte sich in einem Ballettsaal gut gemacht. Sie setzte sich auf die Toilette und pinkelte. Schweiß klebte kalt auf ihrer Haut, obwohl die gesamte Wohnung wohltemperiert war. Wohltemperiert, wohlgeordnet, geschmackvoll, angemessen, behaglich. Mit einem russischen und einem israelischen Pass im Arbeitszimmer, einer Waffe im Nachtschrank und einem Tütchen Koks in der Zuckerdose. Daniel hatte ihr nicht verraten, wohin er wollte, nachdem er sie im Gästezimmer, einem Raum mit ovalen Fenstern, die bis zum Boden reichten, abgeladen hatte. Davor griffen glitzernd beeiste Äste in den Himmel. Etwas erledigen, hatte er gesagt und war in die Nacht gegangen.

In ihrem Hotelzimmer hatte sie nicht bleiben können. Irgendwer hatte die Verwüstung, die sie selbst geschaffen hatte, komplettiert. Es fehlte nichts, soweit sie gesehen hatte, aber Daniel hatte sein Lächeln verloren und eilig ihre Sachen in den Koffer geräumt, bis sie ihm ihr Hemdchen entrissen und selbst weiter gepackt hatte. Es gab auch nichts, was jemand hätte brauchen können. Geld, Ausweis, Scheckkarte trug sie bei sich und an ihren Kleidern schien der Besucher kein Interesse gehabt zu haben. Dann hatte Daniel sie ins Gästezimmer seiner Wohnung verfrachtet und umgehend etwas erledigen müssen. Nachts um drei. Eine Weile hatte sie im Bett gelegen und an das Bein gedacht, über das sie gestolpert war. Was wohl aus ihm geworden war? An Frieder und an den Tango.

Marlene ließ Wasser über ihre Handgelenke laufen. Worauf hatte sie sich nur eingelassen? So naiv konnte doch niemand sein. Immerhin hatte sie seine Wohnung gecheckt. Nur wusste sie nicht, was sie von dem Ergebnis halten sollte. Pässe, gefälschte womöglich, Drogen, eine Waffe … Wer war Schönfelder? Der Computer hatte ihr auch keine Auskunft gegeben, passwortgeschützt. Sie wünschte sich Steffen Overbeck her. Der hätte ihr im Nullkommanichts helfen können. Er konnte alles am Computer. Das hatte er, nicht immer ganz legal, oft genug bewiesen. Aber Steffen hockte in seiner gemütlichen Dienststelle in Coesfeld und hatte keine Ahnung, was sie hier trieb, so wenig wie Gregor. Und weil keiner von denen da weg wollte, hing sie in der Wohnung eines Fremden fest.

Schwere Schritte polterten auf dem Flur. Marlene sah zur Uhr: Vier Stunden und zwanzig Minuten hatte das neue Jahr bereits. Es fiel etwas dumpf zu Boden.

»Hilf mir mal.« Daniel. Und noch jemand. Eilig schlüpfte sie aus dem Bad ins Gästezimmer, zog ihren Pullover über und fand Daniel über eine abgerissene Gestalt gebeugt im Flur.

»Wer …?«

»Hilf mir einfach.«

Der Mann war groß und schwer und roch nicht gut. Er trug einige Lagen Kleidung übereinander und eine voluminöse Mütze. Marlene ekelte sich ein bisschen. Daniel fasste den Kerl unter den Achseln, Marlene nahm die Beine. Sie schleppten ihn auf die Couch im Wohnzimmer. Die Eiskristalle in seinem Bart schmolzen, er lächelte schwach mit halbgeschlossenen Augen. Daniel breitete eine Decke über ihn.

»Wir müssen ihn wachhalten.«

»Wer ist das denn nun?«

»Das weiß ich doch nicht. Ich habe ihn gefunden.«

»Und da hast du gedacht: Och, den nehme ich mal mit.«

»Anderenfalls wäre er erfroren. Es ist eine Mitzwa, den Bedürftigen zu helfen.« Daniel ging in die Küche, Marlene ihm nach. Helle Flächen, Stahl, Granit neben der Spüle. »Willst du auch einen Tee?«

»Wie wäre es mit dem Rettungswagen?«

»Glaubst du, dass er versichert ist?«

»Sag mal, spinnst du? Das kann man doch hinterher …«

»Er wird schon wieder. Und ich denke nicht, dass er mir dankbar sein wird, wenn ich ihn ins Krankenhaus verschicke.«

»Eine Mitzwa wird nicht für Dankbarkeit erfüllt.« Das hatte sie jedenfalls gelesen. Viel wusste sie nicht über die Regeln jüdischen Lebens. Man hatte nicht darüber gesprochen zu Hause. Nie. Einem Menschen in Lebensgefahr beizustehen, war aber ganz sicher ein Gebot. Daniel goss heißes Wasser auf die Teebeutel in den drei Tassen. Als der Tee etwas abgekühlt war, hielt er dem Fremden die Tasse an die Lippen. Das meiste der Flüssigkeit lief in seinen Rollkragen.

»Wir brauchen einen Arzt, Daniel«, sagte Marlene.

»Unsinn. Er hat nur einiges intus. Morgen ist der wieder fit. Und dann bringen wir ihn in eine Obdachlosenunterkunft. Ich weiß, wohin.«

Marlene rieb sich die Augen, schwankte leicht. Sie war todmüde.

»Schlaf du.« Daniel legte ihr seine Hand auf den Arm. Sie war warm. »Ich passe auf ihn auf, dann sehen wir weiter.«

Wenn sie nicht so unendlich erschöpft gewesen wäre … Sie hatte noch so viele Fragen. Beine, Blut, Frieder, Tequila, Feuerwerk, Völkerschlacht, Rauchschwaden und Gemeindehaus wirbelten durch ihren Kopf wie Schneegestöber. Sie brauchte dringend ein Räumfahrzeug. Und das war der Schlaf.

22.

Daniel erwachte in milchigem Licht und schälte sich aus dem Sessel. Sein Nacken schmerzte. Es dauerte einen Moment, die Ursache des Gestanks auszumachen, bis ihm wieder einfiel, was passiert war. Der Obdachlose lag so, wie er ihn hingelegt hatte, den Bart in die Luft gereckt, ein Arm hing herab. Die Hand war blau. Als Daniel sie anfasste, war sie kalt. Das Pochen von Leben, das er am Handgelenk hätte fühlen müssen, fehlte.

»Scheiße.«

Marlene stand in der Tür. Wieder nur im Pullover. Sie hatte verdammt schöne Beine.

»Was?«

»Wir brauchen einen Plan.«

Sie warf einen Blick in Daniels Gesicht und einen auf den Mann, sog die Luft ein. Daniel sah ihr Begreifen: Der brauchte keinen Plan mehr, nie mehr. Sie sagte: »Scheiße« und blieb eine Weile stehen.

Im Zimmer war es still, von draußen kein Laut.

Nur ihr Atem ging leise und sein eigener.

Nach einer weiteren Weile rührte sie sich. »Ich koche Kaffee.«

Er hörte sie hantieren und die Kaffeemaschine in der Küche rattern. Als sie fertig war, erschien Marlene wieder und reichte ihm einen Pott Kaffee, schwarz. Nervös fuhr er sich durchs Haar.

»Und jetzt?« Marlene pustete auf ihr Getränk.

»Was jetzt? Wir müssen ihn wegschaffen.«

»Bist du übergeschnappt? Wir müssen ganz etwas anderes tun. Und du weißt das.«

Sicher. Arzt und Polizei. Aber das ging nicht. Das ging überhaupt gar nicht. »Das geht nicht.«

Marlene schwieg, sah ihn an mit dieser unbestimmten Farbe. Dann geschah irgendetwas mit ihrem Gesicht, eine winzige Bewegung, und es war verschlossen.

»Du hast eine Leiche in der Wohnung, Schönfelder, eine Waffe, Drogen und falsche Pässe. Was, bitte, gedenkst du zu tun?«

Sie hatte also geschnüffelt. Er hätte seine Menschenkenntnis und seine Recherchen infrage stellen müssen, wenn sie es nicht getan hätte, und so empfand er eine nicht ungetrübte Freude.

»Die Pässe sind nicht falsch.« Jedenfalls war es der israelische nicht.

Sie hob das Kinn und wies in Richtung Couch. »Ebenso wenig wie die Leiche.«

Wieder strich er sich das Haar aus der Stirn. »Er war einfach zu stark unterkühlt.«

»Ja.« Ein steinharter Vorwurf in ihrem Blick.

»Ich habe das unterschätzt.«

»Ja.« Sie stand steif auf ihren wunderbaren Beinen.

Es hatte keinen Zweck, ihr erklären zu wollen, warum die Polizei jetzt ganz schlecht war. Er hatte eine Idee.

»Könntest du eventuell Brötchen holen?«

»Daniel …«

»Geh, verdammt!«

Sie ging nicht. Sie stand einfach da. Sie musste aber. Er trat nah an sie heran. »Er wäre draußen genauso gestorben. Wir konnten nichts machen. Es war ein Versuch. Hilf mir, Marlene«, sagte er sanft. Daniel nahm ihr Gesicht in beide Hände.

»Wir hätten den Rettungswagen ...«

»Ja. Und in Gelsenkirchen hätten wir auch den Rettungswagen ... Und die Polizei. Ich finde einen Weg. Einen richtigen.«

Der Zweifel in ihrem Gesicht bekam einen Riss. Er legte seine Lippen darauf und küsste sie.

Lange.

Als er sich von ihr löste, nickte sie vage und ging ins Gästezimmer. Dann rief er Zladko an.

23.

Zladko, Zladko, Zladko. Zladko, mach die Drecksarbeit. Dabei war Feiertag. Aber er würde es dem Juden in Rechnung stellen. Mit Feiertagsaufschlag. Ihm brummte der Schädel. Und diesmal würde er auf einer Festanstellung bestehen. An sich hatte er nichts gegen seine Arbeit. Viel an der frischen Luft, ein paar Sonderaufträge für steuerfreie vierhundert Euro und einiges nebenher, reichlich Freizeit. Aber wenn er an die Rente dachte ... Irgendwann wollte er sich zur Ruhe setzen und aufs Mittelmeer schauen. Er brauchte nicht viel. Wärme für die alten Knochen, zumindest für die, die er noch bei sich trug. Sein Stumpf schmerzte heftig bei dem Frost. Manchmal schossen seine Zehen, die sicher in einem Massengrab bei Srebrenica untergekommen waren, so plötzlich blitzende Impulse in sein Hirn, dass er nur mit Mühe einen Schrei unterdrücken konnte. Gestern hatte er gefeiert mit seinen Leuten, und nun sollte er schon wieder los. Ergeben atmete er ein. Hauptsache sein alter Granada hielt noch eine Weile durch.

* * *

»Die ist Bulle«, flüsterte er Daniel zu, während er den Flur betrat und die Frau sah, die der bei sich hatte. Irgendeine Frau hatte er immer bei sich.

»War.«

Er folgte Daniel ins Wohnzimmer.

»Aber ...« Zladko hatte seine Erfahrungen mit Bullen. Nur davon wollten die Jungen ja nichts wissen. Er stellte seine Werkzeugkiste ab, legte seine Mütze darauf und blies in die Hände.

»Sie arbeitet bei uns.« Der Chef lächelte, und Zladko fragte sich, ob er einen speziellen Vorrat an Humor hatte und wo er ihn aufbewahrte. Ihm war nicht zum Lachen, schon gar nicht, als der den Trumm von Mann auf dem Sofa bemerkte. Die Frau, schöne, vollständige Beine in engen Jeans, hob die Hand.

»Wir haben ein Problem«, rief Daniel ihr nach.

»Ich weiß«, sagte sie, ohne sich umzusehen.

»Mit dem Abfluss«, ergänzte Daniel, als sie die Wohnungstür hinter sich schloss.

»Wohin damit?«, fragte Zladko und hob das Kinn in Richtung der Leiche.

Es war Tag. Zwar schliefen die meisten Städter noch ihren Silvesterrausch aus, aber es gab bestimmt eine Oma, die hinter der Gardine lauerte.

»Kühltruhe?« Daniel reichte ihm eine Kaffeetasse.

»Hm.« Könnte knapp werden. Außerdem war die Kühltruhe nicht so einfach zu erreichen, sie befand sich im Keller, vier Stockwerke und zwei neugierige Tanten unter ihnen. Es würde schwierig werden, den Körper geräuschlos den verwinkelten Kellergang entlangzuschleppen. So großzügig Daniels Wohnung kurz unterm Himmel auch war, so verbrettert und vernagelt war sein Keller. Zladko drehte sich eine Zigarette und steckte sie, Daniels warnendem Blick zum Trotz, an. Es war riskant, den Leichnam nach unten zu bringen. Er überlegte, während er den Rauch in die Luft blies.

»Hast du die Folie noch?« Es ging nicht anders. Zladko hatte vor einiger Zeit eine Rolle Plastikfolie, wie sie in Schlachthöfen zum Vakuumieren benutzt wurde, mitgebracht. Daniel nickte und lief weg. Zladko hörte ihn rumoren, dann tauchte er mit der Folienrolle wieder auf.

»Bad«, sagte Zladko und Daniel gehorchte.

Gerade als sich Zladko mit dem Toten eingeschlossen hatte, vernahm er das Klappen der Wohnungstür.

24.

Marlenes Hände, blau gefroren, legten die Tüte mit den Brötchen auf den Küchentisch. Sie hatte nicht das Gefühl, dass sie ihr noch gehörten, so wenig wie ihre Füße und ihre Ohren. Am besten, sie ginge unter die Dusche. Sie hatte sich einfach zum Brötchenholen schicken lassen, wie an einem x-beliebigen Neujahrsmorgen ohne jegliche Leichen. Dabei hatte es in der Nacht mehr als genug von ihnen gegeben. In der glasklaren Luft des hellen Tags kamen ihr die vergangen Stunden vor, als wären sie von wem anders gelebt worden. Nur der verstorbene Obdachlose war real. Daniel hatte nicht völlig unrecht. Es würde Fragen geben. Sie müsste ihre Anwesenheit erklären, die letzten Stunden und Tage würden rekapituliert werden. Der Unfall, ihre Flucht. Und der Mann war ja tatsächlich eines verhältnismäßig natürlichen Todes gestorben. Erfroren. Nur dass das nicht in ihrer Anwesenheit passiert wäre, wenn Daniel nicht eine gute Tat hätte tun wollen. Sie könnte einen Drink gebrauchen.

An einem Kiosk, ein paar Straßen entfernt, hatte sie wider Erwarten frische Brötchen bekommen. Sie war nicht die Einzige, die welche wollte, und musste sich an einer Schlange anstellen. Sie bibberte, bis sie an der Reihe war.

Und dann dieser Hinkende, der sie misstrauisch beäugt hatte und der ihr absolut nicht geheuer erschien. Ein Handwerker für den Abfluss, sicher doch.

»Warte.« Daniel hielt sie am Arm, als sie ins Bad wollte. »Wie wäre zuerst Frühstück?«

»No Frühstück vor dem Erfrierungstod.« Kaum ausgesprochen, schämte sie sich für den albernen Vergleich. »Wie wäre zuerst eine Idee, was mit dem Toten werden soll?«

»Beim Frühstück.« Das Daniel-Lächeln. Er füllte Kaffee in ihre Tasse, und in der Küche war der Tisch gedeckt.

»Hast du einen Drink?« Marlene setzte sich und vermied es, in Richtung Wohnzimmer zu schauen. Zu ihrer Erleichterung konnte sie ohnehin nur die Lehne der Couch sehen.

Daniel holte eine Flasche Brandy aus dem Schrank, goss einen Cognakschwenker voll und hielt ihn ihr hin. Sie trank. Er schenkte nach. Sie trank noch einmal und spürte die Wärme im Magen. Hagemann. Sein blinder Blick prallte an ihr ab. Hagemann war tot.

Daniel schnitt ein Brötchen auf, hob die Brauen, nickte ihr zu. Ein Surren wie beim Zahnarzt von irgendwo.

»Was ist das?«

Er gab Konfitüre auf das Brötchen. »Der Abfluss.« Er schüttelte den Kopf. »Der Handwerker natürlich.«

Marlenes Appetit hielt sich in Grenzen. Unentschlossen schob sie eine Tomate auf dem Teller hin und her.

Daniel legte seine Hand auf ihre.

»Ich weiß, was zu tun ist«, und blickte sie mit einem Vertrau-mir-Blick an, der ihr fürchterlich auf die Nerven ging. Wieder der Zahnarztbohrer. Sie zog ihre Hand weg. Daniel stand auf, wirkte angespannt. »Musik?«

Ohne ihre Antwort abzuwarten, legte er eine CD ein und Franz Joseph Degenhardt begann sein Lied. Herrgott, was für ein uralter Song: *Spiel nicht mit den Schmuddelkindern.* Aber recht hatte er. Das bohrende Geräusch aus dem Badezimmer drang nur gelegentlich durch die Schmuddelkinder.

»Also?« Sie ließ Daniel nicht aus den Augen.

»Ich kümmere mich um den Mann. Wir werden einen geeigneten Ort finden, ihn zu bestatten. In aller Form.«

»Du sprichst das Kaddisch und lädst seine Verwandtschaft zum Shiva-Sitzen ein?« In aller Form. Und falls er Verwandtschaft hatte, die Totenwache halten wollte. Das Totengebet konnte Marlene notfalls selbst sagen. Sie hatte das Kaddisch gelernt, gegen den Widerstand ihrer Mutter.

»Hör auf mit dem Unsinn, Marlene. Es ist schon schlimm genug.«

»Ja. Was also gedenkst du zu tun?«

»Die Sache ist vielleicht gar nicht so kompliziert.« In seinem Blick lag etwas von: *Spiel dich nicht auf, du hängst mit drin* und die Versuchung seines Lächelns. Eine milde Drohung gemischt mit dem Danielcharme. Ihr war, als würde er ihr eine Rille ins Hirn schneiden.

»Hättest du die Güte, mir Näheres zu erklären?«

Er stand auf, setzte sich wieder, stand auf, setzte sich. Nachdem er seinen inneren Kampf ausgefochten hatte, sah er sie an.

»Du wirst sie sowieso kennen lernen.«

»Schön.« Marlene lehnte sich zurück, und Degenhardt sang *Komm an den Tisch unter Pflaumenbäumen*. Der war nun auch schon tot.

»Katja Thieme. Sie arbeitet als Betriebsärztin für uns.«

»Eine betriebsärztliche Untersuchung scheint mir momentan mehr als überflüssig.«

»Nebenbei kümmert sie sich um ihre Doktorarbeit.«

»Interessant.«

»Durch, sagen wir, glückliche Umstände, darf sie das in der alten Pathologie auf dem Gelände der ehemaligen Psychiatrie tun.«

»Könntest du ein klein wenig deutlicher werden?«

»Der Leichnam könnte so lange dort untergebracht werden, bis wir ihn beerdigen können. Ich habe ein paar ...« Er suchte nach einem Wort. »Vertraute. Wirklich verschwiegene Mitarbeiter. Freunde.« Wieder die Betonung der Loyalität.

»Und du könntest mir helfen.«

»Ich bin sehr unerfahren mit dem illegalen Transport von Leichen.«

Daniel knallte die flache Hand auf den Tisch. Das Geschirr klimperte.

»Nun reicht's aber. Du kommst aus der Nummer genauso wenig raus wie ich. Und ich habe den armen Mann ja nicht umgebracht. Ich wollte ihm helfen.«

»Und hast dich voll überschätzt.« Sie verwandelte ihre Wut in sprühende Funken.

Er sah zu Boden. »Ja. Er hätte in eine Klinik gemusst. Ich habe das, Herrgottnochmal, einfach nicht richtig eingeschätzt. Nach … all dem.« Er fuhr sich über die Augen. Verzweifelt wirkte er mit einem Mal und müde. In dieser Nacht war alles unübersichtlich, blutig und tödlich gewesen. Zugeben musste Marlene, dass sie einfach das Telefon hätte in die Hand nehmen können, um selbst den Rettungswagen zu rufen.

Sie hatte es nicht getan.

Degenhardt. *Sonntag in der kleinen Stadt.*

»Was soll ich machen?«

»Nichts weiter, als mich raus nach Probstheida zu fahren, damit ich den Transporter holen kann. Du nimmst meinen Wagen wieder mit zurück. Okay?«

»Weiter nichts?«

»Weiter nichts.«

25.

Zladko schwitzte. Verfluchte Plackerei. Er richtete sich auf, sein Rücken schmerzte. Vorsichtig legte er den rechten Arm auf ein Stück Plastikfolie, schlug ihn ein und verschweißte ihn mit einem handlichen Spezialgerät. Die Beine waren schon in Paketen aufeinandergestapelt. Aus Platzgründen hatte er sie im Knie geknickt. Die Unterschenkel waren völlig intakt. Welche Verschwendung! Einen Augenblick hielt er inne, betrachtete die Körperteile und schätzte das Volumen der Kühltruhe ab. Ach, was. Den Kopf konnte er dran lassen. Passte!

Erschöpft setzte er sich auf den Klodeckel. Daniel musste ihm helfen, die Pakete nach unten zu tragen und die Folien zu entsorgen. Viel Sauerei hatte er nicht veranstaltet, anders als bei den ersten Malen, obwohl ihm auch da die Arbeit leicht von der Hand gegangen war. Er war schon ein wenig stolz darauf. Nicht, dass er das irgendwo gelernt hätte. Zu Hause hatten sie geschlachtet, Schweine, Schafe, manchmal ein Rind. Und er hatte sich nicht dumm angestellt, hatte ein Händchen fürs Praktische. Irgendwann war er in die Armee eingetreten, das Geld stimmte, und hatte sich hochgedient.

Dann war der Krieg gekommen.

Mit ihm hatte er nicht gerechnet.

26.

Gregor erwachte im hellen Mittag. Er blinzelte den vollen Aschenbecher, das umgestürzte Glas und die leere Flasche an. Formationen von Kampfjets durchbrachen die Schallmauer unter seinem Schädeldach. Er quälte sich vom Sofa und schlurfte ins Bad. Kaltes Wasser. Aus dem Spiegel schaute ihm ein Alien entgegen. Das Telefon klingelte.

Was für ein Tag!

Der erste im neuen Jahr.

Damit hatte er gerechnet.

27.

Hinter den Vorhängen war es hell. Lara stützte den Kopf in die Hand und betrachtete Max. Er schlief. Hübsch. Gerade Nase, volle Lippen, die sich fest angefühlt hatten auf ihrer Haut. Zwischen ihren Schenkeln spürte sie Klebriges. Oh, no! Pille vergessen. Sie sprang auf und wühlte in ihrer Tasche. Besser gleich zwei. Ihr Herz tuckerte wild. Ach, Quatsch. Wird schon nix passiert sein. Max drehte sich und tastete nach ihr, sie musste kichern. Hübsch. Auch die Wohnung war okay. Anders als die Schrottbude seiner Freunde. Klein, aber aufgeräumt und sauber.

Sie sah sich um. Neben dem Bett ein IKEA-Schrank aus hellem Holz, Fotos an den Wänden, eine Palme, die sogar noch grün war. Sie gratulierte sich zu der Entscheidung, hergekommen zu sein. Hier wollte sie bleiben. Bei Max. Hartfield war tot. Bevor er das war, hatte er für sie gesorgt. In gewisser Weise. Andernfalls wäre sie niemals hier gelandet. Etwas in ihrer Brust fühlte sich warm an und wund. In ihrer Nase war der Geruch von Gebratenem und Knoblauch. Anfangs hatte Christian gekocht, Gulasch, Himmel und Erde, Grünkohl mit Pinkel, Struwen am Karfreitag, bis Lara ihm den Löffel aus er Hand genommen hatte. Nie zuvor hatte jemand für sie gekocht. Und noch nie hatte jemand sie einfach dabehalten. Normalerweise wollte sie keiner.

Nur manchmal.

Gegen Geld.

Schon ihre Geburt war ein Versehen gewesen. Aber man hatte sie nicht abwenden können, nicht einmal gegen Geld. Vor einer Zeit, die sie nicht genau bestimmen konnte, hatte sie beschlossen, sich zu nehmen, was sie wollte.

Dann war plötzlich Christian auf der Bildfläche erschienen. Er hatte sie bei sich rumhängen lassen, Suppe warm gemacht oder sie versteckt, wenn jemand nach ihr fragte. Er hatte ihr die Stiefel geschenkt und eine Diddl-Maus. Nun hatte er ihr auch noch Max geschenkt.

Sie strich ihm das Haar aus der Stirn, zog die Decke über seine Schulter und tappte in die Küche. Sie fand den Kaffee auf Anhieb.

Hier konnte sie bleiben.

28.

Träge lag die Stadt unter dem Schnee. Vereinzelte Fußgänger auf dem Weg wer weiß wohin, frierende Familien, die in Restaurants huschten, weiter draußen Kinder, Schlitten hinter sich herziehend. Marlene mochte den Sound des Audimotors. Daniel saß auf dem Beifahrersitz und navigierte sie durch die Straßen.

»Langsam. Du musst gleich rechts«, sagte er, als sie an einem Gebäudekomplex vorüberkamen. »Die neue Forensik. Gehört zum St. Georg.«

Vermutlich war er in einem früheren Leben Reiseführer gewesen.

Wenige Meter weiter fuhren sie die Einfahrt hinauf. Ein Schild an einem Backsteinhaus warnte, dass nur Befugten die Zufahrt gewährt sei und das Grundstück überwacht werde.

»Von uns«, kommentierte Daniel.

Eine schmale Straße führte sie an einer Reihe einzeln stehender Häuser vorbei, links eine Schneefläche, unter der eine Wiese dem Frühjahr entgegendämmern mochte, jenseits davon ebenfalls eine Straße mit ähnlichen Häusern.

»Pavillonsystem. So waren viele Kliniken gebaut. Das St. Georg, die Uniklinik und eben die Psychiatrie hier draußen. Später hat man einen Teil in die Liebigstraße verlagert, in den sechsten Stock eines Neubaus. Einige Selbstmorde hat es gedauert, bis man die Fenster so umbaute, dass sie nicht mehr vollständig zu öffnen waren. Und in den Krankensälen der Inneren hat man noch in den späten Achtzigern einen Robert-Koch-Film gedreht. Mit Originalkulisse.«

Spezialreiseführer. Marlene ließ den Wagen langsam rollen.

»Hier kannst du halten.«

Das Haus, vor dem Marlene parkte, hatte ebenso wie das am Eingang eine Fassade aus gelbem Backstein und hätte dringend einer Sanierung bedurft.

»Es gibt noch keinen neuen Verwendungszweck für das Gelände, und die Gebäude stehen unter Denkmalschutz«, erklärte Daniel. »Wir sind gegen Vandalismus und unerwünschte Mieter engagiert worden. Man staunt ja, wie rasch unbewohnte Häuser verwüstet werden.«

»Interessant«, sagte Marlene, um überhaupt etwas zu sagen. Objektschutz. Sicher, hatte er gesagt. Nur war ihr immer noch nicht klar, was sie jetzt zwischen den verlassenen Gebäuden einer ehemaligen psychiatrischen Klinik zu suchen hatten.

Sie stiegen aus und stapften durch den Schnee. Neben der schweren Eingangstür war eine supermoderne, elektronische Schließanlage angebracht. Daniel steckte eine Karte in den Schlitz und das Türschloss klickte. An der Wand befand sich ein dunkles Rechteckt, das Schild, das es bedeckt hatte, gab es nicht mehr.

»Die alte Pathologie«, erklärte er.

Im Flur war es kalt, und ihre Schritte hallten auf den Fliesen. Eine Steintreppe führte nach oben, eine zweite in den Keller. Marlene folgte Daniel in ein vergangenes Jahrhundert. Der Kellergang war wärmer, Rohre und Leitungen verliefen unter der Decke, rechts und links Türen mit vergilbtem Lack. Vor einer blieb Daniel stehen und klopfte. Es dauerte keine fünf Sekunden und sie öffnete sich. Dahinter ein Raum mit Stahltischen, Apparaturen, elektronischen Geräten, zwei Computern, uralten Holzschränken. Hightech meets Museum. Eine hochgewachsene Schönheit in einem ehemals weißen Kittel begrüßte Daniel mit einem Kuss auf die Wange und Marlene mit einem Strahlen, sodass sie einen Blick über die Schulter warf, um sich zu versichern, dass tatsächlich sie gemeint war.

»Was gibt's, Chef?« Mit ihrer Stimme, die so dunkel, warm und einsam war wie der letzte Song einer Nightclubsängerin vor dem Morgengrauen sprach sie »Chef« wie »Liebster« aus.

»Zwei Sachen. Die hübschere ist Marlene Katz. Wenn du Zeit hast, kannst du die Einstellungsuntersuchung gleich erledigen.«

Marlene wollte protestieren, aber sie starrte auf das Feuermal, das sich über die linke Wange der Frau schlängelte. An ihr wirkte es nicht wie ein Makel, eher wie ein kunstvolles Tattoo.

»Und die weniger hübsche Sache?«

Daniel erklärte Katja Thieme die Umstände. Während er sprach, strich sie sich ein paar Mal über das straff nach hinten gebundene Haar. Kein Muskel in ihrem Gesicht bewegte sich. Schließlich nickte sie ernst.

»Das geht. Ein Kühlfach ist frei. Wann?«

»Ich ruf dich an, bevor ich ihn bringe. Jetzt ist es vielleicht ein wenig unpassend. Außerdem habe ich noch einen Termin.«

Na, prima, dachte Marlene. Eine Leiche in der Wohnung und sie konnten es gerade nicht ermöglichen, sie wenigstens gescheit unterzubringen. Und diese Katja hatte mit keiner Wimper gezuckt. Entweder war sie eine ganz Abgezupfte, oder Daniel kam jede Woche mit einer Leiche an.

»Und du.« Er wandte sich an Marlene. »Du lässt dir Blut abnehmen und so. Da haben wir das schon mal weg.«

»Nein.«

»Doch.«

»Ich helfe dir.« Hatte Marlene das wirklich gesagt? Kurz stritten der Wunsch nach einem Drink, der bekiffte Penner vor ihrem Auto, das Völkerschlachtdenkmal und Daniels Kuss um das Territorium in ihrem Schädel, das für sinnvolle Entscheidungen zuständig war.

»Ja. Du fährst den Audi zurück, wie ausgemacht. Nach der Untersuchung schicke ich dir Pjotr, der dir die Firma zeigt und dir erklärt, wie's läuft. Zumindest ruft er dich an. Hätten wir eigentlich morgen gemacht, machen wir es eben heute.« Er legte Marlene die Hand auf die Schulter. »Du kannst Katja vertrauen. Wirklich.« Ich tue es auch, sprach aus seinem Blick. Loyalität. Wieder. Die Wärme seiner Hand drang durch Marlenes Kleider, auf ihre Haut und erreichte tiefere Regionen in ihrem Inneren. Sie nickte widerstandslos.

»Komm«, sagte Katja Thieme, als Daniel gegangen war, und führte sie in einen Nebenraum, der bedeutend freundlicher aussah. Frisch gestrichene Wände, behagliches Licht, helle Küchenmöbel und eine Liege, daneben ein Stapel Bücher.

»Manchmal muss ich einige Zeit hier bleiben, bis meine Kulturen so weit sind. Für meine Doktorarbeit«, sagte sie nebenher. »Sonntags, feiertags, abends, nachts. Ich will fertig werden.« Sie räumte eine Kaffeetasse in die Spüle. »Wir sagen *du*, okay?« Ohne Marlenes Antwort abzuwarten, fuhr sie fort: »Wir sind schon fast eine Familie.« Sie lachte ein angerautes Lachen. »Viele von uns haben gar keine andere.«

Mit Familien hatte Marlene nicht die besten Erfahrungen. Hier war es warm. Marlene zog ihre Jacke aus.

»Setz dich.« Katja wies auf einen Stuhl neben dem Tisch. »Blutentnahme, ein paar Fragen, klinische Untersuchung, alles aufschreiben und schon sind wir fertig.« Strahlen aus dunklen Augen.

»Ich bin erst vor Kurzem vom Polizeiarzt untersucht worden.«

»Und? Hast du die Doku dabei?«, fragte Katja, während sie zurück in das Labor ging. Einen Moment später war sie mit einem Laptop und einem Kästchen, in dem sich Desinfektionsmittel, Kanülen und Plastikröhrchen befanden, zurück.

»Ich könnte ihn anrufen und er faxt es.« Marlenes Mund grinste. Schicken Sie doch bitte meine Krankenunterlagen an die Betriebsärztin meiner Sicherheitsfirma. Das Gesicht des Polizeiarztes hätte sie gern gesehen. Wie der wohl den Jahreswechsel verbracht hatte?

Gestern Nacht. Der Geruch nach verbranntem Fleisch, Stahlhelme in eisiger Höhe, Detonationen. Das Grinsen zerschellte.

»War schlimm, nicht?« Offenbar wusste Katja davon, dass Marlene und Daniel die Katastrophe miterlebt hatten. Hier schien jeder alles Mögliche zu wissen. Nur sie nicht. Sie musste aber. Und sie würde.

»Ja.«

Die Ärztin nahm behutsam Marlenes Arm, straffte die Staumanschette und senkte die Kanülenspitze in die Ellenbeuge. Ein kurzer Stich. Treffsicher. Blut schoss ins Röhrchen. Ihre Hände bewegten sich effizient. Marlene sah der Frau auf die Stirn. Die hob den Blick und schenkte ihr dessen dunkle Tiefe. Und wieder das Strahlen, als öffnete jemand die Fensterläden hinaus zu einem Sommertag. Katja drückte einen Tupfer auf das Löchlein in Marlenes Haut. Ein ungerechtfertigtes Gefühl von Geborgenheit verschaffte sich Raum. Auf der Hut sollte Marlene sein, verflixt. Sie kannte niemanden von diesen Leuten. Sie war Polizistin. Gewesen. Weder Daniel noch diese Katja hatten irgendetwas getan, das ihr Vertrauen begründete. Gerade Daniel nicht. Suspekte Pässe, Drogen, Waffen und nun noch eine überflüssige Leiche. Und Katja half ihm, ohne Fragen zu stellen. Marlene sollte verschwinden. Sofort.

»Zieh dich aus«, sagte Katja.

»Was?«

Sie legte den Kopf schief, lächelte. »Die Untersuchung. Geht nicht so gut durch die Kleidung.«

»Ah, ja, klar.« Besonders schamhaft war Marlene nicht, dachte sie immer, nur jetzt. Aber sie legte brav ihre Kleider ab und kam sich schutzlos vor.

Katjas Blick glitt an ihr hinab. »Umdrehen.«

Hände tasteten über die Verspannungen in Marlenes Nacken, neben den Schulterblättern herunter bis zum Kreuz. Marlene spürte die Daumen beidseits der Wirbelsäule und auf dem Beckenrand. »Langsam nach vorn beugen, bitte, soweit es geht.«

Ihre Fingerspitzen berührten den Boden. »Langsam zurück.«

Marlene schwindelte leicht. »Alles klar. Keine Seitendifferenz, kein Vorlaufzeichen. Ein paar Myogelosen. Stress, oder? Leg dich hin.«

Hinlegen. Nur in ihrer Wäsche. Schutzlos. Die Ärztin setzte sich neben sie. Ihre Hände tasteten über Marlenes Hals, erforschten die Achselhöhlen, ihren Bauch. »Einatmen«, verweilten kurz und unangenehm unter dem Rippenbogen, prüften sanft die Leisten, drückten in die Flanken und trieben Marlene eine Gänsehaut über den Körper. Im Gesicht der Ärztin war nichts zu sehen als die Aufmerksamkeit, die sie ihren Händen widmete. Marlene roch ihr Parfüm. Ein Sommertag.

»Setz dich. Atmen.« Das Stethoskop war kühl. »Okay.« Leicht legte sie die Fingerspitzen auf Marlenes Rücken. »Fertig«, lächelte, und das Feuermal hob sich freundlich mit. Sie setzte sich an den Tisch und klapperte mit der Tastatur ihres Laptops.

»Du bist eine Sensation.«

Marlene streifte gerade ihr T-Shirt über. »Ach?«

»Die einzige Frau in der Truppe. Außer mir. Und ich bin ja nicht so richtig dabei.«

In Anbetracht dessen, dass Katja unbekannte Leichen bei sich aufnahm, fand Marlene schon, dass sie richtig dabei war. Vielleicht nicht ganz dicht, aber ein vertrauenswürdiges Familienmitglied.

»Die Blutergebnisse sage ich dir, wenn sie in ein paar Tagen da sind. Gibst du mir deine Nummer.«

Klar. Warum auch nicht? In letzter Zeit verteilte sie ihre Telefonnummer so häufig, dass sich Visitenkarten lohnen würden. Marlene schrieb sie auf den Zettel, den Katja ihr reichte.

»Wir können uns ja mal auf einen Kaffee treffen, wenn du nichts weiter vorhast. Wir zwei Frauen.« Sie hob die Lider und schenkte Marlene wieder dieses Strahlen. Unwiderstehlich.

»Sicher.« Tatsächlich fand Marlene das Angebot nicht so abwegig. Sie hatte sich schon gefragt, was sie in der fremden Stadt tun sollte, wenn sie das Kinoprogramm durch hatte. Katja kannte bestimmt ein paar nette Bistros, in denen sie ihre Abende totschlagen konnte. Also lächelte sie zurück, zog den Reißverschluss von ihrem Stiefel zu und sagt: »Gerne. Schreib mir deine Nummer auch auf, ja?«

29.

Als Marlene in Daniels Wagen saß, klingelte ihr Handy. Unbekannte Nummer auf dem Display. Gregors oder die von der Dienststelle war es nicht. Nach zahllosen Anrufen und Nachrichten, die sie nicht beantwortet hatte, schrieb sie Gregor: *Ruf mich nicht mehr an. Schreib mir nicht. Lass mich einfach in Ruhe.* Danach war er still.

»Kommen Sie ins Büro«, sagte der Anrufer.

Nichts weiter.

»Wohin?«

Der Anrufer gab die Adresse durch. Katharinenstraße. »Das ist in der Innenstadt, nicht weit vom Markt. Zweiter Stock. Ich warte auf Sie.«

»Sagen Sie mir noch, wie Sie heißen?«

Freizeichen.

Warum sollte sie es nicht mit einem namenlosen Familienmitglied mit einem osteuropäischen Akzent versuchen? Schlimmeres, als sie in den letzten Stunden und Tagen erlebt hatte, würde sie wohl kaum erwarten. Daniel schwirrte irgendwo in der Stadt herum und nahm keine Gespräche auf seinem Handy an. Sie hatte es lange klingeln lassen. Die Leiche in seiner Wohnung harrte gewiss ihrer Rückkehr und sonst hatte sie auch nichts vor. Außer vielleicht, sich eine eigene Wohnung zu suchen, oder ein neues Hotel. Oder sie konnte Katja fragen, ob sie eine WG plane. Oder nach Australien auswandern.

Das Telefon klingelte erneut, und der Mann am anderen Ende stellte sich vor und wollte zurückgerufen werden zur Sicherheit. Marlene gab die Adresse ins Navi ein, ließ den Motor an und telefonierte unterwegs.

30.

Lara musste mitspielen, wenn sie wissen wollte, wer von den Mistkerlen Christian umgebracht hatte. Sie schälte sich aus der Decke auf dem Sofa und sah aus dem Fenster, oder vielmehr auf sich selbst, das Selbst, das die Scheibe spiegelte. Max werkelte in der Küche. Er war es nicht. Ganz bestimmt nicht. Er hatte Christian gemocht und war still, als sie ihm am Telefon von seinem Tod berichtete. Lange. Als er weitersprach, klang seine Stimme wie gerissener Ton. Max war nett. Nette Leute taten so etwas nicht. Und Lara war froh, ihm statt Till in Leipzig begegnet zu sein.

Ernst hatte Christian ihr das Versprechen abgenommen, genau das zu tun, was er ihr auftrug. Für den Fall, dass er nicht mehr sein würde … Hartfield war schwer in Ordnung gewesen. Nun fragte sie sich, ob er nicht doch mehr als ihr Wohlergehen im Auge gehabt hatte. Bestimmt hatte er etwas gewusst, Angst gehabt, zumindest etwas geahnt, von irgendeiner Sache, die sie nicht verstand. Mehr als gut für ihn war. Aber wen hätte Christian um etwas bitten können, das ihm wichtig war? Er hatte nur sie und Arschloch-Till. Für den Fall seines Todes hatte er sie gebeten, etwas zu erledigen. Er hat sich nicht genau ausgedrückt, nur geschrieben, dass sie bei Till unterkommen würde und gut aufgehoben sei. Ihm vertraue er, den anderen nicht. Sie solle vorsichtig sein. Und sie solle wissen, dass er ein anständiger Mann gewesen sei, egal, was die andern behaupten würden.

Als Lara bei Christian gelebt hatte, war er komisch gewesen. Gelegentlich war er für Tage, manchmal für ein, zwei Wochen verschwunden und gut gelaunt wieder aufgetaucht. Die letzten Male kam er niedergeschlagen und gereizt zurück und verschanzte sich in seinem Schlafzimmer. Lara hatte nicht die mindeste Ahnung, wo er sich in diesen Zeiten herumtrieb und was er tat. Es hatte sie auch nicht interessiert. Manchmal war es besser, sich nicht zu stark zu interessieren. Bis sie ihn fand.

Max hatte es ganz sicher nicht getan, seine schmierigen Kumpels kamen eher infrage. Lara wollte herausbekommen, wer Hartfield in den Keller gehängt hatte, nicht um irgendetwas zu unternehmen, sondern damit sie wusste, wem sie aus dem Weg zu gehen hatte. Und damit überhaupt jemand wusste, wer an seinem Tod schuld war. Bei den Bullen hatte sie sich verplappert. Sie hätte einfach die Klappe halten sollen. Selbstmord, fertig. Hatten die ja auch geglaubt. Sie war einfach zu aufgeregt gewesen. Zu traurig, verletzt und enttäuscht, dass Hartfield nicht mehr da war. Selbstmord hätte sie ihm noch übler genommen. Deshalb war es aus ihr herausgeplatzt, und dann musste sie weg. Immerhin hatte sie es mit Max ganz gut getroffen. Eigentlich war ihr dieser ganze Nazi-Scheiß egal. Sie brauchte eine Wohnung. Und Geld. Damit käme sie erst einmal über die Runden und könnte sich ganz in Ruhe auf ihre Modelkarriere vorbereiten. In Coesfeld wäre das sowieso nichts geworden. Nicht mal in Münster. Und der Typ, der angeblich Fotos für eine Agentur machen wollte, hatte auch nichts als Ficken im Kopf gehabt. Das war Lara gleich klar gewesen. Aber sie hatte nicht draufgezahlt, ganz im Gegenteil, denn das, das hatte sie sich geschworen, würde sie nie mehr tun.

Max balancierte ein Tablett mit zwei Tassen Tee, zwei Tellern und einem Topf mit Ravioli herein. Ein Teelicht auf einem Unterteller stand in der Mitte.

»Was anderes war nicht mehr da«, entschuldigte er sich.

»Ich esse alles«, sagte Lara und setzte sich an den quadratischen Tisch am Fenster. Der Tag war Nachmittag geworden und das Licht gab sich unentschieden. Max schöpfte die Ravioli auf die Teller. Lara kostete. Sie schmeckten wie die zu Hause.

»Heute Abend bekommst du was Besseres«, sagte er zwischen zwei Löffeln.

»Woher?«

»Elena holt dich ab. Unsere Frauen treffen sich im *Deutschlandeck.*«

»Ihr habt Frauen?« Das fehlte Lara gerade noch.

Max lachte und verschluckte sich fast. »Ja. Haben wir. Den *Ring nationaler Frauen*. Sie treffen sich öfter. Aus allen Berufen sind die, richtig gute Mädels. Es ist bestimmt eine dabei, die dir einen Job verschaffen kann.«

»Aus der Modebranche?«

»Keine Ahnung. Glaub nicht. Aber bestimmt kannst du irgendwo ein Praktikum machen oder einen 400-Euro-Job. Im Steuerbüro oder in einer Praxis oder in einem Buchladen. Eine Journalistin ist auch dabei und eine, die eine Reinigungsfirma hat. Muss ja keiner wissen, wie alt du bist.« Er zwinkerte ihr zu.

Das war nicht gerade das, was sich Lara vorgestellt hatte. 400 Euro, lächerlich. Die verdiente sie in einer Nacht, wenn sie wollte und das Wetter mitspielte. Das konnte sie Max natürlich schlecht sagen. Sie nahm den Tee, der inzwischen abgekühlt war. Nebenbei zündete sie sich eine von Max' Zigaretten an.

»Werden die Frauen von dem nationalen Dings …«

»Ring.«

»Von dem nationalen Ring das nicht komisch finden, wenn ich da auftauche?« Lara hatte wenig Lust auf die Party. »Außerdem hab ich kein Geld zum Essengehen.«

»Brauchst du nicht. Du bist eingeladen. Die Neuen werden das erste Mal immer eingeladen.«

»Aber …«

Es klingelte. Max legte seine Zigarette im Aschenbecher ab, ging zur Tür und kam mit einer pummeligen Blondine in einem neongrünen Anorak zurück.

»Elena. Lara«, stellte er vor.

»Hey!« Das Dickerchen hob die Hand und schaute in den Topf. Sie setzte sich, zog Max' Teller heran und gab den Rest Ravioli darauf. Über ihren Brillenrand hinweg musterte sie Lara.

»So willst du doch wohl nicht gehen. Zieh dich um. Wir sind spät dran.«

»Aber …«

»Mach schon.«

Lara sah zu Max hinüber. Der hob die Schultern. »Ich weiß auch nicht, wann das anfängt.«

»Halb sechs«, antwortete die Neongrüne und tropfte Tomatensoße auf ihre Jacke. »Aber ich muss noch durch die ganze Stadt und zwei andere abholen. Also action!«

Lara hätte ihr am liebsten den Inhalt des Tellers über die blonden Löckchen gekippt, zog aber stattdessen Max am Ärmel und ins Schlafzimmer.

»Sag mal …«

»Sie tut nur so ruppig. In Wirklichkeit kannst du von ihr jeden Gefallen haben. Außerdem ist sie wichtig. Sie putzt im Landgericht.«

Lara sagte nichts, verschränkte nur die Arme vor dem Körper.

»So jemand kann durch die Büros schnüffeln, wenn mal was ist. Man muss informiert sein.«

Lara stellte den linken Fuß nach vorn.

»Komm schon, Lara. Sie erwarten dich.« Max nahm ihr Kinn, streichelte mit einem Finger ihre Wange, über ihre Lippen, bis Lara sie öffnete und der Finger in ihren Mund glitt.

»Fertig?« Elena von nebenan.
Lara schloss die Augen.
»Action!« Elena.
»Geh. Bitte.«
Lara ging.

31.

Gregor war schnell fertig gewesen. Nun saß er im Sessel und fixierte das Display des Handys, als könnte er so dem Gerät ein Klingelzeichen entlocken. Paula hatte er angerufen und zuerst den neuen Lover von seiner Ex an der Strippe gehabt, der kühl und höflich den Hörer weiterreichte. Bei seiner Mutter hatte er drei Mal durchgeklingelt, bis sie endlich dranging, aber das Gespräch knapp hielt und es seltsam aufgekratzt beendete. Mehr Menschen erwarteten nicht, dass er ihnen ein frohes neues Jahr wünschte. Marlenes Nummer hatte er ungefähr zweihundert Mal gewählt, ihr Nachrichten geschickt und auf die Mailbox gesprochen. Nichts. Bis die SMS kam, er solle sie in Ruhe lassen. Er rief die Nummer erneut aus dem Telefonbuch auf und ließ den Daumen auf dem grünen Symbol liegen. Es hatte keinen Zweck. Dabei hätte er gern ihre Stimme gehört, wo auch immer sie mit ihr hingegangen war. Er schloss das Telefonbuch, legte das Handy zur Seite und trat an die Balkontür. Draußen tanzten Flocken im schwindenden Licht. Morgen ging die Mühle wieder los. Wenigstens gab es genug zu tun, mehr als genug. Aber zwischen jetzt und morgen lag eine endlose Nacht, und den letzten Wodka hatte er in den Ausguss gekippt.

32.

Das können wir nicht bringen«, sagte Daniel. »Es ist noch viel zu viel Betrieb.«

»Das kostet dich was.« Zladko rieb erst Daumen und Zeigefinger gegeneinander und dann die Hand an seinem Stumpf. »Worauf willst du warten? Bis es Nacht wird und die schlaflosen Tantchen die Bullen rufen, wenn wir in den Keller poltern?« Er kippte den Wodka, den Daniel ihm eingegossen hatte, und steckte sich eine neue Zigarette an.

»Ist okay. Du wirst dich nicht beklagen müssen.«

»Du hast doch einen Koffer oder so was? Dann müssen wir eben ein paar Mal runter. Sonst hab ich alles fertig. Kein Spritzer im Bad. Ich hab die Lampe angemacht.«

Daniel besaß eine UV-Leuchte, wie sie die Spurensicherung verwendete, um kleinste Blutspuren sichtbar zu machen, und das war eine sinnvolle Anschaffung gewesen, wie sich zeigte. Er betätigte den Kaffeeautomaten und brühte sich den x-ten Kaffee. Sicher, Zladko hatte recht. Nur wollte Daniel auf keinen Fall von einer der Hausbewohnerinnen gesehen werden, musste jeden nur vagen Verdacht vermeiden, der sein Projekt grundsätzlich gefährden könnte. Marlene würde auch irgendwann zurückkommen. Pjotr konnte sie nicht ewig im Büro festhalten. In diesem Falle war Pjotrs Weitschweifigkeit und seine Langsamkeit ein Segen. Wahrscheinlich saßen sie zusammen vor dem Computer, und er erklärte ihr langatmig die Software. Der Mann war ein Genie am PC, nur nervtötend umständlich, wenn er etwas erläutern sollte. Mit seinen fast zweihundert Kilo kam er zwar kaum in den zweiten Stock und konnte auch andere Aufgaben nicht erfüllen, doch hatte die Firma mit dem polnischen Informatiker einen guten Griff getan. Zladko hatte ihn natürlich angeschleppt, und zuerst war Daniel skeptisch gewesen. Aber nicht lange.

Wenn Marlene zurückkam, würde sie sich fragen, wozu der Transporter noch vor der Tür stand, wenn der Transport schon erledigt war. Er hatte sie anrufen und sich abholen lassen wollen, hatte er aber nicht. Es hatte eben alles etwas länger gedauert. Er hatte den Transporter gebraucht. Dringend. Und Katja hatte reibungslos funktioniert. Großartig, die Frau. Als er ihr begegnet war, hatte er sie ein paar Mal zum Essen ausgeführt und hätte gern noch einen Kaffee mit ihr getrunken, spät in der Nacht, bis sie ihm unmissverständlich klarmachte, dass sie kein Interesse an ihm hatte.

Daniel sah auf die Uhr. Es wurde Zeit.

»Ich schau mal nach«, sagte er zu Zladko, fand im Kleiderschrank einige Behältnisse – Reisetaschen aus Leinen, Koffer aus feinem Leder – nichts, was sich eignete. Sein Blick fiel auf die Truhe, die er erst neulich bei einem Antik-Händler am Stadtrand erstanden hatte. Sie war noch leer. Er zog sie aus der Ecke.

Zladko lehnte in der Tür. »Zu schwer, wenn wir alles auf einmal reintun.«

»Dann mach du doch mal 'n sinnvollen Vorschlag.« Dauernd hatte der Alte was zu nörgeln.

»Wessen Problem ist das?«

»Jetzt auch deins.« Daniel funkelte ihn an, und Zladko ließ die schweren Lider über die Augen klappen.

»Okay. Vorschlag: Wir packen den Körper rein und den Rest in Müllsäcke. Falls wir nicht fertig werden, kannst du die später runterbringen.«

Genau. Und die Arme und Beine des verstorbenen Obdachlosen so lange im Kleiderschank aufbewahren.

»Phantastische Idee.« Alternativen sah Daniel allerdings auch nicht.

Sie trugen die Truhe ins Bad, sehr schwer war sie nicht, packten den Torso hinein und verstauten die Extremitäten in blaue Müllsäcke. Der Deckel ließ sich nicht ganz schließen. Daniel stopfe ein Handtuch in den Spalt, um neugierigen Blicken vorzubeugen. Im Treppenhaus war es still.

»Also los!«

Sie schafften es die vier Etagen hinab bis in den Flur. Daniel wischte sich den Schweiß ab. Nur noch in den Keller.

Ein Luftzug wirbelte Marlene in den Flur, Daniel sah sich um. Hübsch, mit geröteten Wangen.

»Umzug, Haushaltsauflösung, Frühjahrsputz?« Unpassender Weise strahlte sie. Die Müllbeutel. Verdammt!

»Könntest du noch mal los? Es tut mir leid.« Er hörte seine Stimme wanken. So lässig wie möglich näherte er sich Marlene, verstellte ihr den Weg und kramte den Autoschlüssel aus der Tasche. Die winzige Falte erschien zwischen ihren Brauen.

»Kann ich helfen?«

Nein. Wie genau die Bestattung vor sich ging, musste sie nicht wissen.

»Ja. Der Transporter muss getankt werden. Dringend. Morgen ist keine Zeit dafür. Es war ein ziemliches Durcheinander heute. Entschuldige. Würdest du das für mich tun?«

Die Falte hielt stand, aber Spott mischte sich in ihren Blick.

»Solange ich keinen Personenbeförderungsschein benötige.« Und Argwohn.

Daniel zwang sein Lächeln. »Es ist kein Bus. Bitte.«

Schweigend nahm sie den Schlüssel, blickte noch einmal zu Zladko, der ihr den Rücken zeigte, und trabte davon.

Der Transport in den Keller verlief ungestört bis zur Kühltruhe. Zladko hatte sich verschätzt. Der Rumpf passte zwar hinein, nur stand der Kopf einige Zentimeter über. Daniel ließ sich auf die Truhe fallen.

»Und jetzt?«

»Hol die restlichen Mülltüten. Ich mach das.«

»Wie?«

»Geh. Das willst du nicht wissen.«

Als Daniel die Lattentür, die mit einer Decke verhangen war, erreichte, hörte er ein unschönes, knackendes Geräusch hinter sich.

»Passt.«

33.

Die Wohnung blitzte, das Bad auch. Zladko war zufrieden, mit Schmerz und einem anständigen Sümmchen davongehinkt. Daniels Rücken sank gegen die Sessellehne. Sein Herz jagte. Der Kaffee. Oder die Treppen, die er im Eiltempo vom Keller unters Dach, zweimal mit Gepäck abwärts, genommen hatte. Oder die Sorge, dass Marlene schneller zurück sein könnte, als er hoffte.

Es klingelte.

Passt.

»Ich hab noch etwas für dich. Einen Auftrag«, sagte Daniel, atemlos, als Marlene sich auf der Couch niederließ.

»Jetzt?«

»Am besten.«

Sie holte so tief Luft, dass es für ihn mit reichte. »Was?«

»Ich hatte dir gesagt, dass ich dich für spezielle Aufgaben vorgesehen habe in unserer Firma.«

Die kleine Falte wollte sich zwischen die Brauen furchen, zögerte aber, bis Daniel sagte: »Keine große Sache. Jedenfalls nichts Anstrengendes.« Dann verflachte sie. »Nicht? Gut.«

»Du sollst essen gehen.«

»Das kommt mir entgegen. Wo gehen wir hin?«

»Nicht mit mir. Also ich bringe dich schon, oder du nimmst meinen Wagen, aber besser ich bringe dich, damit du ein Bier trinken kannst.«

»Ich will kein Bier.«

»Solltest du aber.«

»Mann, Daniel. Es war ein langer Tag und eine entsetzliche Nacht. Mach's nicht so spannend, sonst geh ich gleich unter die Dusche und ins Bett.« Sie sagte das mit einer Selbstverständlichkeit, als wohnte sie schon Wochen bei ihm. Dabei machte es ihm Kopfzerbrechen genug, wer Marlenes Hotelzimmer durchsucht haben könnte. Eine andere Bleibe musste auch gefunden werden. Zwar hatte er da etwas, musste aber den aktuellen Bewohner rasch anderswo unterbringen. Daniel senkte den Blick, schwieg. Er musste eine überzeugende Formulierung finden. Als er aufblickte, hatte sie die Beine auf die Sitzfläche gezogen.

»Pjotr hat dir erklärt, was du zu tun hast, und ist dir vermutlich mit seinem Lieblingsspielzeug auf die Nerven gefallen.«

Sie nickte. »Während du Leichen durch die Gegend kutschiert hast.«

Eine Leiche, ja. Das hatte er, nur eine andere, als sie glaubte. Daniel presste die Lippen aufeinander, er sah, dass sie es sah.

»Ab morgen bewachst du das Gelände, das du heute schon gesehen hast. Mit Sascha. Er ist auskömmlich, sagt nicht viel. Alle nennen ihn *den Russen*, aber besser du machst das nicht, er ist Bulgare.« Daniel hatte ihn auf dem Arbeiterstrich aufgesammelt. Ein Prügel von Mann, mit einem zerfransten Herzen. Es gab kaum eine Drecksarbeit, die er noch nicht verrichtet hatte in seinem Leben. Er war einer der wenigen, die Daniel fest angestellt hatte. Die meisten hatten Mini- oder Teilzeitjobs. Es rechnete sich sonst nicht. Außerdem hatte Daniel einiges an Ausgaben für sein Projekt.

»Den Vertrag hast du bei Pjotr unterschrieben?«

Marlene nickte schläfrig.

»Und bist du zufrieden?«

»Worauf willst du hinaus, Daniel?«

Allmählich beruhigte sich sein Puls. »Ich bin Jude.«

»Ja.« Sie streckte sich aus. »Das macht mir nichts.«

Das mit seinem Puls hielt nur kurz.

»Und ich bin nicht einverstanden damit, dass hier Neo-Nazis mordend durch die Lande ziehen.« Die sogenannten *Döner-Morde*, eine Mordserie, die sich über zehn Jahre hingezogen hatte und der harmlose Imbissbudenbesitzer und Gemüsehändler zum Opfer gefallen waren, die sich unterstanden hatten, die falsche, nämlich nicht die deutsche Nationalität zu haben, hatten nicht nur eine blutige Spur durchs Land gezogen, sondern auch Gedankenpfade zerpflügt und Haltungen verwüstet. Welcher indolente Ignorant hatte eigentlich diesen Begriff geprägt?

»Nein, ich auch nicht. Nur sehe ich im Augenblick nicht, was ich damit zu tun habe.«

»Das sieht nie einer. Das ist es ja.«

Marlene setzte sich auf und drückte den Rücken durch.

»Entschuldige.« Er erhob sich und wanderte durch den Raum. Vor dem Fenster war das Schwarz. »Es regt mich auf, wie hierzulande mit den rechten Schweinebacken verfahren wird. Nichts passiert, gar nichts. Die Opfer sind die Opfer und selbst schuld. Richter bezeichnen die Nazis als schützenswerte Minderheit. Das muss man sich mal vorstellen.« Er merkte, wie er sich in Rage redete und musste aufpassen. Also setzte er sich, stand wieder auf, holte zwei Gläser und eine Flasche Wasser aus der Küche, setzte sich, goss ein, trank, atmete.

Marlene hatte jeden seiner Schritte mit hochgezogenen Brauen verfolgt und nichts gesagt.

»Ich will, dass du mir hilfst. Deshalb bist du hier. Als Frau, als Jüdin.« Und als jemand, der nichts zu verlieren hat, aber das sagte er nicht.

Wenn es möglich wäre, würden Marlenes Brauen noch ein Stück höher rutschen. »Bei was, bitte, Daniel, soll ich dir helfen? Bei einer Revolution?«

»Nicht so direkt.«

»Einer indirekte Revolution.«

»Ich will wissen, wie man den Richter hindern kann, Richter zu sein, weil das anscheinend keiner tut.«

»Und weil das keiner tut, soll ich das machen?« Sie lachte kratzig.

Daniel nahm einen Schluck Wasser, kühl auf seinen heißen Lippen.

»Nein. Du sollst seine Frau fragen.«

»Großartige Idee.«

»Du kennst sie natürlich nicht. Du kennst niemanden hier. Dich kennt aber auch keiner. Das ist ja das Gute.«

Himmelhohe Zweifel in ihrem Gesicht.

»Die Nazis haben ihre eigene Frauenorganisation. *Ring nationaler Frauen* heißt die Vereinigung. Die Richterfrau ist Mitglied.«

»Ja, und? Glaubst du, die freuen sich, wenn eine Dahergelaufene kommt und mitspielen will. Und weil ich so eine Errungenschaft bin, erzählt mir die Dame auch gleich ihr ganzes Privatleben? Und selbst wenn dem so wäre, was für Informationen könnte man schon nutzen, um einem Richter sein Amt streitig zu machen?« Sie legte eine Pause ein, dann sagte sie: »Daniel, du hast sie nicht alle.« Sie trank das Wasserglas in einem Zug leer.

»Heute.« Er sah auf die Uhr. »Jetzt haben sie ein Treffen. Im *Deutschlandeck.* Ich wollte, dass du hinfährst und dir den Laden anschaust. Sicher hast du recht. Ob du da reinkommst, weiß man nicht. Man muss es versuchen. Man muss alles versuchen, um diesem Gesindel Einhalt zu gebieten, wenn dieser Staat nicht dazu in der Lage ist.«

»Selbst wenn ich dorthin fahren würde …« Sie betonte die Möglichkeitsform. »Ich bin völlig unvorbereitet. Wie ist man denn so als Nazi? Gibt es da einen Lehrgang für? Fortbildungszuschüsse? Beförderung nach der Absolvierung?«

»Manchmal hat man den Eindruck, ja. Deshalb will ich an die großen Drecksäcke, die Saubermänner, die ganz normalen Mistkerle, die die kleinen Schläger und Mörder unterstützen beziehungsweise benutzen. Je mehr von ihnen verschwinden, umso besser. Schließe dich der Richter-Frau an. Finde etwas! Etwas, das wir verwenden können gegen Körner.«

»Das ist Anarchie, Daniel.«

»Begrenzte Anarchie. Und am besten kann jemand in ihren Systemen agieren, der unauffällig ist, ungefährlich wirkt, etwas Nützliches mitbringt und sich mit Systemen auskennt. Deine Erfahrung in der Polizei war ja wohl nicht so besonders.«

Marlene sagte nichts, zog die Beine wieder an, diese schmalen, hübschen Beine.

Er sah noch einmal zur Uhr. »Für heute ist es zu spät. Aber nun weißt du, weshalb du hier bist. Denk drüber nach.«

Sie sah aus, als würde sie nachdenken. Zeit sickerte in den Abend.

Daniel holte eine Flasche Rotwein und bauchige Gläser, reichte ihr eines, nachdem er eingeschenkt hatte, und ließ sie klingen.

»Bei den Montagsdemos war ich siebzehn.« Oft hatten sie ein Glas getrunken, bevor sie losgingen und Freunden Bescheid gesagt, falls sie nicht wiederkommen sollten. Seine Eltern waren dabei, mit »Nie wieder Krieg« im Kopf und dem ganzen pazifistischen Unsinn. Damals hatte er daran geglaubt. Sie hatten nichts gewusst von dem Nazi-Gesindel, das sich breitmachte unter der entnazifizierten Oberfläche. Nie hatte jemand etwas gewusst. Sie hatten ihre Nischen und Kirchen und Schutzräume abseits der Staatsmacht, ihr Feindbild, ihren *Rosenthaler Kadarka* und ihre Depressionen, haben sich lustig gemacht, so gut es ging, und Bücher gelesen. Camus und Stendhal. Böll und Moravia. Kunerts Gedichte. Und Erich Löst. Sie hatten die Ostsee im Sommer und die Mädchen, die unbekümmerten, nackten.

»Keiner hat gedacht, dass es so simpel sein würde. Alle Selbstzensur, alle Deformation umsonst.« Er hörte die Wut in seiner Stimme klirren. »Sicher. Einmal im Herbst bei einer Montagsdemo haben sie uns in Mannschaftswagen verladen und nach Dösen gekarrt, du weißt, in die alte Psychiatrie. Ich habe mit ein paar anderen die Nacht in einem Raum ohne Fenster verbracht. Am nächsten Tag haben sie uns wieder rausgelassen. Meine Mutter stand blass in der Küche und schnippelte Weißkohl. Vater saß am Klavier mit einem zugeschwollenen Auge und starrte auf die Tasten.« Daniel trank. Erinnerungsbilder, leicht überbelichtet.

Frieder.

Er musste Frieder besuchen und sehen, was mit seinem Auge war.

Morgen.

»Und dann war es plötzlich vorbei. Freiheit. Oder was wir dafür hielten.«

»Aber das war doch wunderbar. Der Mauerfall, die Wiedervereinigung …« Marlene schenkte beiden nach und schlüpfte unter die Decke, ihm lauschend wie einem Märchenerzähler. Sie genoss den Klang seiner Stimme. Und wenn er so redete ... Worte, Geschichten mit Schmerz und Leidenschaft. Die Rille in ihrem Hirn wurde tiefer.

»Ja. Eine große Party. Mit dem Kater danach.«

»Aber ihr habt es so gewollt.«

»Mein Vater verlor seine Arbeit an der Uni, weil er angeblich mit der Stasi zu tun gehabt hatte. Hatte er auch. Nur anders, als ihm vorgeworfen wurde. Das begriff ich, als er mir seine Akte aufs Kopfkissen warf. Sie haben ihn immer Mal in ihren Keller gesteckt. Ich glaubte ihm nicht, ich wollte nicht glauben, dass so etwas in dem Land, in dem ich lebte, passieren konnte. Bis ich die Protokolle las. Er war raus. Vorher und nachher. Eingestellt haben sie ihn nicht wieder, nie rehabilitiert. Ein paar Jahre Arbeitsamt, später ein Job in einer Berufsschule, den er hasste. Das war seine Freiheit. Mutter schaffte das Geld ran, in der Zeit, als er zu Hause hing, Hölderlin, Heine und Kafka las und Chopin spielte. Einer musste das ja tun. Die Mieten wurden teurer und die Müllberge kamen. Müllberge waren das Erste, was wir von der großen Freiheit hatten.«

»Hättest du das System denn lieber behalten?«

»Nein. Natürlich nicht. Wer liebt schon seinen Kerkermeister? Aber ich hab mir Freiheit gewünscht und den Müll und die Nazis bekommen.«

»Findest du das nicht ein wenig eindimensional?«

»Nicht, wenn es Tote gibt. Eine Kommilitonin starb, eine Äthiopierin. Kaffeebraune Haut, eine hohe Stirn mit klugen Ideen dahinter. Schmale Finger hatte sie, von Springerstiefeln zertreten, als man ihre Leiche fand.« Die Bilder dunkelten nach.

»Sie war deine Freundin.«

»Ja.« Das war sie. Seine Freundin und seine Vertraute, wenngleich seine Eltern das nicht gern gesehen hatten. Für die Liebe hatte ihr Leben nicht gereicht. Er schüttelte den Kopf, damit die Erinnerungen darin wieder ihren Platz fanden.

Doch bevor sie es taten, sagte Marlene: »Einverstanden. Wann und wie?«

»Was?« Immer noch dümpelten Erinnerungsschiffchen auf dem Fluss seiner Vergangenheit.

»Wie soll das vor sich gehen, mich bei den Nazi-Frauen einzuschleusen?« Ruhe und Klarheit auf Marlenes Gesicht.

Daniel stand auf, ging zu ihr hinüber und nahm es in die Hände. Sie tat nichts. Er tat auch nichts, bis er fragte: »Warum jetzt? Gerade hattest du erhebliche Zweifel.«

»Die waren das gestern, stimmt's? Das am Völkerschlachtdenkmal.«

»Davon gehe ich aus.« Er ließ seine Hände über ihre Schultern gleiten, befestigte ihr Schaudern.

»Na, denne ...«

»Gut.«

Sie legte ihm ihre Hand in den Nacken, zog seinen Kopf heran und küsste ihn mit warmen, weichen Lippen.

34.

Daniel fand einen Parkplatz in der Brüderstraße, was längst nicht selbstverständlich war um diese Zeit. Mitarbeiter, Patienten, Besucher des Klinikums in der Liebigstraße stellten ihre Fahrzeuge dort und in den Nebenstraßen ab, vermutlich auch einige der Studenten, die im Wohnheim in der Nürnberger untergebracht waren oder die Hörsäle frequentierten. Er umrundete die kleine, verschneite Grünanlage und lief direkt auf den modernen Komplex der Augenklinik zu. Von der Anmeldung aus fragte er sich bis zur Station durch. Menschen mit Plastikschälchen auf dem linken oder dem rechten Auge wandelten durch die Gänge oder ließen sich von ihren Verwandten führen, manche warteten auf Sitzreihen an den Wänden auf irgendetwas. Alte vorwiegend, zwischendrin tappten ein paar Kinder mit einseitig bunt beklebten Brillen umher.

Frieder fand er in einem hellen, funktionalen Zimmer neben einem zerknitterten Alten, der schnarchte. Eine Frau saß an dessen Bett und tätschelte unablässig seine Hand.

»Ich habe die ganze Nacht nachgedacht. Einsperren! Oder besser ausweisen! Zurückschicken, wo die hergekommen sind. Da läuft's anders im Knast als bei uns«, sagte Frieder statt einer Begrüßung und neben seinem Verband her, der die gesamte rechte Gesichtshälfte verbarg.

Daniel atmete auf. Sicher, Frieder wirkte angeschlagen, aber er war lebendig, und er hatte nachgedacht.

»Ein gesundes Neues«, sagte Daniel und kam sich steinalt vor mit dem Wunsch.

»Und? Gut reingekommen?« Ein schiefes Grinsen.

»Wie geht's deinem Auge?« Daniel zog einen Stuhl heran und setzte sich.

»Gut. Siehste doch.«

»Und dem anderen?«

»Welchem anderen?« Das Grinsen verschwand.

Daniel schwieg. Was sollte er auch sagen? Sieh mal, das ist gar nicht so schlimm?

Nach einer Weile fragte er: »Schmerzen?«

Frieder schüttelte vorsichtig den Kopf. »Prima Stoff haben die hier. Der haut rein.«

»Soll ich dir irgendwas mitbringen? Brauchst du was?« Daniel war selten verlegen, nun schon.

»Ein Buch vielleicht?«

»Hör mal ...«

»Ach, Scheiße, Dan. Das Auge is im Arsch. Sie haben den Rest rausgenommen und ich will nicht wissen ...« Er tastete seinen Verband ab. »Ich habe es noch nicht gesehen.« Frieder schluckte. Als er weitersprach, hatte seine Stimme den Druck eines Presslufthammers. »Terroristenpack. Aber die bezahlen dafür. Für mein Auge und den 11. September.«

»Das ist doch Blödsinn, Frieder, und du weißt das.«

»Was weiß ich?« Er fuhr auf, ließ sich aber schnell wieder in die Kissen fallen und hielt seine Pranke auf den Verband. »Haschem hat es immer gesagt. Dass sie ihn kriegen werden. Diese islamistische Terrorbande! Ich habe ihm nicht geglaubt, ihn für paranoid gehalten. Was sollten die von einem Gemüsehändler wollen? Jetzt haben sie ihn. Und wer weiß, wie viele andere. Und mein Auge.« Er blickte einseitig hinaus in den schneeschweren Himmel. »Raus mit dem Kroppzeug, sag ich. Sollen die ihre Bomben legen, wo sie herkommen. Grenzen zu. Mauer hochziehen.«

»Das hatten wir schon mal. Du erinnerst dich, Frieder?« Das Nachdenken schien wenig erfolgreich gewesen zu sein unter den gegebenen Bedingungen. Der Alte im Nachbarbett hörte auf zu schnarchen, seine Frau tätschelte weiter.

»Und was war schlecht daran? Alle hatten Arbeit. Es gab keine Terroristen, nur ein paar brave Fidschis, die fleißig ihren Job machten. Keine Anschläge, keine Nazis.«

Frieders Verstand musste in seinem Auge gesteckt haben.

»Das ist nicht dein Ernst.« Wenn Daniel ihn nicht schon ewig gekannt hätte, würde er ihm eins in die Fresse hauen. Das würde er wahrscheinlich nicht einmal merken, so zugedröhnt wie der war.

»Es ist mein voller Ernst. So unrecht haben deine Nazis nämlich gar nicht. Oder findest du es in Ordnung, dass hergelaufene Ausländer in aller Ruhe ihre Attentate vorbereiten und durchziehen können? Unter den Augen des Staatsschutzes?«

»Woher weißt du denn so genau, wer dafür verantwortlich ist? Zeitgleich hat es eine Explosion im Ariowitsch-Haus gegeben.« Daniel erhob sich. Unruhe. Der Mund des Alten im Nachbarbett stand offen. Die Hand der Frau tätschelte. Keine Träne.

»Eben. Das wusste ich zwar noch nicht, erklärt aber einiges.«

»Das da wäre?«

»Ablenkung natürlich. Haschem stand so lange unter Beobachtung vom Verfassungsschutz, immer wieder Verhöre, hat er gesagt. Die wollten ihm was anhängen, statt sich um die echten Islamisten zu kümmern. Is ja auch einfacher. Kann schon sein, dass er in seiner Heimat einiges auf dem Kerbholz gehabt hat. Aber er war kein schlechter Kerl. Er hätte nur nicht herkommen dürfen. Dann wär er jetzt vielleicht nicht tot, hätte sich verpieseln können. Oder wenigstens nicht noch andere mitgenommen. Deswegen sag ich ja, die sollen das unter sich ausmachen. Von Glatzen mit Baseballschlägern halte ich wirklich nichts. Aber es gibt schon ein paar anständige und kluge Leute, die als rechtsradikal diffamiert werden.«

»Ich ahnte nicht, dass du so gute Beziehungen zu HaSchem unterhältst.« Wenn Frieder das getan hätte, wäre er womöglich weitsichtiger geblieben. HaSchem – Sein Name. Herrgott! Es war lächerlich. Daniel wanderte auf und ab, Frieders verbliebener Blick folgte ihm.

»Die Nazis stehen auch unter Beobachtung des Verfassungsschutzes«, fuhr Daniel fort. »Die Schlapphüte müssen genau gesehen haben, wie eine Bande Schweinetreiber durchs Land gemordet hat. Zehn Jahre lang. Aber sie haben ja keinen großen Schaden angerichtet, nur ein paar Döner-Budenbesitzer gekillt, die hier genau genommen nichts zu suchen hatten und froh sein konnten, dass man sie nicht längst ausgewiesen hatte. Meinst du das, Frieder?« Er starrte dem Mann, der einmal sein Freund gewesen war, als er noch ein richtiges, rechtes Auge hatte, ins lädierte Gesicht.

»Nu sei mal nich gleich so empfindlich. Nee, das mein ich nich. Das waren ganz gewöhnliche Kriminelle.«

»Wer jetzt? Die Schweinetreiber oder die Schlapphüte?«

»Du bist völlig vernagelt, wenn es um deine Nazis geht.«

»Und du bist völlig blind.«

Eine Schwester kam herein, klein, zart, blond, nickte freundlich, legte Frieder eine Blutdruckmanschette um den Oberarm und steckte sich das Stethoskop in die Ohren.

»130 zu 70.« Sie nickte wieder, wandte sich dem Alten zu und wurde blass. Gleichzeitig fühlte sie den Puls am Hals und drückte auf die Klingel am Bett. Einen hilflosen Blick sandte sie an Daniel und einen an Frieder. »Gehen Sie, bitte, einen Moment auf den Flur.«

Erst jetzt nahm Daniel die wachsbleiche Haut des Alten wahr.

»Sie auch. Bitte«, flehte die Schwester die Frau an.

Die hörte auf zu tätscheln, stand auf.

Keine Träne.

35.

Nichts war passiert in der Hartfield-Sache, nichts, nichts, nichts. Gregor drückte seinen Rücken durch und klappte den Ordner zu, den er vor sich hatte. Eine Woche Stillstand, nur Routinen, langweilig und ebenso ergebnislos. Die Zahl der Einbrüche in Wohnungen, Büros und Praxen war rasant angestiegen. Die Leute waren noch in den Ferien. Zwar vermuteten Niehues und auch Gregor eine Gruppe Jugendlicher hinter der Einbruchserie, aber sie hatten den Jungs, alle zwischen fünfzehn und neunzehn, bis jetzt nichts nachweisen können. Einer von ihnen, ein Siebzehnjähriger, hatte sich kurz nach Silvester vor den Zug gelegt. Die anderen vier hatten geschwiegen.

Kurz vor drei klingelte das Telefon. Die Rechtsmedizin. Offenbar hatte sie ihren Magen-Darm-Infekt bewältigt.

»Faxen Sie mir den Obduktionsbefund, bitte«, sagte Gregor.

»Wir haben Ihnen doch schon mitgeteilt …« Die Stimme am Telefon blieb zögerlich.

»Faxen Sie ihn einfach. Und zwar schnell.« Was bildete sich die Arschgeige eigentlich ein? Er knallte den Hörer auf, wenige Minuten später summte das Faxgerat. Gregor überflog den Befund. Das Hervorstechende war, dass man Hartfield *Verräter* in die Brust geritzt hatte. Vor seinem Tod. Das wusste Gregor bereits. Sonst gab es nichts, was der diensthabende Rechtsmediziner nicht schon vor Tagen mitgeteilt hätte. Hämatome am Brustkorb, ein Milzriss mit einer Massenblutung, die ebenso zum Tode geführt hätte, wenn Hartfield nicht stranguliert worden wäre. Irgendjemand hatte ernsthaft etwas gegen den Mann gehabt und wollte ganz sicher gehen. Aber sein Sozialleben war so eingeschränkt gewesen, dass Gregor keine Idee hatte, wen er fragen konnte. Niehues hatte eine Sonderkommission mit Kollegen aus den umliegenden Kommissariaten auf die Beine gestellt, sie waren immerhin zu fünft. Marlene fehlte. Sie hatte sich nicht gemeldet. Seine Anrufe waren von der Mailbox beantwortet worden. Manchmal hatte er sie nur angerufen, um ihre Stimme zu hören, von der er wieder und wieder erfuhr, dass Marlene Katz derzeit nicht zu erreichen sei, sie aber zurückrufen würde, sobald sie könne. Ach, Scheiße. Sollte sie bleiben, wo der Pfeffer wächst. Wahrscheinlich hatte sie ihr Handy gar nicht mehr. Wahrscheinlich war sie ausgewandert.

Niehues kam herein, ohne anzuklopfen. »Und?«

»Nichts.«

»Was nichts?«

In Momenten wie diesen beneidete Gregor Marlene um ihren Entschluss.

»Nichts nichts. Bei den Einbrüchen nichts, bei Hartfield auch nicht. Die Mutter hat mir einen Klassenkameraden genannt, mit dem er einmal befreundet war. Ich war dort. Aber der Mann hat seit Jahren keinen näheren Kontakt mehr zu Hartfield gehabt.«

»Sonst?« Niehues war echt penetrant.

»Nichts.«

»Hartfield ist jetzt knapp zwei Wochen tot. Du weißt, was das bedeutet?«

»Mann, Stefan, ich bin doch nicht völlig bescheuert. Aber ich kann mir weder Zeugen aus den Rippen schneiden, noch die Ergebnisse der Spurensicherung sinnvoller interpretieren.« Es waren jede Menge Faser- und genetische Spuren gefunden worden, nur zugeordnet werden konnten sie bis dato nicht.

»Is ja gut, is ja gut.« Niehues hob seine kleinen, schaufelartigen Hände. »Wir können nur die Soko nicht ewig aufrechterhalten.«

»Dann sag mir, wo ich suchen soll. Mach ich glatt.«

»Was macht Overbeck?«

»Steffen hat Hartfields Computer gecheckt. Wenn da was Interessantes drauf gewesen wäre, hätte er es gefunden. Hat er aber nicht.«

»Was von der Kleinen gehört?«

»Stefan, du nervst. Willst du nicht ins Wochenende gehen?«

Lara Roggenkamp blieb so verschwunden wie Marlene.

36.

Die erste Woche war fast überstanden. Frostig war sie gewesen und nicht besonders aufregend. Drei Tage war Marlene mit Samir, einem lustigen, hageren Männlein um die Dreißig, der aus Bosnien stammte und in allen möglichen Ländern Europas gearbeitet hatte, zur Spätschicht eingeteilt worden. Sie hatten das Gelände umrundet, zuweilen die leeren Gebäude gecheckt und die meiste Zeit in einem Raum zugebracht, der mit wenig Inventar, dafür aber mit den Monitoren der Überwachungskameras ausgestattet war. Wenn es sich einrichten ließ, hatten sie sich einen Kaffee bei Katja Thieme abgeholt und eine Weile geplaudert. Marlene genoss die Sorglosigkeit ihrer neuen Tätigkeit. Kein Dreck, keine Besoffenen, keine Leichen, außer der, die gut verstaut bei Katja lagerte. Manchmal hatte sie ein flaues Gefühl deswegen, aber sie wischte es beiseite wie ein lästiges Insekt, doch genauso flog es sie wieder an, wenngleich ihr das albern vorkam unter dem Strahlen der eigenwilligen Betriebsärztin. Samir blieb bis Mittwoch, dann kam Sascha, der Russe, der Bulgare war, der Riese mit den wenigen Worten. Sie schlenderten durch den Schnee, gluckten vor den Monitoren und tranken Kaffee in dem kleinen, gemütlichen Raum im Pathologiekeller.

Eine wirklich entspannte Woche war es dann doch nicht geworden, denn Marlene bezog eine Wohnung, die Daniel ihr besorgt hatte. Ein hübsch möbliertes Ding im Osten der Stadt mit Blick auf den verschneiten Hinterhof. Alles wäre perfekt gewesen, wenn sie die nicht mit einem slowenischen Zuhälter hätte teilen müssen.

Er sehe nur so aus, hatte Daniel gesagt, er arbeite für sie. Was genau er tue, fragte Marlene zurück, erhielt aber nur das

Daniel-Lächeln und den lapidaren Hinweis, dass es nur vorübergehend sei. Der Typ, Vid, liebte Metal und schien nie zu schlafen. Außerdem blockierte er das Bad, wenn Marlene es eilig hatte, und hinterließ Schwaden von Dunst und süßlichem Parfüm darin. So oft wie möglich blieb Marlene fort, streifte durch die Stadt, was nicht nur vergnüglich war bei neun Grad minus, Glatteis und Schnee. Immerhin lernte sie auf die Weise Leipzig kennen. Auch fand sie ein kleines Lädchen in der Nähe, das alles führte, was sie brauchte. Zeitschriften, Kaffee, Käse, Schokolade, Pizza. Die Zeitungen hatten ausführlich von dem Anschlag am Völkerschlachtdenkmal und etwas weniger ausführlich von dem Anschlag auf das Ariowitsch-Haus berichtet. Bisher gab es keine Spur von den Attentätern, nicht einmal Verdächtige. Mit lautstarken Mutmaßungen hielt man sich zurück. Nur unterschwellig zog man islamistische Terrorgruppen in Erwägung. In Fernsehen und Internet waren die Anschläge stündlich neu erörtert worden, allmählich nahmen die Beiträge ab. Andere Katastrophen überholten die vom Völkerschlachtdenkmal. Daniel hatte zwar behauptet, er habe Verbindungen zur Polizei, und Marlene hätte ihn ganz gern gefragt, ob er etwas über die Ermittlungen wisse, nur traf sie ihn kaum oder nur kurz auf ein paar Worte. Manchmal nachts, wenn Vids Bässe durch die Wand hämmerten, wünschte sie sich in die stille Wohnung von Daniel. Und ihr Kuss wäre eigentlich auch ausbaufähig gewesen. Doch Daniel hatte ihn höflich erwidert und sie ins Bett geschickt.

* * *

Durchgefroren und zitterig vom Coffein, Katjas Kaffee war stark wie alles an ihr, stapfte Marlene die Stufen zu ihrer neuen Bleibe hinauf und zuckte zusammen, als Daniel von der Treppe aufstand, die weiter hinaufführte.

»Hast du einen Moment?« Er trug eine Parka über Jeans und Pullover und war unrasiert.

»Eigentlich nicht.« Marlene war auf eine seltsame Weise müde, so als hätte der viele Kaffee ihre Körperfunktionen übernommen, während sie selbst schlief. Sollte Daniel sich doch tagsüber herscheren, wenn er was von ihr wollte. Sie drehte den Schlüssel in dem Sicherheitsschloss und Daniel hielt ihr die Tür auf. Die Wohnung war terrorismusfrei. Stille. Die kleinen, beglückenden Momente im Leben.

»Willst du 'n Kaffee?«, fragte Daniel und bediente unaufgefordert die Kaffeemaschine. Überhaupt bewegte er sich in der kleinen Küche, als wäre er zu Hause. Vielleicht war er das auch. Vielleicht war er überall ein wenig zu Hause. Ganz im Gegensatz zu Marlene, die steif in der Tür stand und sich die Augen rieb. Eigentlich hatte sie ein Buch vorgesehen für den Rest des Abends bis zum Schlaf.

Sie schüttelte den Kopf. »Er fließt durch meine Adern.«

»Gut. Dann bist du ja fit.« Er nahm sich eine Tasse aus dem Schrank, ohne suchen zu müssen.

»Wer wohnt hier eigentlich?«

»Leute, die immer mal wohnen müssen.«

»Wie ich.«

»Komm, wir gehen rüber. Es dauert nicht lange.« Damit meinte er das Wohnzimmer, das sie mit Vid teilte, aber normalerweise nie benutzte. Es war sauber und freundlich eingerichtet wie ein Hotelzimmer. Er ließ sich auf einem der hellen Sessel nieder, Marlene setzte sich gegenüber. Sie wollte zu ihrem Buch. Andererseits war sie neugierig, was ihn so spät und in dieser Verkleidung hertrieb.

»Morgen«, sagte er. »Im *Deutschlandeck*.«

»Was?«

»Da treffen sich die Nazi-Frauen wieder. Neuerdings treffen sie sich häufiger. Irgendwas ist da los.«

Sie hatte es versprochen, doch jetzt verspürte sie wenig Lust, da aufzukreuzen. Die grauenvolle Silvesternacht haftete fest in ihrem Gedächtnis und weckte sie nachts in schweißgetränkten Laken. Außerdem war längst nicht sicher, ob nicht Typen aus der Neo-Nazi-Szene die Verantwortung für die Toten und Verletzten trugen, egal, was die Zeitung suggerieren mochte. Sollte doch die Polizei …

»Du hättest mit einer Undercover-Agentin anbandeln sollen, da in *Der Zelle*, oder wie das Ding hieß. Ich weiß nicht, wie man so was macht.«

»Du hast einen guten Blick. Du kriegst das schon hin. Elena holt dich vom Hauptbahnhof ab. Ihr Freund hat Kontakt zu einem von unseren Leuten.«

»Das sind nicht ganz ungefährliche Leute, stimmt's? Du denkst immer noch, die waren das beim Völkerschlachtdenkmal.«

Daniel gab keine Antwort, schaute Marlene an mit zusammengepressten Lippen.

»Und was soll ich sagen, wer ich bin? Die checken mich doch sicher.«

»Das haben sie schon, Jessie Mahnemann.«

»Toller Name.« Jessie Mahnemann. Sie drehte ihn im Mund hin und her, bis er ihr über die Zunge ging. »Jessie Mahnemann. Und sonst?«

»Arbeitest du bei einer Sicherheitsfirma in Münster. Dort kennst du dich doch aus, oder?« Eine kleine Sorge geriet in Daniels Gesicht.

Marlene kannte sich aus. Besser als ihr lieb war.

Zwar hatte sie beruflich wenig in Münster zu tun gehabt,

doch es hatte Zeiten gegeben, in denen sie sich zum Leidwesen ihrer Mutter sehr genau mit der Topografie und dem Nachtleben der Stadt bekannt gemacht hatte. Marlene war gerade mit der Schule fertig gewesen und hing mit Freunden herum, die auch nicht wussten, wie sie leben wollten. Sie tranken und kifften ein bisschen, wollten Abenteuer und bretterten mit vom Besitzer unfreiwillig ausgeborgten Autos die A 43 entlang bis zur Raststätte. Der Sieger bekam Sekt. Einer der Jungs rammte bei einem Rennen einen Golf. Die alte Frau darin war sofort tot, der Junge überlebte. Marlene war erschrocken. Nicht so sehr über den Tod der Frau, als vielmehr darüber, wie wenig er sie berührte. Sie hörte auf zu trinken, kiffte nicht mehr, sah sich nach neuen Freunden um und fand keine. Dann hatte sie sich auf der Polizeischule angemeldet. Der Abenteuer wegen. Und gegen das Alleinsein. Das war lange her.

»So wenige Lügen wie möglich«, sagte Daniel. »Ich habe eine kleine Filiale in Münster. Ganz neu eröffnet. Dort wird Jessie Mahnemann geführt. Und diese Informationen und ein paar andere hat Elena.« Er lächelte über seinen Kaffee hinweg. Dann zog er einen Hefter aus der Kameratasche, die er bei sich trug, und legte ihn auf den Tisch. »Am besten du prägst dir ein, was da drinsteht. Bis morgen Abend hast du das drauf, ganz sicher.«

Marlene schlug den Hefter auf. Ein Lebenslauf von Jessie Mahnemann mit einem Bild von ihr. Viel hatten sie an ihrer wahren Biographie nicht geändert. Ihre Polizeikarriere hatten sie unterschlagen und mit einer militärischen ersetzt. Außerdem hatten sie ihre Mutter sterben lassen und ihren Geburtsort nach Borken verlegt. Daneben gab es noch ein paar Freunde, die sie kennen lernen musste.

»Ich bin aber eine ganz schlechte Schauspielerin«, wandte Marlene ein. Ihre Bedenken wuchsen ins Uferlose.

»Guck doch mal bitte wie Jessie Mahnemann.«

Marlene sah auf.

»Na, geht doch«, grinste Daniel.

»Was ist, wenn sie mich nicht reinlassen?«

»Sie werden dich reinlassen. Sie sind interessiert an neuen Mitgliedern und gerade an welchen, die gewisse Kompetenzen mitbringen.«

»Was soll ich dort überhaupt machen?«

Daniel lehnte sich zurück. »Du wirst Margit Körner-Haferbach, die Angetraute von Dr. Werner Körner, kennen lernen und aufgeschlossen und nett zu ihr sein. Sie ist zwar eine Hexe, aber du schaffst das.« Er beugte sich vor und blickte sie eindringlich an. »Wer, wenn nicht du?«

Marlene kribbelte der Nacken. Dort sammelten sich die Gedanken und trieben ihr eine Gänsehaut über den Rücken. Bloß nicht fragen, was sie hier tat, nicht unter diesem Blick, der nicht enden wollte. Das Telefon erlöste sie. Sie sah aufs Display. Gregor.

Daniel zog die Brauen zusammen. »Willst du nicht rangehen?«

Marlene schwieg. Das Telefon klingelte.

»Gibt es etwas, das ich wissen sollte?«

Das klang wie: Wir müssen reden. O-Ton Gregor. Marlene gluckste.

»Du musst nicht alles wissen. Das ist mein kompliziertes, aber keinesfalls schwieriges Privatleben, lieber Daniel.«

»Du hast kein Privatleben. Weder ein kompliziertes noch ein schwieriges, nicht mal ein einfaches. Gar keins, solange du bei den Nazi-Frauen bist. Klar?«

»Dann bin ich definitiv die Falsche.« Marlene stand auf, ging hinaus und kam mit einer Flasche Brandy zurück, die sie in Vids Zimmer gefunden hatte. Sie reichte Daniel ein

Glas. Nach dem ersten Schluck schüttelte sie sich. Gott, was für ein Fusel. Der zweite war besser. Das Kribbeln in ihrem Nacken verschwand. Erledigt. Sie atmete auf. Daniel erhob sich, nahm ihr das Glas aus der Hand und küsste sie, lange und vorbehaltlos. Ihr Puls schlug an der Schädeldecke an.

»Wie viel Privatleben willst du?«, flüsterte er an den Rand ihres Mundes, während seine Hände ihren Rücken hinabglitten und sich auf die Suche nach nackter Haut begaben. Sie hörte, wie die Wohnungstür klappte. Kurz darauf zitterte die Luft. Stählern.

»Gehen wir zu dir oder zu mir?«

»Zu dir, wenn das Bad frei ist«, sagte Daniel.

Das Telefon klingelte. Gregor. Oder ihre Mutter. Sie brauchte ein neues Telefon.

»Hast du ein Telefon?«

Er roch gut. Die Stoppeln auf seinen Wangen waren weich.

»Ich habe so viele Telefone, wie du willst.«

Das Dröhnen draußen wurde lauter. Vid schlurfte durch den Flur. Die Küchentür.

»Ich schicke ihn weg.« Aber das tat er nicht. Stattdessen erkundeten Daniels Hände ihre Taille, ihren Rücken, ihren Hintern.

Die Küchentür. Vid schlurfte durch den Flur. Das Dröhnen brach ab. Daniels Zungenspitze an ihrem Hals. Ihre Finger legten Haut frei. Glatt und warm. Seltsam, so ein fremder Körper.

Vid schlurfte durch den Flur. Die Wohnungstür. Stille.

Und Marlenes kompliziertes, aber keineswegs schwieriges Privatleben nahm ihren Lauf.

37.

Die Nacht hatte ihre Stunden abgearbeitet. Marlenes Wecker zeigte sechs Minuten vor fünf. Leise schlüpfte Daniel aus dem Bett, sammelte seine Kleider im Dunkeln ein, hoffte, dass er alle fand und tastete sich auf den Flur. Kurz im Bad vorbei. Er blinzelte ins Licht. Ein verwahrloster Typ blinzelte aus dem Spiegel zurück.

Draußen war ein eisiger Wind aufgekommen, der Schnee knirschte nicht mehr. Arktisch. Daniel zog die Kapuze über den Kopf und stapfte zum Auto. Unwillig, als würde es aus seinem Winterschlaf geweckt, sprang es an. Er wartete einen Moment, bis der Motor Öl verteilt hatte und ruhiger lief. Ein Kaffee wäre gut, hatte Vid gesagt und sich mit ihm bei McDonald's in der Innenstadt verabredet. Die Straßen waren leer um die Zeit, sie würden zumindest im Warmen sitzen, und der Kaffee war auch nicht schlecht. Deshalb kamen sie sich auf halbem Weg entgegen. Daniel hatte ein paar Leute zu einer Ü-30-Party in Möckern geschickt, auch Vid. Alles war, wie nicht anders zu erwarten, friedlich verlaufen. Zwischendrin sollte Vid dem Pärchen, Elena und Marcus, noch einmal auf den Zahn fühlen. Sie waren in einer verhältnismäßig stillen Ecke in der Bar verabredet gewesen. Dass Vid in Marlenes Bleibe auftauchte, war eigentlich nicht vorgesehen und Daniel war froh gewesen, dass Vid gegangen war, ohne ihn zu entdecken. Privatleben war Privatleben.

Vid biss in seinen Burger und Soße tropfte. Der Tisch stand voll mit Pommes, Burgern und Cola. Einen Turbo-Stoffwechsel musste der schlanke Slowene haben. Daniel hielt sich an seinem Kaffee fest und stach seine Gabel in Rührei.

»Geht das klar heute Abend mit Jessie?«

»Welcher Jessie?« Vid kaute.

»Noch so eine Frage und du bist draußen.«

»War doch nur 'n Joke. Bleib mal locker. Hundert pro geht das klar. Ich hab mit Marcus gesprochen. Der ist schwer in Ordnung, nur in der falschen Truppe. Wenn wir fertig sind, krieg ich ihn vielleicht ...« Er wickelte den nächsten Burger aus, einen mit Käse.

»Wenn wir fertig sind?« Daniel metzelte das Ei. Wann würde das sein? Wenn es keinen Extremismus mehr gab, wenn der letzte Nazi und das letzte Fünkchen Rassenhass aus den Köpfen der Leute verschwunden waren? Wenn Körner raus war aus dem Landgericht? Ein Schritt nach dem anderen.

»Dieser Marcus traut dir, obwohl du Slowene bist.«

»Für ihn bin ich Großdeutscher, der an der falschen Stelle geboren wurde.« Das linke Auge verengte sich zu einem Schlitz, wenn Vid grinste.

»Was hast du ihm denn erzählt?«

»Dass ich meine deutschen Ahnen rächen will, die von Tito vertrieben und ermordet wurden. Er hat's geschluckt.« Vid schielte auf den dritten Burger, während er mit Cola nachspülte. Er war hungrig, immer und nach allem. Deutsch hatte er auf der Schule in Ljubljana gelernt. War ein Naturtalent, in vielem.

»Okay. Und die Perle von ihm?«

»Elena glaubt alles, was nach deutschem Chauvinismus aussieht. Sie ist ganz begeistert von der Idee. Und von mir.« Wieder das linke Schlitzauge.

»Pass bloß auf.« Das Rührei war kalt und Daniel biss von seinem Croissant ab.

»Ich mach nix. Da kannst du sicher sein. Hast du die Tante mal gesehen?« Ein Pommesstäbchen nach dem anderen verschwand in seinen Mund. Daniel hatte Elena tatsächlich einmal von Weitem gesehen. Es wunderte ihn nicht, dass Vid kein Interesse an ihr hatte.

»Das Bild von Jessie Mahnemann hast du ihr gezeigt?«

Vid schüttelte den Kopf. »Natürlich nicht. Sonst kommt sie noch auf die Idee, Jessie vom Bahnsteig abzuholen. Ich habe ihr gesagt, wo sie auf sie warten soll. Die Zugverbindungen passen.«

»Also.« Daniel nahm den letzten Schluck Kaffee und ließ den Becher auf dem chaotischen Tisch stehen. Vid hielt die Hand hoch und Daniel schlug ein. Einen Moment sah er dem Slowenen in die Augen. »Der erste Schritt!«

38.

Lara war genervt.

»Beeil dich, verdammt!«, rief Max aus dem Flur, und sie hörte seine schweren Schritte vor der Badezimmertür. Gerade hatte sie ihr Auge mit dem Wimperntuschebürstchen berührt, gezwinkert und alles verschmiert. Die Tusche war prima, deshalb hatte sie eine Weile gebraucht, sie vom Lid zu wischen, und musste neu anfangen.

»Nun komm schon. Du bist schön genug. Die Jungs warten.«

Sollten sie doch. Lara verstand sowieso nicht, wie die schon auf sein konnten. Und ihr selbst wäre ein gemütliches und ausgedehntes Frühstück mit Max lieber gewesen. Aber alles andere war wichtiger. Max war auch nicht anders als die anderen Kerle. Nur seine Wohnung war schöner. Hier wollte sie bleiben. Wenn sie dafür mit zu irgendwas, einer Demo oder was es war, musste, okay.

»Wow«, sagte Max, als sie aus der Tür trat. Sie hatte das Haar hochgesteckt und trug einen Mini zu ihren Overknees. Er fasste ihr kurz unter den Rock und steckte den Finger durch das Loch, das sie in ihre Strumpfhosen, die sie doppelt trug, aus praktischen Gründen gemacht hatte, in ihre Möse. Ihr wurde heiß.

»So kannst du nicht gehen. Zieh dir was anderes an«, sagte er gegen ihren Hals und presste sich hart gegen ihre Hüfte.

»Ich denke, wir haben es eilig.«

»Haben wir.« Er öffnete seine Hose, hob sie hoch und fickte sie im Stehen. Er kam schnell und ohne sie mitzunehmen.

»Gehen wir«, sagte er, fasste sie an der Hand und zog sie zur Tür.

»Aber …«

»Wir haben es eilig.«

39.

Unterhalb der Riebeck-Brücke waren Marktstände aufgebaut, Obst, Brot, Fisch, Käse. An einem Eckhaus versammelten sich Menschen und riefen etwas, das Lara aus der Ferne nicht verstand. Und es wurden immer mehr. Der Morgen glänzte kalt.

»Kinderschänder!« – »Komm raus, du Sau.« – »Schwanz ab!« – »Schützt unsere Kinder!« Die Rufe wurden deutlicher.

Lara konnte den Rothaarigen ausmachen und seine Kumpels, die in der verrotteten Wohnung das neue Jahr ersäuft hatten. Dazu gesellten sich Frauen mit Kinderwagen und Männer mit Einkaufstaschen.

»Was ist da los?« Lara hatte keine Lust auf Stress.

»Da oben.« Max zeigte die Fassade hinauf. »Wohnt so ein Kinderfickerschwein, gegen die ja keiner was macht in diesem Land. Wir wollen die hier nicht. Wir werden sie nicht dulden. Niemals!«

Einer der Männer hämmerte gegen die Haustür. Ein anderer schubste ihn zur Seite und drückte die Klinke. Die Tür sprang auf und die Menge quetschte sich ins Haus. Nur die Muttis mit den Kinderwagen blieben draußen im Schnee, mit bitteren Gesichtern und lüsternen Augen. Eine von ihnen, sie trug eine rosafarbene Mütze, stand ganz nah am Haus und blickte erwartungsvoll nach oben. Max lief die letzten Meter und zerrte Lara hinter sich her.

»Du willst doch da nicht rein, Max?« Sie stemmte sich gegen sein Vorankommen.

»Irgendjemand muss doch was tun. Oder willst du, dass einmal unsere Kinder von so einer Dreckssau gefickt werden. Die hören doch nie auf. Die gehören weggesperrt. Für immer.«

Sie waren am Haus angekommen und immer noch strömten Leute heran. Manche trugen sogar Transparente und Pappschilder mit Aufschriften wie: *Haltet unser Land sauber!* und *Lebenslang für Kinderschänder!* oder *Todesstrafe!*

»Wo kommen die alle her?«

»Klasse Aktion, was?« Max zwinkerte ihr zu. Verschmitzt sah er aus, und Lara hätte sich lieber ein Brötchen, einen Kaffee und einen Sekt mit ihm geteilt. »Facebook und Twitter. Unsere Leute bei der Zeitung haben sich nicht getraut. Hätte auch zu lange gedauert.«

»Ich warte hier.« Sie machte sich von seiner Hand los und Max verschwand in die Menge, als sie die ersten Polizeisirenen hörte. Das brauchte sie jetzt wirklich nicht. Sie flitzte ein paar Meter die Straße hinunter und versteckte sich in einer Einfahrt. Von da aus sah sie ein Fenster im ersten Stock aufgehen. Ein junger Mann wurde auf den Sims gehoben. Er wedelte mit den Armen, sie konnte ihn schreien hören. Die Menge unten johlte. Die Muttis mit den Wagen johlten mit. Die mit der Mütze kreischte: »Schwanz ab!«

Lara sah, wie vier Bullenschaukeln hielten. Geschrei. Die Männer mit den Einkaufstaschen stoben davon. Schlagstöcke. Ein Megaphon: »Hier spricht die Polizei. Kommen Sie langsam heraus.«

Immer mehr Polizeiautos hielten. Ein Transporter. Leute rannten davon, einzelne wurden in die Autos gestoßen. Jemand blutete am Kopf. Rettungswagen kamen hinzu. Lara sah, wie ein Mann zu Boden ging und zwei Bullen auf ihn eindroschen.

»Schweine!« Ihr Herz jagte.

Der Kinderficker am Fenster schrie immer noch. Der Rothaarige und zwei andere hatten ihn an den Klamotten, sein Hemd war hochgerutscht bis zur Brust. Lara entdeckte Max nicht. Stattdessen den Lauf einer Schrotflinte.

Das Megaphon: »Hier spricht die Polizei. Lassen Sie sofort den Mann los und kommen Sie ganz ruhig auf die Straße.«

Plötzlich knallte ein Schuss. Der Mann am Fenster stürzte.

Auf die Straße.

Nein.

Direkt neben die Mutti mit den glänzenden Augen und der Mütze. Auf den Kinderwagen.

Lara schlug die Hand vor den Mund.

Die Menge wich zurück.

Die Zeit erstarrte.

Lara sah noch, wie Max in Handschellen aus dem Haus geführt wurde und suchend seinen Blick schweifen ließ, dann rannte sie.

40.

Es war dunkel und Schnee fiel. Die dicke Elena kurvte mit Marlene quer durch die Stadt. Als sie am *Deutschlandeck* ankamen, merkte Marlene, dass sie nur wenige Minuten zu Fuß entfernt wohnte. Sehr gut kannte sie sich in Leipzig noch nicht aus, nur hatte Vid ihr auf seine spezielle Weise geholfen, die nähere Umgebung zu erkunden. Das *Deutschlandeck* war ihr entgangen. Als sie aus dem alten Polo stieg, den Elena fuhr, wurde sie vom Eiswind getroffen und fror erbärmlich.

Ewig hatte sie am zugigen Eingang der Osthalle vom Hauptbahnhof gewartet. Wie meist war sie zu früh, um die Person von dem Foto nicht zu verpassen, dabei waren ihre Bedenken umsonst gewesen, weil diese Elena unübersehbar wie ein Knallbonbon daherkam in ihrem neonfarbenen Anorak. Elena hatte sie freundschaftlich, fast schwesterlich begrüßt und unablässig auf sie eingeredet. Von Leuten, die sie kennen lernen würde, vom *Ring der nationalen Frauen* und wie notwendig und nützlich ihre Organisation in einem Staat sei, in dem Ehe und Mutterschaft kein Respekt mehr entgegengebracht, in dem das Ausländerpack durchgefüttert werde und in dem Kinderschänder besser behandelt würden als Kinder und Küken. Sie und Marcus hätten sich verlobt und im Frühling würden sie heiraten. Marlene sah aus dem Fenster ins Dunkel, hatte den Redeschwall über sich ergehen lassen und ihren Namen eingeübt: Jessie Mahnemann, Jessie Mahnemann, Jessie Mahnemann.

Das *Deutschlandeck* war erwartungsgemäß eine Eckkneipe. Überraschend war das angenehme Ambiente. Hinter einem halbrunden Tresen bediente eine junge Brünette ein Grüppchen von Männern, die allerdings aus ihrer Zugehörigkeit zur rechten Szene keinen Hehl machten. An den Fenstern standen Sitzgruppen aus Sesseln und niedrigen Tischchen, alles in dunkelrot, schwarz, braun, warm, geschmackvoll, keine Devotionalien, sehr harmonisch, wenn das Publikum den Eindruck nicht zunichtegemacht hätte. Marlene folgte Elena, die die Männer knapp begrüßte, am Tresen vorbei in einen Gang mit mehreren Türen. Küche, Toiletten, *Privat*. Am Ende des Gangs eine Glastür, die offenbar zu einem Saal führte. Doch Elena bog vorher ab. Sie betraten einen Raum, der wie das Wohnzimmer der Inhaber wirkte. Sideboards, zwei Sofas, in der Mitte eine Tafel, an der etwa zehn Frauen saßen, zwei der hochlehnigen Stühle waren noch frei.

»Ihr seid spät dran«, rügte die Dame an der Stirnseite des Tisches, in der Marlene die Körner-Haferbach, die Frau des Richters, vermutete. Sie mochte zwischen fünfzig und sechzig sein mit silbergrauem Haar, das sie im Nacken zu einem Knoten gebunden hatte, heller Bluse, dunklem Kostüm. Die anderen waren allesamt jünger und legerer gekleidet, soweit Marlene das in dem kurzen Moment des Eintretens erfasste. Während sie die beiden freien Plätze ansteuerten, blieb ihr Blick an einem Gesicht hängen, das ihr bekannt vorkam.

Bekannt.

Ja.

Woher?

Kurz nur.

Dunkel und kalt.

Gregor.

Coesfeld.

Weihnachten.

Keller.

Tod.

Lara Roggenkamp. Plötzlich hatte sie es. Die andere auch. Das Erkennen verlieh ihren Wangen einen durchaus sinnvollen Rosaschimmer. Blass mit tiefen Ringen unter den Augen hatte Lara dagesessen und ausgesehen, als wäre sie länger nicht aus ihren Kleidern gekommen. Ohne den Blick abzuwenden, nahm Marlene Platz und ließ die Vorstellungsrunde über sich ergehen. Zurücklehnen, abwarten, was geschah, beobachten. Während Margit Körner-Haferbach *Jessie Mahnemann* als neues Mitglied begrüßte und Marlene ihr Raubtierlächeln schenkte, die schmalen Lippen von einem zahnärztlichen Meisterwerk zurückgezogen, checkte Marlene den Raum und kalkulierte, wie lange sie zur Tür brauchte, falls es Lara Roggenkamp einfiel, die wahre Identität von Jessie Mahnemann bekannt zu geben. Aber das Mädchen rutschte in seinem Stuhl zusammen, rührte sich nicht mehr und heftete den Blick auf die Tischplatte. Besser so. Erst einmal. Außerdem fragte sich Marlene, was eigentlich ohne ihr Wissen besprochen worden war, dass die Körner-Haferbach sie mit einer derartigen Selbstverständlichkeit in den Kreis der Frauen aufnahm. Welche Informationen, außer denen, die sie kannte, hatte Daniel durchsickern lassen, die diesen Vertrauensvorschuss begründeten? Marlene würde ihn fragen müssen. Daniel. Die Erinnerung an seine Hände auf ihrer Haut produzierte Schweißperlchen auf ihrer Stirn. Sie musste sich zusammenreißen.

Wenn Marlene die Veranstaltung hinter sich gebracht hatte, würde sie sich unter einem Vorwand von Elena, die ihr gerade etwas zuflüsterte, das sie nicht verstand, trennen und sehen, ob sie Lara zu fassen bekam. Wie war dieses kleine Ding hierher geraten? Was machte eine Fünfzehnjährige in dieser Runde? Zugegeben, sie sah nicht aus wie fünfzehn, jedenfalls nicht so aufgebrezelt, wie sie rumlief, trotz ihrer sichtlichen Angeschlagenheit. Hartfield, der Tote vom Weihnachtsabend. Genau. Marlene tastete nach ihrem Handy in der Tasche. Sie musste Gregor Bescheid geben, ob es ihr nun gefiel oder nicht.

»... Aufklärung. Die Polizei vertröstet uns. Die Zeitungen bringen die Meldung auf Seite vier ganz unten. Es ist mehr als an der Zeit, dass wir etwas unternehmen, um unsere Jungs zu finden. Tot oder lebendig. Wir wollen Aufklärung! Wir wollen Transparenz! Wir müssen ihnen beibringen, wer hier das Volk ist«, endete die Körner-Haferbach. Die Rede war an Marlene vorbeigeplätschert. Schlecht, ganz schlecht. Sie war hier, um zuzuhören und Kontakt zu der Körner-Haferbach zu knüpfen. Wieso kam ihr jetzt dieses Blag in die Quere?

»An lebendig glaubst du doch selber nicht mehr. Sieben inzwischen, Margit, sieben!«, sagte eine stämmige Mittdreißigerin vom anderen Ende des Tisches.

Zustimmendes Raunen.

Margit Körner wartete mit gesenktem Blick, bis wieder Ruhe einkehrte, oberlehrerinnenhaft.

»Deshalb müssen wir ...«

Die Kellnerin kam herein, brachte Speisekarten und stahl ihr die Show. Sie presste die Lippen aufeinander, während die Frauen die Karten aufschlugen und sich murmelnd über die Gerichte austauschten. Kotelett vor Rache. Es gab Prioritäten. Nur Lara tat nichts.

»Deshalb müssen wir«, begann Margit Körner-Haferbach neu und mit gehobener Stimme, »das selbst in die Hand nehmen.«

»Aber wo sollen wir denn anfangen? Meinst du, ich hätte nicht schon überall nach meinem Kevin gesucht«, sagte die Frau neben Lara, zierlich mit einem rötlichen Kurzhaarschnitt, fummelte ein Tempo aus der Tasche und drückte es auf die Augen.

»Ja, das weiß ich, Nicole.« Etwas Mütterliches, Warmes trat auf das Gesicht der Körner-Haferbach. »Aber gemeinsam können wir mehr tun.«

»Und das wäre?« Nicole schniefte ins Taschentuch.

»Zum einen …« Die Körner-Haferbach wandte sich an Marlene: »haben wir ein neues Mitglied, dass sich mit der Suche nach Vermissten auskennt. Das tun Sie doch, Frau Mahnemann?«

Was hatte Daniel bloß über sie erzählt? Vielleicht ging die Körner-Haferbach davon aus, dass Marlene auf der Suche nach vermissten Ehemännern und treulosen Ehefrauen eingesetzt war. Sie nickte zögerlich. Als die Körner-Haferbach ihr weiter erwartungsvoll ins Gesicht blickte, sagte sie: »Ja. Wir haben unsere Methoden.« Was genau sie damit meinte, wusste sie selbst nicht und musste dringend mit Daniel reden, wenn man sie auf die Suche nach den vermissten Nazis schicken wollte. Andererseits interessierte es sie, auf welche Weise sieben Menschen spurlos verschwanden, ohne dass in den Medien groß davon berichtet worden war. Marlene hatte kleine Notizen in der lokalen Presse entdeckt, sonst nichts. Sie erinnerte sich an den Namen des Verschwundenen nicht mehr, Kevin hieß er nicht. Vielleicht konnte sie in dieser Sache Gregor ansprechen und Steffens Spezialwissen anzapfen. Eigentlich traute sie sich gar nicht so recht, Gregor anzurufen, nachdem sie sein Flehen so lange überhört hatte. Aber Arbeit war Arbeit. Sollte er denken, was er wollte.

»Außerdem«, fuhr Margit Körner-Haferbach fort, wurde aber erneut von der Bedienung unterbrochen, die die Bestellungen aufnehmen wollte. Die Frauen redeten durcheinander, orderten Bier, Wein und Schnitzel mit Pommes. Es dauerte einige Zeit, bis alles ausdiskutiert war. – Das Steak lieber mit Folienkartoffel, aber ohne Salat. Nein, kein Rotkohl zur Ente, den vertrage ich nicht. Danke, nur Salat, ich bin auf Diät. – Nachdem die Bedienung alles notiert hatte und gegangen war, begann die Körner-Haferbach von Neuem.

»Außerdem werden wir auf die Straße gehen!« Margit Körner-Haferbach blickte jeder versichernd ins Gesicht. Es wurde sehr still, nur Elena ließ ihren Kugelschreiber klicken.

»Wie, genau, stellst du dir das vor?«, fragte sie, ohne die Körner-Haferbach anzusehen.

»Ganz offiziell werden wir eine Demonstration für die Rechte der Frauen beantragen. Ist es etwa nicht unser Recht, zu erfahren, was mit unseren Männern geschehen ist? Ist es nicht unser gutes Recht, den Staat auf seine ureigensten Aufgaben hinzuweisen? Unsere Pflicht, als freie Bürger?« Ihre Stimme hatte an Schärfe gewonnen, der sie kurz darauf ein Lächeln beimischte. »Ein Montag, finde ich, würde sich ausgezeichnet eignen.«

»Großartig!«, sagte eine beigefarbene Dünne am Ende des Tisches. Noch ein Moment der Stille, dann begann Elena zu klatschen und die anderen fielen ein, andächtig.

* * *

Immerhin das Essen war gut gewesen, obwohl die Diskussionen im Anschluss Marlene massiv auf den Magen geschlagen waren. Wenn es ihre Aufgabe war, sich dieses rassistische Gesülze anzuhören, würde sie ernsthaft üben müssen, ihre Mimik unter Kontrolle zu halten. Bis jetzt war es ihr gelungen.

Stühle und Füße scharrten, Heiterkeit und bierselige Leichtigkeit in der Luft. Die Damen hatten sich offenbar gut unterhalten. Manche verabredeten sich weiterzuziehen, um dem Morgen entgegenzutanzen. Nur einige gingen mit geröteten Augen und gesenktem Kopf davon. Lara drückte sich an zwei Dicken vorbei, die den Ausgang zuparkten. Marlene wollte ihr nach, aber die Körner-Haferbach hielt sie mit ihrem Raubtierlächeln auf.

»Wir sind sehr froh, dass Sie den Weg zu uns gefunden haben. Wir brauchen starke Frauen mit speziellen Kenntnissen und Kompetenzen. Was halten Sie davon, wenn wir uns noch ein wenig über Ihre Vorstellungen, wie Sie bei der Suche nach unseren Jungs vorgehen wollen, unterhalten würden?«

Marlene sah Laras blonden Schopf zwischen den anderen entschwinden. Sie konnte nichts tun.

41.

Lara rannte. Schlidderte. Rannte. Stapfte durch den Schnee einer mickrigen Grünanlage. Drehte sich um. Niemand. Stürzte. Stand auf und rannte. Straßen. Die Hände eisig. Geschlossene Geschäfte. Eine Hausecke, die ihr die Schulter streifte. Hart. Stimmen aus einer Kneipe. Ein besoffener Elefant rempelte sie. Müllcontainer. Ein Supermarkt. Ein Haus mit toten Augen. Die Tür vernagelt.

Daneben ein Weg zwischen himmelhohen Mauern. Lara erreichte den Hinterhof, fand eine Tür, die Bretter ausgebrochen, und schlüpfte ins Haus.

Stille.

Nur ihr Atem heiß und schnell. Die Scheißbullentante. Wie hatte sie sie gefunden? Im kargen Licht, das von einer Straßenlaterne ins Treppenhaus fiel, tastete sie sich die Stufen hinauf, spürte Scherben unter den Sohlen. Im ersten Stock eine offene Wohnungstür. Die Wohnung war leer, soweit sie sah. Wie Christians. Nur hatte der noch ein Sofa gehabt, auf dem sie viele Nächte zugebracht hatte, während er auf seiner Matratze schlief. Christian war okay gewesen. Er hatte sie gefickt und bezahlt. Ordentlich. Er war immer da. Und gekocht hatte er für Lara. Nur nachts war er aufgeschreckt, hatte geschrien. Einmal war er nach draußen gerannt, hatte ein Samuraischwert über seinem Kopf geschwungen und die Nachbarn beschimpft. Er hatte gesoffen oder irgendetwas anderes intus. Am nächsten Tag hatte sie das Ding aus dem Haus geschafft und war aufs Sofa umgezogen.

Sie tappte eine Etage höher. Beide Wohnungstüren verschlossen. Dritte Etage. In einer Ecke der linken Wohnung fand sie eine Matratze, einen Stuhl, leere Flaschen, einen Kerzenstummel, fahndete nach dem Feuerzeug in ihrer Tasche, zündete ihn an und sich eine Zigarette. Sie inhalierte tief und sank auf die Matratze. Es roch nach kaltem Rauch, Schnaps und Pisse. Aber einen Hügel aus Decken hatte der dagelassen, dem dieser Ort eine Zuflucht geboten hatte. Nett von ihm. Lara zog sie um ihren Körper. Max hatte sie nicht erreicht. Wahrscheinlich hing er noch bei den Bullen fest, oder sonst wo. Sie zitterte. Diese eisigen Nächte. Ihre Zunge fuhr über die Schneidezähne, rau. Eine Zahnbürste wäre nicht schlecht. Sie drückte ihre Zigarette aus und steckte sich die nächste an. Wodka gegen die Kälte könnte sie brauchen. Die Luft war schwarzes Eis. Ihr Atem fror an den Nasenlöchern fest. Sogar der, der hier Unterschlupf gefunden hatte, war fortgegangen. Sie stand auf, wanderte umher und überlegte. Hätte sie doch den verdammten Schlüssel von Max eingesteckt.

Zwischen ihr und dem Morgen lag der Erfrierungstod.

Wenn sie nur eine ungefähre Ahnung hätte, wo sie war? Wie weit es zum Bahnhof war? Bahnhöfe waren warm.

Nur diese Nacht überstehen.

Im Hellen fände sie sicher zu Max' Wohnung zurück. Die musste ja in der Nähe sein. Und irgendwann ließ man Max auch wieder frei. Vielleicht war das längst geschehen. Unruhe schlug Funken in ihrer Brust.

Max und Wärme und Wodka.

Sie drückte die Zigarette aus, dachte nach. So dunkel war die Stadt gar nicht, dass sie den Weg nicht fände. Hoffte sie. Außerdem der Schnee. Und sie hatte eine gute Orientierung.

Auf der Straße zerrte der Dreckswind an ihrem Haar. Sie hob die Schultern und stiefelte in die Richtung, aus der sie gekommen war. Noch erkannte sie nichts, aber sie überließ ihren Füßen das Gehen.

Nicht nachdenken. Treiben lassen.

Der Wind stärkte ihr den Rücken. Dann kam die Hausecke, die sie getroffen hatte, und Lara tastete nach ihrer Schulter. Ein kleiner Schmerz beim Draufdrücken. Straßen, Geschäfte, die Grünanlage. Da musste sie links, nein, rechts.

Nicht denken. Treiben lassen.

Hier musste das *Deutschlandeck* sein. In einer Nebenstraße und von da aus musste sie …

Treiben lassen.

Und finden.

Die Haustür knarrte. Lara ließ sie leise ins Schloss fallen und hauchte in ihre Hände, die sie kaum noch spürte. Sie könnte sich in den Arsch beißen, dass sie nicht den Schlüssel genommen hatte, den Max ihr hinhielt, als sie das Haus verlassen hatten. Wie dämlich musste man eigentlich sein? Lara schlich die Treppe hinauf. Die Nachbarin konnte sie schlecht fragen, ob sie vielleicht einen bekommen hatte, um das Grünzeug zu gießen. Andererseits … Sie drückte die Klinke. Nichts. Okay. Hätte ja sein können. War aber nicht. Sie spürte, wie sich ein Lächeln durch das Eis auf ihrem Gesicht kratzte. Lara zog die Karte, die sie in Münster mitgenommen hatte, durch den Spalt zwischen Zarge und Tür. Christian hatte es ihr gezeigt. Hundert Mal. Christian war okay gewesen. Es klackte.

Drinnen Wärme, der Geruch von Pizza, kein Max.

Hunger.

Die Reste ihrer letzten Bestellung fand sie im Kühlschrank und steckte sie in die Mikrowelle, während sie ihre Kleider auf dem Weg ins Bad verteilte. Heißes Wasser. Sie ließ es über Nacken und Brust rinnen. Ihre Haut prickelte und das Leben kehrte zurück. Nachdem sie sich mit einem frischen Handtuch, das nach Sommernachmittag duftete, abgetrocknet hatte, aß sie mit Appetit die Pizzareste, holte sich die Wodkaflasche und nahm einen Schluck. Im Kleiderschrank entdeckte sie einen Wollpullover und dicke Socken von Max, streifte ihre Jeans über und kuschelte sich unter die Decke auf dem Sofa. Schläfrig. Sie träumte von einem Plastikhuhn in Mammutdimension.

Als sie erwachte, klebte ihr Körper von Schweiß. Sie stand auf, duschte erneut, zog sich an und fühlte sich hellwach. Es war zwei Uhr nachts. Was mochte Max tun? Wo war er? Noch in Haft oder trieb er sich bei seinen idiotischen Kumpels herum? Sie wanderte durch die Küche, das Wohnzimmer, das Schlafzimmer und setzte sich an den Küchentisch. Ein kleiner Stapel mit Post lag da. Sie blätterte darin. Eine Rechnung vom Stromversorger, eine Karte aus Mallorca, ein Brief von der Staatsanwaltschaft. Sie las. Landfriedensbruch. Sie kicherte. Max. Eigentlich kannte sie ihn gar nicht. Er war nett, hatte eine aufgeräumte Wohnung, Wodka und den Kühlschrank voller Nahrungsmittel. Außerdem fühlte er sich gut an. Besser als die meisten.

Ein Foto lag zwischen den Briefen. Eine Frau, zwei Kinder, vielleicht acht, neun Jahre alt, vor blühenden Apfelbäumen. Lachen und Schäfchenwolken. Lara betrachtete es eine Weile. In dem rechten Jungen hätte sie Max erkennen können. Eine glückliche Familie. Wie hatte Max gelebt? Was machte er eigentlich, wenn er nicht im Knast war? Oder war er hauptberuflich Nazi? Lara ordnete die Papiere auf den Stapel und schlenderte ins Wohnzimmer. Sie öffnete eine Schublade von dem IKEA-Sideboard. Zigarettenschachteln, Fotos, Bedienungsanleitungen, ein Taschenmesser, eine Diddl-Figur, Krimskrams. Sie zog die nächste heraus. Obenauf ein gerahmtes Hitler-Bild, darunter zwei Hefter und einiges an losen Blättern. In dem einen Hefter fand sie einen Ausbildungsvertrag. Gerüstbauer. Gerüstbauer war ein guter Beruf. Im zweiten Hefter einzelne Fotos. Sie blätterte sie durch. Wieder die Frau mit den zwei Jungen. Jugendliche an einem See im Sommer. Max im Anzug mit einem schiefen Grinsen. Welchen Anlass hatte er gehabt? Dann ein Päckchen vom gleichen Format. Eine Kneipe. Max inmitten von Jungs, die sie nicht kannte. Verschwitzte Gesichter, Biergläser wurden in die Kamera gehalten. Auf einem der Fotos beugte sich jemand über Max' Schulter. Ein Gesicht, das Lara vertraut war.

Es war dagewesen.

Immer.

Aber das gab es nicht mehr, das Gesicht.

Nie mehr.

Es war schon nicht mehr dagewesen, als sie es zuletzt gesehen hatte, blau und blicklos im Keller.

In einem leeren Haus.

42.

Draußen vor dem Fenster lagerte das schwarze Nichts mit dem Winter in der einen und dem Abschied in der anderen Hand. Marlene starrte es an, eingefroren, mit unruhigem Herzen. Sie hatte es nicht kommen sehen. Sie hatte wieder einmal gar nichts kommen sehen. Und dann war es plötzlich da, das Schweigen, und war länger und länger geworden. Minuten, Stunden, Tage.

Hatte sich ausgedehnt im Unausgesprochenen und dem Niemehr seine umfassende Bedeutung verliehen, aller Hoffnung entgegen.

Radikale Akzeptanz, hatte Hagemann gesagt und Marlene hatte ihm zugehört, ihm vertraut – und dann war er gestorben. Nicht ohne Bedauern. Er hatte nicht gesagt, dass sie nichts kosten würde, die Akzeptanz.

Marlene ahnte, dass sie mindestens mit dem Frühling zahlen musste. Mit diesem und dem nächsten und übernächsten …

Wie hatte das nur passieren können? Daniel war ihr vor die Füße gelaufen, sie war gestolpert, und er hatte sie aufgefangen. Nett von ihm. Danach war irgendetwas anderes passiert, etwas, das in ihrer Brust zerrte und einen alten Schmerz losmeißelte. Unvorbereitet.

Vids metallene Rhythmen hämmerten an Marlenes Puls entlang. Daniel hatte nicht angerufen, sich nicht sehen lassen, er war im Nichts verschwunden. Mochte der Himmel wissen, wo das war. Dabei hatte er ihr versprochen, sich zu melden nach diesem merkwürdigen Treffen mit den Nazi-Weibern. Hatte er aber nicht. Kein Wort. Zwei endlose Tage lang nicht, in denen sie das Gelände ablief, still neben dem Russen her. Wenn sie nichts sagte, sagte der Russe auch nichts. Ein Segen, der Mann. Nur in den Pausen, in denen sie bei Katja Kaffee tranken, war geredet und gelacht worden. In ihrer Gegenwart konnte man nicht nichts sagen. Ihr Strahlen erhellte die Pathologie und wahrscheinlich die Hölle, wenn sie sich da begegnet wären. Nach der Arbeit war Marlene zu Daniels Wohnung gefahren. Hatte ihn nicht angetroffen. Das Eckhaus sah einsam aus. Sie hatte gewartet, dass sich daran etwas ändern würde. Das tat es nicht. Also fuhr sie zu dem fetten Pjotr ins Büro. Der war weg. Sein Handy stumm. Zurück zu Daniels Wohnung, circa zweihundert Anrufe auf seine Mailbox. Warten, bis sie ihre Muskeln nicht mehr spürte. Sie kaufte einen Kaffee am Kiosk und wartete.

Sie brauchte Daniel.

Irgendwie.

Zumindest wusste er, wie es weitergehen sollte. Außerdem hatte man ihr Konto gesperrt. Die Sparkassenmenschen wünschten eine Unterredung. Sie könne nicht weg, hatte sie gesagt und sich furchtbar aufgeregt. Ihr Dispo-Kredit sei um tausend Euro überzogen. Ob sie nicht finde, dass man das klären müsste? Marlene hatte kaum etwas abgehoben und ihr Konto hatte mit etwa fünftausend im Plus gestanden, als sie aus Coesfeld weggefahren war. Das Geld war mit ihrer Scheckkarte abgehoben worden, aber die hatte sie bei sich getragen. Hatte sie geglaubt. Nach dem Einbruch in ihr Hotelzimmer war sie noch da gewesen. Wann sie abhandengekommen war, wo und wer sie benutzte, konnte sie nicht sagen. Eine Anzeige wagte sie nicht. Vielleicht konnte Daniel ja … mit seinen Polizeikontakten … inoffiziell.

Und sie brauchte Geld.

Marlene war immer noch schlecht von dem Gequassel der Nazi-Tanten. Sie fragte sich, wie lange sie auf Daniels Anruf warten sollte. Dabei hätte sie mit Gregor telefonieren müssen, längst. Sie hatte Angst. Vor dem Schweigen zwischen den Worten. Sie nahm ihr Handy aus der Tasche und setzte sich aufs Bett, betrachtete das Display. Der Akku war bald leer. Sie wählte Gregors Nummer. Legte auf. Wählte wieder. Legte auf. Warf das Handy aufs Bett. Scheiße.

Das Tiramisu. Eiskalt. Davor seine Wärme. Seine Schultern, seine Haut, die Erinnerung, die sich mit der an Daniel mischte. Sie angelte nach dem Gerät, wählte.

Nach dem ersten Freizeichen: »Ja?«

Plötzlich seine Stimme, vertraut.

»Marlene hier.«

»Ja.«

Da war sie, die Stille.

»Du.«

»Ja.«

Los jetzt. »Ich habe Lara Roggenkamp getroffen.« Sie hörte, wie er die Luft einzog. Sonst nichts. Das Nichts war knapp fünfhundert Kilometer lang.

Endlich sagte er: »Wo?«

»In Leipzig.«

Wieder die endlose Stille. Dann: »Wann?«

»Vor zwei Tagen.«

»Du hast den Kollegen Bescheid gegeben.«

»Nein.« Das Hämmern aus dem Nebenraum brach ab.

»Sag mal, spinnst du?« Seine Stimme schwoll an. »Sie ist unsere einzige Zeugin. Wir haben keine Anhaltspunkte. Wir …«

»Ich bin ihr bei einem Treffen des *Rings der nationalen Frauen* begegnet.«

»Bist du hier abgehauen, um dich einem Stricklieselclub anzuschließen?«

»Neo-Nazi-Weiber.«

»Das ist natürlich eine Alternative.«

»Zumindest ein Ansatz«, sagte sie kühl.

Nachdem die Buchstaben einzeln und zu Fuß nach Coesfeld marschiert waren, sagte er: »Ja. Vielleicht. Marlene?«

»Was?«

»Was machst du da?«

»Ich arbeite.«

»Bei den Nazis.«

»Nein.«

»Was dann?«

»Bei den Guten.«

»Und was hast du mit diesem Pack zu schaffen?«

Marlene erzählte ihm von den sieben Vermissten, von ihrer Arbeit auf dem Psychiatriegelände, von dem ruhigen Russen, der Bulgare war, von Katja und der Körner-Haferbach mit ihrem Richtermann. Davon, dass sie Lara Roggenkamp zwar gesehen hatte, sie ihr aber entwischt war. Von Daniel sagte sie nichts.

»Du bist wahnsinnig«, sagte Gregor, nachdem sie geendet hatte.

»Kannst du was für mich tun?«

Zögern. »Sicher.«

»Kannst du rausfinden, wer mein Konto abgeräumt hat? Vielleicht kann Steffen auch …«

»Jemand hat was?«

»Ich habe keinen Cent mehr.«

Auch davon berichtete sie ihm. Bei allem … es war gut, mit ihm zu sprechen. Nur die Enttäuschung wollte keine Ruhe geben. Sie war so laut, wie die Bässe, die nebenan wieder einsetzten.

»Ich schicke dir Geld.«

»Nein.«

»Marlene …«

»Ich kriege das schon hin.« Früher hätte sie angenommen. Nun nicht mehr. Sie würde klarkommen.

Sie hörte, wie seine Stimme ins Förmliche rutschte. »Wenn du etwas rausfindest über Lara Roggenkamp …«

»Ja.«

»Gut.« Pause. »Also dann …«

»Gregor.«

»Marlene.«

Er legte auf. Ihr Name hallte nach.

Sie atmete aus. Es war einfacher gelaufen, als sie gedacht hatte. Nicht viel. Sie ging in die Küche, vorbei an Vids Lärm, und kochte sich einen Kaffee. Neun Uhr erst. Vor ihr lag eine lange Nacht. Vielleicht sollte sie Katja anrufen. Noch bevor der Gedanke sein Ende fand, hatte sie Katja an der Leitung.

»Klar, komm vorbei. Ich bin noch in der Pathe«, sagte Katja, und sogar das Telefon strahlte dabei. So einen sonnigen Menschen hatte Marlene noch nie erlebt, und das Ziehen in ihrer Brust ließ ein wenig nach.

»Hat sich Daniel bei dir sehen lassen?«, fragte sie. Es ließ doch nicht nach.

»Nee. Was willst du denn von dem?«

Auskünfte, Informationen, Geld vielleicht und … Ja, was eigentlich? Die eine Nacht war kein Versprechen gewesen. Hübscher und heiterer und sinnlicher war sie als so manche andere mit einem Fremden. Sein Lächeln hätte sie gern wieder gehabt. Aber er hatte es mitgenommen und vor ihr versteckt wie die Waffe und den Koks.

* * *

Katja empfing sie eilig.

»Ich bin gleich fertig. Dann können wir noch irgendwo was

trinken gehen. Zu mir oder zu dir?« Sie legte den Kopf schief und das Feuermal an ihrer Wange hob sich freundlich.

»Ach.« Marlene ließ sich auf einen Holzstuhl aus dem vorletzten Jahrhundert sinken.

»Was ist los?« Katja wischte die Edelstahlflächen ab, räumte Schälchen aus den Brutschränken heraus und andere hinein, sortierte Unterlagen, tippte etwas in den PC und drehte sich zu Marlene um, als die schwieg.

»Daniel.« Und Gregor. Gregor auch. Aber das war etwas anderes. Vorbei.

»Ach, Daniel. Der ist immer mit irgendwas unterwegs. Seine Projekte, sein Personal, seine Freunde. Ich hab ihn auch nicht erreicht.«

»Machst du dir keine Sorgen?«

»Um Daniel?« Sie lachte auf. »Nein. Der ist schon groß. Irgendwann erscheint der wieder.«

»Aber er hat mir versprochen ...«

Katja blickte Marlene in die Augen. Ernst. Das Strahlen. Trotzdem. Es umgab sie wie ein Duft. »Was hast du gemacht?«

»Ihn gesucht, ihn tausend Mal angerufen, auf ihn gewartet, ewig. Ich muss wissen, wie es weitergehen soll. Er hat gesagt, er meldet sich.« Lara Roggenkamp, die einzige Zeugin. Wenn Marlene sie wiederfinden wollte, waren die Nazi-Weiber ihre einzige Chance. Sie wollte sie wiederfinden, auch wenn sie kotzen könnte bei diesen Treffen. Nein, sie hatte nicht das Gefühl, Gregor etwas schuldig zu sein. Es war einfach notwendig. Gestern hatte sie in der Zeitung von der Lynchaktion gelesen. Die Neo-Nazis und ihr Mobb hatten einen Säugling auf dem Gewissen. Der junge Mann, den man aus dem Fenster gestoßen hatte, lag im Koma. Er hatte eine Bewährungsstrafe von zwei Jahren wegen eines Übergriffs auf eine

Dreizehnjährige hinter sich. Lara Roggenkamp hatte Hartfield gefunden und war bei den Nazi-Weibern gelandet. Und in Daniels Auftrag unterwegs war Marlene ihr begegnet. Es hatte nichts mit Gregor zu tun. Es war notwendig.

Daniel. Dieses verfluchte Ziehen in der Brust.

»Tja, wenn er das gesagt hat.« Katja kramte in der unteren Schublade eines Rollcontainers, förderte eine Flasche Pastis zutage und hielt sie hoch. Marlene nickte.

»Die andere Möglichkeit wäre eine Tüte Lakritz. Habe ich aber nicht.«

Sie stießen an. Katja zog einen Stuhl heran und setzte sich Marlene gegenüber. Sie schenkte nach, steckte sich eine Zigarette an, Marlene nahm auch eine und ließ sich Feuer geben. Feuchtes kippte über ihren Lidrand, als sie den Rauch ausstieß.

»Heul nicht. Es gibt Schlimmeres.«

»Ach, ja? Loyalität ist sein Lieblingswort.«

»Daniel ist loyal. Absolut.« Tiefe Überzeugung in Katjas Gesicht. Vielleicht stimmte das sogar. Sie waren die anderen und mussten sich beistehen, zwangsweise. Es gab die Deutschen und die Juden, egal wie deutsch sie waren.

Katja nahm Marlenes Hand. Stark war sie und weich. »Du hast dich mit ihm eingelassen? Und deinen Einsatz verspielt. Na und?«

»Er hat gesagt, er ist da, aber er ist weg. Ich habe nicht gewusst …«

»Spiel nicht mit einem Spieler, wenn du die Regeln nicht kennst.«

»Blöd nur, wenn sich die Regeln mitten im Spiel ändern.« Marlene hielt Katjas Hand fest, sehr fest. Etwas Festes war gut.

»Es ist das Regeländerungsspiel. Das geht so.«

»Hoher Einsatz für nichts.«

»Was für ein Einsatz?« Katja wartete.

Hoffnung. Auf Vertrauen vielleicht. Auf Inselchen im Alleinsein. Dachte Marlene. Aber die Scham hielt die Worte bedeckt. Sie blickte zu Boden.

»No risk, no fun.« Katja schenkte nach.

Marlene trank ihren dritten. Oder war es schon der vierte? Der Alkohol wärmte sie. Katjas schlanker Finger strich über ihren Handrücken, das Handgelenk entlang, kitzelte am Unterarm unter dem Pullover.

»Der Fun hält sich in Grenzen. Nur der Einsatz war hoch.« Zu hoch. Marlene schluckte.

»Das nächste Mal dann mit kontrolliertem Risiko.«

»Was für ein nächstes Mal?« Daniel war fort. Wahrscheinlich wurden neue Arbeitsaufträge demnächst über Pjotr im Büro abgewickelt und Daniel verkehrte, wenn er je wieder auftauchen sollte, postalisch mit ihr. Marlene hatte geglaubt … Was immer sie geglaubt hatte. Es war anders, ohne dass sie es hatte sehen können. Sie goss selbst die Gläser voll, aber Katja legte die Hand auf ihres. Marlene trank.

»Hör mal.« Strahlen, selbst in Katjas Stimme, gleichgültig die Worte. Sie nahm Marlenes Gesicht in beide Hände. Ihre Augen ganz nah, verschwammen, vierfach. Ihr Mund schmeckte nach Lakritz und Rauch. Die Zunge glatt und schnell. Marlene schwindelte leicht. Katja zog sie vom Stuhl hoch und küsste sie. Lange. Ihre Brüste an Marlenes Brüsten, voll und weich. Hände, die sich über ihren verspannten Rücken tasteten, unter ihren Pullover schlüpften, zu den Hüften hinab, Haut fanden, Schauer darübertrieben. Wenn Marlene hätte denken können, hätte sie gedacht, dass etwas falsch war. Ganz und gar verkehrt. Aber was war verkehrt an Lakritz? Katjas Becken drückte sich gegen ihres, löste sich. Ein

Körper so schmal und elastisch, so fremd und gleich. Katjas Hand in ihrer Jeans, Finger an ihrer Scham. Lippen, Hände, Feuchtigkeit zwischen ihren Schenkeln. Marlene atmete schnell, ließ sich rückwärts gegen den Schrank sinken. Eine seiner Türen sprang auf. Katja presste sich gegen sie und schob den Finger in ihre Möse. Marlene packte ihren Schopf im Nacken und biss ihr in die Lippe. Katja war kräftig. Marlene fühlte das Holz am Rücken. Katjas Hand. Marlene spürte Katjas Nippel unter ihren Händen, hörte ihr Keuchen und das Geräusch, das der Schrank machte. Hundert Jahre altes Knarren, rhythmisch. Wenn sie hätte lachen können, hätte sie gelacht.

Plötzlich ein Klirren, gleich darauf noch eines.

Sie erstarrten.

Beide.

Nur das Pulsieren in ihrem Unterleib blieb.

Ruhe.

Marlenes Hose war nass, am Hosenbein auch, und es roch irgendwie chemisch. Als sie den Kopf wendete, sah sie Scherben. Der Boden war dunkel von Flüssigkeit und da lag ein Ding.

Und noch ein Ding.

Marlene konnte erst nicht erkennen, was es war. Ihr schwindelte vom Alkohol und überhaupt. Behutsam lösten sie sich voneinander. Katja ließ sie nicht aus den Augen. Dann erkannte Marlene es und wich zurück. Grau und so groß wie kleine Kürbisse mit mäanderten Oberflächen. Katja zog sich Handschuhe über. Sie hob die Hirne auf die Edelstahlfläche und sammelte die Scherben vom Boden. Im oberen Schrankfach standen mehrere zylinderförmige Gläser nebeneinander, jeweils ein Organ in jedem. Eingewecktes Denken.

»Was ist das?«

»Wonach sieht es aus?« Die Scherben klimperten im Abfalleimer. Katja holte eine Rolle Küchenpapier und klaubte den Rest zusammen. Marlenes Atem ging schnell.

»Du befindest dich hier in einem ehemaligen pathologischen Institut, Marlene.«

»Ja, ja. Es kam nur so …«, überraschend. Allmählich beruhigte sie sich. Sie blickte nach oben und zählte fünf Zylinder. Alle waren mit kleinen Etiketten, auf denen Nummern und Daten aufgedruckt waren, beklebt. Sie sahen neu aus.

»Warum werden die eigentlich aufbewahrt?«

Marlene erhielt einen Blick, dem jeder Glanz fehlte, schwarze Sonne. Sie fröstelte darunter.

»Ich will wissen, wie sie denken.«

»Aber …«

»Nein. Die Hirnforschung kann auch nicht alles.«

Es roch immer noch stark nach Formaldehyd, und Katja beugte sich über die Arbeitsfläche, um ein Fenster zu öffnen. Eisluft strömte herein. Marlene betrachtete die schlanke Gestalt, die ihr eben noch so nah gewesen war. Fünf Hirne in Zylindern, zwei auf Edelstahl. Die Etiketten neu. Wie neu?

»Wie willst du herausfinden …?«

»Ich sehe sie an.«

»Aha.« Ansehen, vermessen, vergleichen. Das gab es schon mal. Sieben Hirne. Sieben Vermisste. Oder mehr? Nein. Oder doch?

»Ihr habt …«

»Sie müssen verschwinden.« Katja wusch sich die Hände unter heißem Wasser. Marlene straffte sich und fasste die Tür ins Auge.

»Ihr ermordet sie, weil sie verschwinden müssen.«

Katja wusch sich die Hände lange. »Samt ihrem Denken.«

»Das ist …«, verrückt. Völlig durchgeknallt!

»Du hast gelesen, was passiert ist. Und das war nur eine Sache. Das Baby hätte ein Leben gehabt. Es wäre ein Kind geworden und ein Erwachsener und vielleicht ein alter Mensch. Niemand tut etwas gegen diese Seuche.«

Die zwei Hirne lagen verlassen auf dem Tisch. Sie hatten Babys gehört, Kindern, Erwachsenen und hätten ihre Besitzer ins Alter geleitet.

»Was glaubst du, wer die Bombe am Völkerschlachtdenkmal gezündet hat. Und die am Ariowitsch-Haus?«, fuhr Katja fort.

»Wenn du das so genau weißt, warum gehst du nicht zur Polizei?«

Katja schnellte herum. Schwarze Sonne. »Um die Dreckschweine noch jahrelang weitermorden zu lassen?« Das Wasser dampfte aus der Spüle.

»Du erinnerst dich an die NPD-Verbotsfarce? An die Döner-Morde? Zehn Jahre lang! Allein der Begriff! Und die NPD hat von dem sogenannten *Nationalsozialistischen Untergrund* und ihren Verbrechen gewusst. Und wer noch alles? Gab es nicht V-Männer des Verfassungsschutzes? Und wer ist der Verfassungsschutz, den wir uns leisten? Richter finden jedenfalls, dass Nazis eine schützenswerte Minderheit sind. Damit sie den anders gesinnten Teil der Bevölkerung umbringen können? Oder irgendwelche Leute, deren Herkunft ihnen nicht passt?« Katjas Feuermal leuchtete so dunkel wie ihr Blick.

Das hatte Marlene schon einmal gehört. Von Daniel. Katja hielt die Pastisflasche hoch. Völlig unrecht hatte sie nicht. Marlene nickte gegen die Vernunft, gegen ihre mühsam erkämpfte Überzeugung und gegen das Rauschen in ihrem Kopf. Es fühlte sich falsch an. Halbfalsch. Wie die Rille in ihrem Hirn. Die Danielrille.

Katja verteilte den Schnaps auf die Gläser. Sie setzten sich wieder, tranken und rauchten, die Arme auf die Oberschenkel gestützt, und hefteten ihre Blicke auf den Boden.

»Die staatlichen Möglichkeiten orientieren sich an den Gesetzen«, wandte Marlene mit schwerer Zunge ein. Der Boden waberte. Bisher hatte sie geglaubt, dass die halbwegs in Ordnung waren. Ihr Denken waberte auch.

»Solange Täterschutz vor Opferschutz geht und der rechte Mann an der rechten Stelle sitzt …«

Gewiss gab es so Fälle. Bedauerlich. Schlimm. Fürchterlich. Aber … »Mord ist auch keine Lösung.«

»Für die möglichen Opfer von diesen Verbrechern schon.«

»Es werden neue kommen.«

»Ich habe auch nicht gesagt, dass es eine kurzfristige Aufgabe wäre.«

»Die Nazi-Weiber machen mobil.«

Katja kippte den Rest aus ihrem Glas und strahlte wieder. »Dafür haben wir dich. Und das *Bündnis gegen Rechts*.«

»Ich kann mir nicht vorstellen, dass das Bündnis eure …« Marlene suchte ein Wort, was eine Weile dauerte: »Art der Problemlösung akzeptabel findet.« *Akzeptabel* verrutschte ins Verwaschene. Marlene hörte es, konnte aber nichts dagegen tun. Stattdessen nippte sie an ihrem Drink.

»Es wird keine Kenntnis davon bekommen.«

»Aber ich habe Kenntnis.« Marlene zitterte ein wenig bei dem Gedanken, doch Katjas Wärme umhüllte sie. Und die vom Schnaps.

»Irgendwann hätten wir dich sowieso mit ins Boot geholt. Dann ist das eben jetzt.«

»Als was? Als Hilfssmutje?«

»Eher als Entertainerin.« Katja legte wieder ihre Hand auf Marlenes. Ein kleiner Stromstoß.

»Für wen?«

»Den Richter und seine Frau. Mehr musst du nicht tun.« Ein unendlich langer Blick.

Eine leichte Übelkeit kam auf. Sieben! Oder mehr. Und dabei würde es nicht bleiben. Döner-Morde. Das Baby. Der junge Mann im Koma. Frieder und sein Auge. Das Bein, über das Marlene in der Silvesternacht gestolpert war. In der Stadt hatte man über Islamisten spekuliert. Der Pastis schwappte durch Marlenes Hirn, was besser war, als wenn Formaldehyd um es herumschwappen würde.

»Und die Gage?« Vielleicht eine vorübergehende Lösung. Und sie brauchte ja nichts tun, als ein paar Informationen einzuholen. Gegen den Richter. Solche Richter sollten wirklich nicht Richter sein. Marlene schaute auf Katjas Mund.

»Genug. Glaub mir.«

Der kam näher und fand Marlenes Lippen. Lakritz. Sie fassten sich bei den Händen und gingen in den Raum nebenan. Diesmal störte sie kein Hirn.

43.

Es war dunkel, schon lange. Sie warteten. Schon lange. Der Jüngere und der Ältere.

Der Jüngere sagte: »Es ist scheißkalt.«

»Sie müssen bald kommen«, sagte der Ältere.

»Sie kommen«, sagte der Jüngere.

Ein Trupp von Männern verließ das Bruno-Plache-Stadion. Viele schwankten, sangen, hielten sich aneinander fest.

»Welchen«, fragte der Jüngere.

»Den Letzten«, sagte der Ältere.

Einer der Männer, ein kleinerer, folgte dem Trupp mit Abstand. Hin und wieder hielt er sich an einem Verkehrsschild oder einem Pfosten fest, der aus den Schneehaufen ragte. Manchmal stürzte er, rappelte sich auf und trottete den anderen nach.

Der Abstand zur Gruppe wurde größer. Die sangen. »Lok-Leipzig.«

»Den nehmen wir«, sagte der Jüngere.

»Und wenn er gar kein Nazi ist?«

»Dann hat er Pech gehabt.«

Als die anderen weit genug fort waren, setzten sie sich in Bewegung. Der Kleine sah sie nicht. Der Schnee machte ihre Schritte lautlos. Die Dunkelheit verbarg sie. Den Jungen und den alten. Sie kamen von hinten. Der Jüngere hieb dem Kleinen seinen Schlagring gegen den Kehlkopf. Ein Röcheln. Der Ältere schob dem Kleinen sein Stilett zwischen die vierte und fünfte Rippe. Gemeinsam zogen sie ihn von der Straße. Lautlos. Kein Tropfen.

»Lok-Leipzig!«

Der Kleine verschwand im Transporter. Katja, die Schöne, würde sich um ihn kümmern.

44.

Der Frost versetzte Marlene einen Tiefschlag, als sie aus der Tür trat. Sie schwankte, hielt sich an der Zarge fest, würgte, stapfte unsicher die Stufen hinab, an der Mauer entlang bis zur Ecke und kotzte. Eiskalter Schweiß klebte eine Strähne an die Stirn. Wenigstens ihr Magen beruhigte sich, und sie fühlte sich für den Augenblick besser. Es musste gegen fünf sein. Marlenes Schritte knirschten sich in die Stille auf dem Gelände, nur von der Stadt her ein Summen.

Sie lebte.

Vor dem Eingang hielt ein Lieferwagen. Jetzt? Um diese Zeit? Marlene verschmolz mit der Hauswand und war plötzlich hellwach. Zwei Gestalten in Schwarz sprangen aus dem Wagen, öffneten die Hecktür, hoben einen Körper heraus, der leicht zu sein schien, und verschwanden mit ihm ins Haus. Alles ging sehr schnell. Die Männer hatten sie nicht bemerkt. Marlene kramte in ihrer Tasche nach einem Stift, um sich das Kennzeichen aufzuschreiben, fand keinen, stattdessen ihr Handy und schickte sich selbst eine SMS. Besser so. Ihrem Kopf war nicht zu trauen. Sie atmete tief ein gegen den Schwindel. Die Tür des Wagens stand noch offen, Marlene blickte hinein, sah aber nichts als Dunkelheit. Wieder einer? Wahrscheinlich. Nicht auszuschließen, dass sein Hirn das Behältnis wechseln sollte.

Sie musste nach Hause, schlafen, nüchtern werden, nachdenken. Ihr Auto ließ sie schweren Herzens stehen. Mit dieser Menge Alkohol im Blut fände sie vielleicht das Zündschloss, ganz sicher aber nicht den Weg zu ihrer Bleibe. Sie hoffte, dass sie eine Straßenbahn erwischte, die in ihre Richtung fuhr. Wenn sie das Gelände verließ, musste sie links, daran erinnerte sie sich. Soweit sie ihrer Erinnerung trauen konnte, während der Pastis durch ihr Gehirn rauschte. Zumindest wusste sie, dass sie üblicherweise eine gute Orientierung hatte. Nur momentan … Sie hatte keine Idee, in welcher Himmelsrichtung der Stadtteil lag, den sie erreichen musste. Vid, dreh die Musik mal lauter!

Dann fiel ihr ein, dass Daniel ihr einen Stadtplan gegeben hatte. Der Gehweg war unverschämt schmal. Dauernd fielen die Schneewälle über ihre Füße her. Endlich ihr Auto. Der Innenraum roch vertraut. Während sie im Handschuhfach nach dem Plan suchte, kribbelte etwas in ihrem Nacken. Fremde Augen? Sie blickte sich um. Aber da war nichts. Sie verließ das Gelände, querte die Straße und lief an verschneitem Buschwerk entlang. In dem Plattenbau, der sich etwas zurückgesetzt von der Straße hinzog, ein hunderte Meter langer Komplex, leuchtete vereinzelt Licht in den Fenstern. Nach etwa anderthalb Kilometern, weit wie der Weg zum Mond, stieß sie auf eine Kreuzung. Im Licht der Straßenbeleuchtung haspelte sie den Plan auseinander und versuchte die Straßen zu fokussieren. Der Schmerz schlich sich von hinten an, packte sie an den Schultern, fräste sich den Nacken hinauf und randalierte in ihrem Kopf. Kein Wunder. Nachdem sie Katjas weiche Wärme verlassen hatte und bevor sie gegangen war, stellte sie fest, dass sie die Pastisflasche zu drei Vierteln geleert hatten. Sie wendete sich nach links, da war eine Haltestelle, daneben eine dunkle Traube Menschen. Der Verkehr und Marlenes Kopfschmerz nahmen zu. Sie wartete mit den anderen, obwohl sie nicht wusste, welche Bahn sie nehmen musste. Manchmal blickte sie über die Schulter in dem Gefühl, jemand starre sie an. Aber da war nichts.

45.

In ihrem Zimmer war es rattenkalt. Das Fenster war offen und die Heizung abgestellt. Sie konnte sich nicht erinnern, so einen Unfug getan zu haben. Sie selbst hatte Eiszapfentemperatur und zweifelte nur wegen des Hämmerns in ihrem Kopf nicht an ihrer Existenz. Vids Bässe schwiegen. Wenigstens das. Nach einer Dusche und zwei Aspirin mit einem Liter Wasser, schlüpfte sie unter die Decke und hoffte auf Schlaf. Als er kam, klingelte das Telefon.

»Wo bleibst du?«

»Daniel?« Sie rieb sich übers Gesicht.

»Zuverlässigkeit ist das Mindeste.«

»Ich habe Spätschicht.« Wenn sie nur nicht so müde wäre. Wieso rechtfertigte sie sich?

»Du hast Frühschicht.«

»Ich habe Spätschicht.«

»Du hast Frühschicht.«

Allmählich wurde sie wacher. »Zuverlässigkeit ist an sich ein interessantes Thema.« Ausgerechnet Daniel hatte Zuverlässigkeit einzufordern. Sie versuchte, ihre Armbanduhr zu finden. Wahrscheinlich war sie in dem Kleiderhaufen auf dem Boden in Deckung gegangen.

»Beeil dich. Sascha hält solange die Stellung, aber ich muss ihn gleich mitnehmen.«

»Und wer kommt für ihn?« Sie war sich sicher, dass sie zur Spätschicht eingeteilt war, es stand auf dem Plan, den Pjotr ihr gegeben hatte.

»Niemand. Du bist alleine auf dem Gelände.«

»Ich habe kein Auto.«

»Nimm Vids. Die Schlüssel liegen auf seinem Tisch.«

»Sag mal …«

»Nein. Jetzt nicht. Komm einfach.« Keine Erklärung, warum er sich nicht gemeldet hatte. Nur ein Befehl.

»Ich muss dich sprechen.«

»Später.«

Das Aspirin rang mit dem Kopfschmerz, aber fahren konnte sie nicht. Und überhaupt. Was fiel dem Typen eigentlich ein?

»Du brauchst mich nicht wie eine Idiotin zu behandeln«, schrie sie ins Telefon. Das aber gab nur das Freizeichen frei.

46.

Der Wetterbericht hatte für die nächsten Tage ein Tiefdruckgebiet aus dem Westen kommend mit neuen, massiven Schneefällen angekündigt. Wenigstens auf den Schnee war Verlass. Gregor stieg aus dem Auto und ging über den Parkplatz zum Hintereingang des Präsidiums. Das Gespräch mit einem weiteren ehemaligen Klassenkameraden von Hartfield, an den er verwiesen worden war, hatte nichts ergeben. Sie hätten zwei, drei Mal ein paar Bier miteinander getrunken, über alte Zeiten gelacht und ansonsten nur die Hand gehoben, wenn sie sich in der Stadt begegnet waren. Hartfield habe sehr zurückgezogen gelebt. Das war Gregor auch schon aufgefallen. Er gab den Sicherheitscode ein, die Tür summte, und er trat ins Warme. Splitt kratzte auf dem Boden unter seinen Schritten, während er den Gang entlang zu seinem Büro lief.

»Warte«, rief Steffen Overbeck durch die offenstehende Tür und trat aus seinem Zimmer.

Gregor sah sich um. Steffen war wieder abenteuerlich gekleidet. Er trug einen Pullunder mit hellgrünen und beigefarbenen Rauten über einem intensiv gemusterten Hemd. Als Gregor genauer hinsah, erkannte er Micky Mäuse auf den Ärmeln.

»Ich hab was«, sagte er und reichte Gregor einen Ausdruck. Eva Heimann, geb. 20.04.1971, eine Adresse in Nottuln, ein Sohn, Till, von dreiundzwanzig und so weiter …

»Aha?«

»Das ist die Tochter von der Hartfield, also die Schwester von dem Hartfield.«

»Und die Urenkelin von der Großmutter der Hartfield. Verschone mich. Was ist mit ihr?«

»Es gibt sie.« Der Triumph in Steffens Miene blätterte ein wenig.

»Hast du schon Kontakt mit ihr aufgenommen?«

»Ähm …nö. Ich hab sie gefunden.«

»Dann mach das mal.«

»Aber …«

»Was?« Gregor war genervt von Steffens sozialphobischer Macke. Wenn er nichts an seinem Rechner ausrichten konnte, war er eine Niete.

»Sie ist eine Frau.«

»Das haben Schwestern so an sich.«

»Ich dachte, du …«

»Gib schon her. Hast du eine Telefonnummer?«

»Auf dem nächsten Blatt.« Steffen entspannte sich, zeigte kurz sein Gebiss und verschwand grummelnd im Zimmer. »Danke, lieber Steffen, das hast du aber gut gemacht. Der erste Ansatz seit Wochen«, murmelte er vor sich hin.

»Danke, Steffen«, rief Gregor ihm nach. Es stimmte ja. Der erste Ansatz seit Wochen. Wieso wussten sie nichts von einer Schwester? Sicher, sie hatte einen anderen Namen, wohnte ein paar Ortschaften weiter und die Mutter von Hartfield hatte ihre Tochter nicht erwähnt. Gregor war einfach nicht auf die Idee gekommen, dass es eine geben könnte, andernfalls hätte er … Müßig, darüber nachzudenken. Er kehrte um, warf noch einen Blick auf die Ausdrucke und rief Eva Heimann an. Es war ein problemloses Gespräch mit einem nur kleinen Stocken darin, in einem freundlichen Ton.

47.

Die Fahrt nach Nottuln hatte länger gedauert, als Gregor erwartet hatte. Zwar war die neue Umgehungsstraße um Darup herum geräumt, aber zweimal fuhren genau diese Räumfahrzeuge vor ihm her und salzten seinen Opel, von dem er sich demnächst trennen wollte oder vielmehr musste, spätestens im Frühjahr.

Eva Heimann lebte in einem schmalbrüstigen Reihenhaus zwischen friedfertigen Möbeln in einem Duft aus Putzmitteln, Veilchen und Bigotterie. Nachdem Gregor sich vorgestellt hatte, folgte er ihrer hohen Gestalt ins Wohnzimmer. Interesse lag auf dem jugendlichen, fast mädchenhaften Gesicht mit Augen wie der Winterhimmel. Sie setzten sich an den Esstisch, an dem noch vier weitere Personen Platz gefunden hätten. Eva Heimann lebte allein, soviel Gregor wusste. Aber was wusste er schon?

»Ihr Bruder …«, begann er.

»Ich weiß.«

»Sie waren nicht auf der Beerdigung.«

»Nein.«

»Warum nicht?«

»Was wollen Sie von mir wissen, Herr Richter?« Dem Interesse mischte sich Ungeduld bei.

»Christian Hartfield ist ermordet worden, und ich will wissen …«

»Ich war es nicht. Ich hatte kein gutes Verhältnis zu meinem Bruder, eher gar keines, aber genau das ist der Punkt. Ich habe ihn seit Jahren nicht gesehen und hätte keine Veranlassung gehabt, das zu ändern.« Sie saß kerzengerade, die Hände locker beieinander auf der Tischplatte.

»So wenig wie zu ihrer Mutter.«

Ein Schatten flüchtete über Eva Heimanns Gesicht. Sie nickte.

»Ihr Bruder hatte sehr wenige Menschen, mit denen er umging. Aber einer oder mehrere von denen mussten ziemlich schlecht auf ihn zu sprechen gewesen sein.«

»Mein Bruder war ein Mistkerl. Immer schon.« Eva Heimann presste die Lippen aufeinander und sah plötzlich zehn Jahre älter aus. »Seit er aus Afghanistan zurück war, hat er sich völlig zurückgezogen. Mehr kann ich Ihnen nicht sagen.«

»Sie kennen keinen, wirklich niemanden, der ihn kannte?«

»Außer meiner Mutter?« Hart, das Wort *Mutter*, und bitter. Eine Weile sagte sie nichts. Nur das Summen des Kühlschranks aus der Küche war zu hören. Gregor sagte auch nichts. Hinter ihrer Stirn reifte eine Entscheidung. Er wollte ihr Zeit lassen, sie in Sprache zu formen.

»Mein Sohn«, sagte sie leise, den Blick abgewandt mit errötenden Wangen. »Till hatte Kontakt zu Christian.« Sie sah auf. Stahlblau. »Ich wollte das nicht, verstehen Sie? Aber er ist ohne Vater aufgewachsen.«

Anscheinend waren die Väter aus diesem Land verschwunden. Zumindest waren sie selten geworden. Gregor dachte an Paula, an seine Ex, an ihren Neuen, an seine Mutter und …

»Kann ich Ihren Sohn sprechen?«

»Nein.«

Gregor hakte nicht nach, hörte nur dem Kühlschranksummen zu.

»Er ist nicht da«, fuhr Eva Heimann fort.

»Wann kommt er wieder?«

»Das weiß ich nicht.« Das Stahlblau glitzerte von Feuchtigkeit, sie schluckte.

»Wissen Sie, wie ich ihn erreichen kann?« Gregor hätte beinahe ihre Hand genommen. »Er ist wirklich unser einziger Anhaltspunkt.«

»Ich habe keinen Grund, Ihnen zu helfen.«

Doch das hast du. Du kennst ihn nur nicht.

»Es war mir egal, wie mein Bruder gelebt hat, und es ist mir egal, wie er gestorben ist.«

Gregor fiel es schwer zu schweigen. Aber er wollte sie nicht stören, bis sie fertig war.

»Ich will nur wissen«, fuhr sie leise fort, »wo Till ist. Nein, auch das nicht, wenn er das nicht will. Nur, dass es ihm gut geht.« Das Glitzern im Blau wurde bedrohlich.

»Seit wann haben Sie ihn nicht mehr gesehen?«

»Seit zwei Tagen vor Weihnachten.«

»Und keine Vermisstenanzeige aufgegeben?«

»Es hat Streit gegeben. Es hat immer Streit gegeben. Dann hat er seine Sachen gepackt und ist weg. Er hat mir nicht gesagt, wohin.« Hinter ihren starren Zügen lauerte der Schmerz. »Später, viel später hab ich dann doch eine Vermisstenanzeige aufgegeben.«

»Ich könnte helfen, ihn zu finden.«

»Ja, sicher.« Argwohn und Erschöpfung. Sie stand auf, strich den Pullover glatt und öffnete eine Schranktür an dem Monstrum von Schrankwand, das den Wohnbereich dominierte. Mit einem Griff hatte sie ein Foto und einen Block. Sie schob Gregor das Foto, das einen jungen Mann neben einem Weihnachtsbaum zeigte, hinüber und schrieb etwas auf den Block, riss den Zettel ab und reichte ihn Gregor. Till Heimann, 20.04.1989, eine Handynummer.

»Sie haben am gleichen Tag Geburtstag?«

»Ein schlimmes Datum, ich weiß. Seit meiner Jugend habe ich Stress damit. Und mein Sohn auch. Aber niemand kann dafür, wann er auf die Welt gekommen ist.«

»Welcher Art war der Streit, den sie miteinander hatten?«

»Ach.« Sie schenkte ihre ganze Aufmerksamkeit dem leeren Block auf dem Tisch. »Wie das so ist. Er sollte sein gebrauchtes Geschirr in die Spülmaschine räumen, seine Klamotten nicht auf dem Boden rumliegen lassen und sich einen Job suchen.«

»Er hat nicht gearbeitet oder studiert?«

»Er wollte studieren, weil er das Abitur ganz gut abgeschlossen hat.« Etwas wie Stolz blitzte auf und verschwand. »Trotz seiner Kifferei. Im letzten Jahr hat er nur mit miesen Leuten abgehangen, ist feiern gegangen, hat ziemlich viel Geld aus meinem Portmonee genommen und war ewig bei Christian. Am 22. Dezember ist er dann weg.«

»Und Sie haben keine Ahnung, wo etwa er sein könnte.« Die Frage erübrigte sich eigentlich.

»Nein. Nur einmal, als er nach Hause kam, in einem Zustand, wie ich ihn nie erlebt habe, aufgekratzt und fahrig, ganz unnatürlich, hat er mich umarmt und hochgehoben. ›Jetzt wird alles gut, Mama‹, hat er gesagt. Und blieb am nächsten Tag bis Mittag im Bett. Außerdem hat er von einem Max erzählt, der irgendwo im Osten wohnt und von einem ganz großen Ding, das sie vorhaben. Ich hatte Angst.« Und die Angst saß noch tief.

»Erinnern Sie sich, wo im Osten?«

Sie strich eine Strähne hinters Ohr, schüttelte langsam den Kopf, dann noch eine Strähne. »Leipzig«, sagte sie. »Könnte sein. Ich bin nicht sicher. Ich hielt es für eine Laune, wie die Idee, in Leipzig Archäologie studieren zu wollen.«

Leipzig. Marlene. Gregors Brust wurde eng. Er erhob sich und bedankte sich für die Hilfe.

»Sie suchen ihn, ja?« Tiefe, schwarze Punkte im Stahlblau. Tunnel zum Hirn.

»Wir werden die Kollegen in Leipzig kontaktieren.« Gregor steckte den Zettel und das Foto ein und verabschiedete sich.

48.

Es schneite, fein und gleichmäßig und dicht. Das Tiefdruckgebiet war angekommen. Im Auto rief Gregor Till Heimanns Nummer an. Die Mailbox ging ran. Dann Marlene. Sie nahm unmittelbar ab.

»Ich habe einen Namen«, sagte er.

»Ich auch. Seit meiner Geburt.«

»Sei nicht albern, Marlene. Ich meine den Hartfield-Fall.«

»Schön.«

»Das scheint dich ja sehr zu interessieren.«

»Weißt du, ich habe gekündigt.«

»Und treibst dich während deines Krankenstandes in Leipzig rum.« Seine Stimme war schärfer geworden, als er wollte.

»Gregor?«

Er atmete ein und aus. Es hatte keinen Zweck, einen Streit zu beginnen.

»Ich habe die Schwester von Christian Hartfield gesprochen. Die hat einen Sohn, Till Heimann, und der soll eine Verbindung zu irgendeinem Max in Leipzig haben.«

»Unter den ungefähr zweihundertfünfzigtausend Männern in Leipzig wird es bestimmt auch einige mit diesem Namen geben.«

»Ich habe ja nicht gesagt, dass … Ach, egal.«

»Was willst du, Gregor?«

Nichts. Eigentlich gar nichts. Nur deine Stimme hören. Und dass du zurückkommst.

»Es ist nur so ein Gefühl.«

»So was leistest du dir neuerdings?«

»Die Mutter sagt, er sei abgehauen. Dreiundzwanzig Jahre alt, Abitur. Angeblich wollte er da studieren. Vielleicht hat er sich eingeschrieben. Kein Job, Drogen und einen miserablen Umgang, unter anderem mit seinem Onkel.«

»So was gibt's. Schlimm.«

»Hör mal. Lara Roggenkamp taucht plötzlich in Leipzig auf. In der Neo-Nazi-Szene. Irgendein Max wohnt da, der Beziehungen zu Till Heimann hat oder hatte. Die Mutter hat kein Lebenszeichen von ihm, sein Handy ist ausgeschaltet. Findest du nicht, dass das ziemlich komisch klingt?«

»Zufall. Hast du noch was?«

»Eva und Till Heimann sind am 20. April geboren.«

»Glaubst du plötzlich an die Vorsehung? Oder die Vorbestimmtheit von Lebenswegen im Zusammenhang mit Geburtsdaten? Esoterikkurs an der Volkhochschule belegt?«

»Komischer Zufall.«

Marlenes Lachen klang aus dem Gerät. Das war schön. Egal, worüber sie lachte. Gregor lachte mit.

»Was genau willst du denn nun, dass ich tue, Gregor?«, fragte sie, als das Lachen verebbte.

»Nichts. Nichts Genaues. Nur die Augen offen halten und die Ohren. Vielleicht hörst du die Namen ja mal oder kriegst die Ausreißerin zu fassen. Gehst du denn wieder zu den Nazi-Weibern?«

Auf der anderen Seite der Leitung wurde es still.

»Bist du noch dran?«

»Ich muss dann mal. Bin gerade in der Arbeit. Mach's gut, Gregor.« Dann war es ganz still.

49.

Daniel traf Zladko im Büro. Pjotr war nicht mehr da. Der hielt sich an seine geregelten Arbeitszeiten. Punkt 7.30 Uhr fuhr er üblicherweise den PC hoch, Punkt 16.30 Uhr herunter und wuchtete sich aus dem Stuhl.

Zladko sah angeschlagen aus. Er hielt das Bein mit der Prothese von sich gestreckt und hatte den Kopf an die Wand hinter dem Sessel gelehnt. Daniel setzte sich neben ihn in die kleine Sitzgruppe am Fenster. Draußen war es längst dunkel. Noch drei, vier Wochen und die Tage würden spürbar länger. Die Lichter auf dem Sachsenplatz verschwammen impressionistisch im Schneefall.

»Hast du eine Idee, wer dieser Mistkerl sein könnte?« Daniel streckte ebenfalls die Beine, beide.

»Wenn ich das hätte, wäre unser Problem bei Katja.«

»Ich mache mir Sorgen. Um Marlene. Sie weiß alles. Oder einiges. Und ihr Hotelzimmer ist durchwühlt worden.«

»Wie steht sie dazu?«

»Katja sagt, Marlene ist dabei. Aber ich bin nicht sicher. Und das mit dem Hotelzimmer … Klar. Kann Zufall sein. Glaube ich aber nicht.«

»Hast du was von Frieder gehört?« Zladko klopfte eine Zigarette aus der Schachtel und steckte sie an. Er hatte Frieder nie gemocht. Daniel öffnete das Fenster.

»Frieder sitzt zu Hause, bejammert und besäuft sich. Der hat damit nichts zu tun. Niemals.«

Zladko wiegte den Kopf. »Wer dann?«

»Keiner von uns. Da bin ich sicher.«

»Hast du mit der Bullenfrau gesprochen?«

»Nein.«

»Solltest du aber.«

»Mach ich, sobald ich Zeit habe.«

»Zeit, ja?« Zladko hob die buschigen Brauen. »Dann sieh mal zu, dass du Zeit hast, wenn wir ein Leck haben.«

»Wir haben keins, verdammt.« Daniel sprang auf und ging im Zimmer auf und ab. »Ich denke, einer von den Saftsäcken hat was rausgefunden. Und ich weiß nicht, wie viel Schaden er uns zufügen kann. Ich mache mir Sorgen, dass sie Marlene enttarnt haben. Vielleicht vermuten sie auch den Verfassungsschutz in ihr oder zumindest eine Verbindungsfrau.«

»Was gibt's denn noch, außer dem durchwühlten Hotelzimmer?«, fragte Zladko.

Daniels Handy klingelte. »Ja?«

»Du musst mir helfen.«

»Marlene ...«

»Ich brauche ...« Sie machte eine Pause und Daniel hörte sie atmen. »Geld. Ein wenig.«

»Was ist denn ...?«

»Ziemlich schnell.«

»Wann und wo?«

Sie machten einen Treffpunkt aus, und er legte auf. Daniel zog seine Jacke über und hob die Hand.

»Nimm dir Zeit«, rief Zladko ihm nach und murmelte vor sich hin: »Als ob irgendetwas eine Frage der Zeit wäre.«

50.

Marlene drückte sich in einen Hauseingang. Ein Pärchen lief umschlungen den Gehweg entlang, sonst sah sie niemanden. Kein Auto hielt. Nichts. Als sie losgegangen war, hatte sie den Eindruck gehabt, ihr folge jemand. Dann war ein Wagen hinter ihr hergefahren. Absichtlich hatte sie kleinere Straßen genommen, war abgebogen und wieder auf der Hauptstraße gelandet. Ihr Navi meckerte. Die Lichter des Wagens blieben hinter ihr, bis sie ihr Auto an den Schneewall am Straßenrand quetschte. Der Fremde fuhr langsam vorüber und bog in eine Seitenstraße ein. Marlene wartete, aber nichts geschah, außer dass der Wind wehte. Kein Mensch weit und breit, Fahrzeuge hielten an den Ampeln, fuhren an, schoben sich den Dietrichring entlang zur nächsten Kreuzung. Marlene schlängelte sich zwischen ihnen hindurch bis zu den Straßenbahnschienen in der Mitte, wartete eine Lücke im Verkehr ab und erreichte den Gehweg vor dem Portal der Thomaskirche. Sie umrundete das Gebäude zum Thomaskirchhof hin. Johann Sebastian Bach hatte eine Schneemütze auf der Perücke und eine Taube auf der Schulter. Im Gegensatz zu Marlene fror er nicht. Sie zitterte im Ostwind und blickte sich um. Nichts zu sehen von Daniel, hoffentlich ließ er sich nicht allzu viel Zeit. Gerne hätte sie etwas Warmes getrunken, in dem Café auf der Ecke oder im *Bachstübl* zum Beispiel. Aber die letzten Euro sparte sie besser auf. Bevor sie ganz und gar einfror, entdeckte sie Daniel, wie er sich von einem Begleiter verabschiedete und mit offener Jacke, die Haare im Wind, auf sie zukam.

»Marlene.« Sein Lächeln wie Tee mit Honig. Ein Kuss streifte ihre Lippen. Marlene zuckte.

Daniel lächelte. »Wohin?«

»Wo es warm ist.«

Sie nahmen das Café an der Ecke mit dem heimeligen Licht in den bodentiefen Fenstern.

Marlene wärmte ihre Hände an der Tasse, die die Bedienung gebracht hatte, während sie auf den bemützten Johann Sebastian blickte.

»Was ist passiert?«, fragte Daniel, legte ihr ein kleines Päckchen Scheine auf den Oberschenkel, nach dem sie griff und seine Hand berührte. Ihr Herz schlug. Auch der Scheine wegen.

»Das würdest du wissen, wenn du auf meine Anrufe reagiert hättest.«

»Ich hatte keine Zeit«, fiel er ihr ins Wort.

»Entschuldige, Marlene, dass ich dich in Schwierigkeiten bringe und …« Sie biss sich innen auf die Lippe.

»Es ging nicht. Wirklich nicht.« Sein Lächeln hakte fest.

Marlene beobachtete ihren Kaffee. Am Nebentisch nahmen zwei junge Frauen in langen Pullovern Platz, glucksten und tuschelten. Was gab es auch zu sagen auf: Ich habe keine Zeit?

»Ich brauche ein neues Konto.« Marlene lehnte sich zurück und berichtete, was mit dem ihren geschehen war. Immerhin hatte Daniel ihr ohne Fragen zu stellen das Bündelchen Scheine, das sie in der Hosentasche spürte, rübergeschoben. Marlene wusste nicht, was sie von ihm halten sollte, was sie von alldem halten sollte. Es war … Er nickte. Das tat er genauso oft, wie er lächelte.

»Und jemand verfolgt mich«, sagte sie in dieses übergroße Verständnis hinein, das losgelöst von Verbindlichkeit blieb. Oder irrte sie?

»Wer?«

»Woher soll ich das wissen?«, fuhr sie auf. Ihr Zorn hockte unter einer dünnen Schicht Kontrolle, die nicht immer hielt. Daniel legte ihr die Hand auf den Arm, ließ seinen Blick schweifen und konzentrierte sich wieder. Die Frauen am Nachbartisch gickerten weiter. Die Kellnerinnen bedienten weiter. Draußen schneite es weiter. Nur die Taube von Johann Sebastians Schulter flog weg.

»Wer von uns beiden macht Sachen, die …«, nicht nur moralisch fragwürdig, sondern Kapitalverbrechen sind? Den letzten Teil des Satzes verkniff sie sich. Die Nacht in der Pathologie konnte nur ein Traum gewesen sein. Ihre Moral war inzwischen nüchtern, wenn sie auch im Zorn auf Daniel schwankte, gegen das Hingezogensein. Rille im Hirn.

»Siehst du Alternativen, um dem Wahnsinn ein rasches Ende zu machen?« Daniel trank und verschränkte die Hände auf dem Tisch wie zum Gebet.

»Wie wäre es, den ganz normalen rechtsstaatlichen Weg zu beschreiten? Hm?« Ihre Worte zischten.

»Um dann in weiteren zehn Jahren und was weiß ich wie viele Anschläge und Morde später das Bedauern der Politiker über die Schlechtigkeit der Welt entgegenzunehmen?«

»Wie fändest du es, wenn ich zur Polizei ginge?«

Daniel schenkte ihr einen langen, beredten Blick: *Das kannst du nicht, meine Liebe, du hängst zu tief drin.* Sie sah, dass er ihre Reaktion abwartete. Ob er es wusste? Vermutlich. Katja hatte ihr ein kleines Video aufs Handy geschickt: Katja und Marlene und die Nazihirne, der Ton von ebenso schlechter Qualität wie die Dramaturgie. Keine gute Aufnahme, aber völlig ausreichend. Als Erinnerung.

»Ich habe einen neuen Auftrag für dich«, sagte Daniel nach einer Weile.

»Nein.« Alles, was geschehen war, genügte. Sie musste etwas tun. Etwas anderes, etwas ganz Neues.

Er beugte sich vor, Marlene hätte seine Wimpern zählen können, und nahm ihre Hand. Ihre Wärme schmolz den Zorn. »Wir machen das zusammen, Marlene. Bald. Und du wirst sehr schön sein.«

51.

Zladkos Bein schmerzte. Der Januar endete im Matsch, und der Februar hatte eine Mittagssonne auf Lager, die einem April angestanden hätte. Zladko, Zladko, Zladko. Zladko, mach die Drecksarbeit. Er hatte keine Lust mehr. Er wollte ein Bier, einen Schattenplatz und aufs Mittelmeer schauen. Aber ein, zwei Winter würde er noch durchhalten müssen. Wenn nur die Nerven in seinem Stumpf nicht ständig feuern würden. Wenn nur die Winter nicht so eisig, die Nächte nicht so laut und seine Nachbarin nicht weggezogen wären. Inge war nicht besonders schön, nicht sehr klug und nicht einmal besonders ordentlich gewesen. Aber rund und warm war sie und machte einen göttlichen Kartoffelsalat.

Mühsam erklomm er den zweiten Stock zum Büro. Pjotrs Rücken verdeckte den Computer und den halben Schreibtisch, an dessen Rand eine Coladose, eine leere Burger-Schachtel und ein Haufen Folien von Schokoriegeln sich kurz vor ihrem Absturz befanden.

»Bin fertig«, murmelte Pjotr, ohne sich umzusehen.

Zladko hielt die Spitze seines Messers auf die Fettfalte in Pjotrs Nacken. Seine Schultern erstarrten kurz.

»Hör auf, Zladko. Ich hab dich gehört«, sagte er, während seine Finger über die Tastatur flogen. »Die Abrechnungen sind raus. Die Neuen sind eingestellt. Einer hat kein Führungszeugnis vorgelegt. Weiß das Daniel schon?«

Zladko steckte sein Messer ein, Pjotr schwang seinen Stuhl herum. Der ächzte.

»Du solltest trotzdem vorsichtiger sein. Hier kann jeder reinspazieren.« Zladko nahm sich eine Dose Cola aus dem Päckchen auf dem Boden, setzte sich Pjotr gegenüber und suchte seine Zigaretten in den Taschen seiner Jacke. Er schwitzte vom Treppensteigen und weil es heiß wie die Hölle im Raum war.

»Hast du mit Daniel gesprochen?«, fragte Pjotr.

»Worüber?« Pjotr seufzte und verdrehte die Augen zur Decke.

»Wie, wo und wann die Neuen eingesetzt werden.«

»Nein. Ich dachte, du hast.«

»Bin ich denn das Mädchen für alles?«

»Das bin ich, wohl wahr.« Zladko klopfte eine Zigarette aus der Schachtel und hielt sie Pjotr hin. Der schüttelte den Kopf und nahm seine eigene Packung.

»Du machst den Dienstplan. Gib mir einen von den Neuen mit. Den ohne Führungszeugnis, wenn es geht. Wo kommt der her?«

Pjotr stieß den Rauch aus und grinste. »Kosovo.«

»Perfekt. Und ist einverstanden mit dem Deal?«

»Klar. Ein Vierhunderteurojob ist okay für ihn. Vorher hat er im Schlachthof gearbeitet, zehn, zwölf Stunden, und auch nicht viel mehr gekriegt. Hat eine Frau und ein Baby. Sie wohnen in einem Loch in Stötteritz mit noch 'ner Familie.«

»Kennt er seine Aufgaben?«

»Daniel hat ihn gecheckt. Ist okay. Und ihm ist egal, was er machen muss. So kann er noch schwarz auf'm Bau. Kommt mehr rum bei. Außerdem kann er sich und seine Leute krankenversichern.«

»Der hat einen Pass?« Zladko drückte seine Kippe aus und steckte sich eine neue Zigarette an.

»Logisch. Hat er. Ich hab ihn grad bei der Minijobzentrale angemeldet. Geht alles seinen Gang.«

»Gut. Dann nehme ich ihn mit und zeig ihm, wie's läuft.« Damit drückte sich Zladko vom Stuhl hoch und wollte los.

»Kümmert sich Katja nicht?« Pjotrs Augen hafteten schon wieder am Monitor.

Genau das war das Problem. Sie hatten einen gewissen Stau. Die Kühlfächer waren voll. Der Winter war einfach zu kalt und zu lang gewesen. Ein Vergnügen würde es nicht sein, im Matsch zu graben, aber Alternativen sah Zladko nicht. Vor ein paar Tagen hatte er das mit Daniel und Katja diskutiert. Daniel hatte sie zu einem Arbeitsessen in *Auerbachs Keller* eingeladen. Aber selbst nach ein paar dunklen *Köstritzern* war ihnen nicht eingefallen, was sie mit der Anhäufung von neo-nationalsozialistischen Überresten machen sollten. Der Südfriedhof und Daniels Kontakt zu einem Bestatter waren die momentan beste Lösung, wie dreckig und riskant sie auch sein mochte.

Zladko nickte. »Ja, auch.« Mehr musste Pjotr nicht wissen. Zu viele wussten schon zu viel.

52.

Lara hatte Max nicht aus den Augen gelassen. Nach der kurzen Haft war er zur Arbeit gegangen und wieder nach Hause gekommen. Sie hatte ihm ein Bier gereicht und sich nichts anmerken lassen. Einige Tage lang folgte sie ihm, versteckte sich zwischen Containern und Holzstapeln, bis er die Baustelle verließ, und folgte ihm zurück zu seiner Wohnung. Mit der Zeit beruhigte sie sich. Nur manchmal holte sie das Bild aus der Schublade, auf dem Max mit Christian zu sehen war. Über Till hatten sie nicht gesprochen. Wozu auch? Sie kannte ihn ja kaum. Trotzdem war es merkwürdig, dass sie Max statt Till in Leipzig in Empfang genommen hatte und Till nicht ein einziges Mal aufgetaucht war.

Lara brühte sich einen Tee, wanderte von der Küche ins Wohnzimmer und überlegte, was sie zum Abendessen kochen sollte. Sie konnte gut kochen. Vielleicht war das das einzig Sinnvolle, was sie bei ihrer Mutter gelernt hatte.

Schnitzel, Erbsen und Kartoffeln? Im Kühlschrank war noch Nudeleintopf von gestern. Sie nahm den Topf heraus und stellte ihn auf die Kochplatte, die Portion reichte gerade für sie und für jetzt. Im Radio liefen die Mittagnachrichten.

Nicht von ihrer Mutter hatte sie kochen gelernt, die hatte nicht gekocht. Sie hatte es statt ihrer getan. Irgendjemand hatte es schließlich tun müssen. Genauso wie sie den Alten bediente. Irgendjemand hatte es schließlich tun müssen. Damit er nicht allzu oft, nicht allzu hart zuschlug. Für Christian hatte sie auch gekocht. Und Pudding gemacht. Er liebte Pudding. Nur nicht den fertigen, den man kalt anrühren musste. Manchmal, wenn Christian im Schlaf geschrien hatte und konfus und schweißnass erwachte, waren sie aufgestanden und hatten Nudeln mit Tomatensoße gemacht, Bier dazu getrunken und beieinandergelegen, bis er schnarchte. Einmal war Till zum Abendessen eingeladen gewesen. Sein Neffe komme, hatte Christian gesagt. Und Lara hatte die Wohnung geputzt, eine Tischdecke bei *ALDI* geklaut und Zweige mit lila Blüten, deren Namen sie nicht kannte, in ein Würstchenglas gestellt. Sie hatten gegessen und getrunken und Till hatte ihr seine Hand unter den Rock geschoben, als sie mit ihm allein in der Küche war. Lara mochte ihn nicht.

Von da an war er regelmäßig erschienen, hatte Bier mitgebracht oder Dope, manchmal Koks, und hatte mit Christian bis in den Morgen geschwafelt. Vom Weltjudentum, dem Aussterben der arischen Rasse und Sozialschmarotzern, die vergast gehörten. Ein kleiner, smarter, wieselhafter Typ, der meinte, dass er allen sagen müsste, wie das Leben ging.

Es musste Ende Mai oder Anfang Juni gewesen sein, da rückte Till mit einer neuen Kiste Bier an, als Christian nicht zu Hause war, ein geiles Glitzern in den Augen. Lara hätte ihm die Tür vor der Nase zugeschlagen, wenn die Kiste sie nicht gehindert hätte und Christian nicht ein Päckchen, das sie ihm übergeben sollte, bereit gelegt hätte. Er drängte sich an ihr vorbei ins Wohnzimmer, schob eine CD in den Player und regelte die Lautstärke hoch. Ein Höllenlärm schüttelte das Haus. Lara flitzte zwei Stufen auf einmal nehmend nach oben, eilte wieder hinab und fand Till über die Bierkiste gebeugt.

»Hau ab, du Penner«, brüllte sie und hielt ihm Christians Waffe ins Genick. Bevor Till herumfahren und sie greifen konnte, sprang sie zwei, drei Schritte zurück und zielte, ohne zu zittern.

Er wurde bleich.

Mit der anderen Hand warf sie ihm das Päckchen zu. »Raus!«

Niemals hätte sie freiwillig mit Till Heimann Kontakt aufgenommen, wenn Christian sie nicht ausdrücklich darum gebeten, ja es verlangt hätte. In dem Brief, den er ihr gegeben hatte, verschlossen. Sie solle ihn aufmachen, wenn er tot sei, hatte er gesagt und gelacht. Sie hatte mitgelacht, den Brief eingesteckt und vergessen, bis Christian im Keller hing.

Der Nudeleintopf war heiß. Sie schöpfte ihn auf einen Teller und löffelte langsam. Max. Sie musste noch einkaufen. Und ihn nach Till fragen.

53.

Bis auf den Umstand, dass Marlene meinte, immer paranoider zu werden, weil sie überall Autos oder Männer entdeckte, die sie verfolgten, war der Januar verhältnismäßig friedlich verlaufen. Sie ging zur Arbeit, traf sich wöchentlich mit den Nazi-Weibern, Lara Roggenkamp war nicht wieder aufgetaucht, und freundete sich auftragsgemäß mit Margit Körner-Haferbach an.

An den Abenden dazwischen war Daniel gekommen, kurz, auf einen Kaffee oder einen Drink. Sie hatte ihm erzählt, dass sie zwar einen guten Kontakt zu der Körner-Haferbach habe aufbauen können, sonst aber wenig herausgekommen sei bei den Zusammenkünften. Essen, Trinken, Hassreden. Sie fragte, was sie dort tun solle. Er sagte: »Sei nett und aufmerksam. Und warte. Ich will wissen, ob sie etwas planen. Wann und wo.«

Oder sie hatte nachgedacht, bis der Wein alle war. Das Ergebnis war immer das gleiche. Sie konnte nicht weg. Sie konnte nichts machen. Nichts Neues. Nicht jetzt. Es fühlte sich falsch an. Halbfalsch. Und gut.

An einem freien Tag, der blank und gläsern über den schmuddeligen Schneehaufen an den Straßenrändern und den krakeligen Bäumen im Johannapark blitzte, waren sie sogar mit der Körner-Haferbach shoppen gegangen. Nett war sie, eigentlich, solange sie über das Wetter plauderten, und eine intelligente Person, in deren Gegenwart Marlene begann, sich wohl zu fühlen. Fast. Anfang Februar packte der Winter ein und hinterließ Grau und Regen.

Marlene hatte sich Hühnersuppe mit Koriander und eine Portion gebratene Nudeln von dem vietnamesischen Imbiss in der Ritterstraße mitgebracht, den sie mit Vorliebe aufsuchte, weil die Speisen ohne Glutamat auskamen. Die Suppe stellte sie auf den Herd und schob die Nudeln in die Mikrowelle. In der Küche war es still. Von draußen war nur ab und zu das Zischen von Reifen auf nassem Asphalt zu hören. Vids Bässe schwiegen. Überhaupt war sie ihm, wie ihr einfiel, als die Mikrowelle klingelte, seit Tagen nicht begegnet. Selbst der schwere Duft, den er benutzte, war aus dem Bad geflohen.

Es donnerte an der Wohnungstür. Marlene verschüttete Suppe, als sie den Teller auf dem Tisch abstellte. Es klopfte wieder. War die Klingel kaputt, oder was? Sie flitzte in den Flur und riss die Tür auf.

»Aha. Der Klempner.«

»Ich muss mit Ihnen reden.« Der Mann, von dem sie inzwischen wusste, dass er Zladko hieß, hinkte an ihr vorbei. »Mir macht das auch keinen Spaß, glauben Sie mir.« Vor der Küchentür drehte er sich um. Marlene hob die Hand, wies ihn in den Raum und folgte ihm. Ihre Suppe wurde kalt.

Marlene blieb im Türrahmen stehen.

»Vid ist gefunden worden.«

»Ich habe ihn nicht vermisst.«

»Im Elsterflutbecken. Mit aufgeschlitzter Kehle.«

Marlene schlug die Hand vor den Mund.

Zladko hinkte in der Küche auf und ab und sank schließlich auf einen Stuhl.

In Marlenes Kopf rauschte es.

»Weiß man …«

»Nein. Die Bullen waren bei Daniel. Bei mir auch.« Ein kleines Lauern lag in seinem Blick.

»Und was wollen Sie hier?« Marlene musste schlucken. Plötzlich hatte sie das Bedürfnis, in Vids Zimmer zu gehen und die Musik aufzudrehen. Nicht, dass sie ihn gemocht hätte. Er war ihr auf die Nerven gegangen mit seiner Musik und den Duftschwaden im Bad und seinen albernen Sprüchen – und dann war er weg. Nicht ganz weg. Im Elsterflutbecken. Nichts und niemand war ganz weg. Katja und ihr Keller. Wenn schon nicht die Seele, blieb manchmal noch sein Hirn. Marlene setzte sich endlich.

»Ich wollte Ihnen das sagen.«

»Es gibt Telefone.«

»Unzuverlässiges Gerät. Außerdem weiß ich nicht, ob Sie es gelesen haben.«

»Nun machen Sie es mal nicht so spannend.«

»Die NPD hat einen Aufruf im Internet gestartet.«

»Ich hatte keine Zeit, jeden Mist zu lesen.« Es reichte ihr schon, dass sie sich die Nazi-Weiber antun musste. Aber bei denen gab es eigentlich nichts als die üblichen Tiraden gegen Ausländer und den inkompetenten Staat.

»Sie schicken ihre Horden los, um jeden Illegalen, jeden Sozialhilfeempfänger und jeden, der ihrer Meinung nach faul und arbeitsscheu ist, zu denunzieren.«

»Was ist daran neu und was hat das mit Vid zu tun?« Sie schluckte noch einmal, als sie seinen Namen aussprach.

»Der Aufruf kam vor drei Tagen. Vid verschwand vor drei Tagen. Wahrscheinlich ist er sofort gestorben. Haben Sie gar nicht bemerkt, dass er nicht hier war.«

Doch, das hatte sie. Es war ihr angenehm aufgefallen.

»Er war öfter unterwegs. Und wir schrieben uns keine Zettelchen, wo wir sind.« Hätten sie das nur getan. Vielleicht … Oder auch nicht. Es war nicht ihre Schuld. Sie hatte ganz sicher keinen Grund gehabt, Vids Kindermädchen zu spielen. Aber es tat ihr leid, wie einem etwas ganz entfernt leidtun konnte.

»Es wird Zeit, dass etwas geschieht.«

»Das da wäre?« Marlene war auf der Hut.

»Am Samstag findet ein Abendessen in einem größeren Rahmen statt. Sie gehen hin.«

Großartig. Ein Abendessen gegen den Mord. Was für ein gestelztes Getue! Das hätte sie dem Klempner gar nicht zugetraut. »Schön. Ich habe noch gar kein Kleid.«

»Der Richter und seine Frau sind auch da.«

»Wie spannend.«

»*seCURity* ist als einer der größten Sicherheitsanbieter der Stadt eingeladen. Sie werden Daniel begleiten.«

»Und warum sagt er mir das nicht selbst?« Marlene hatte nicht die geringste Lust, öffentlich als Daniels Was-auch-immer aufzutreten, als schmückendes Beiwerk, als Ersatzblondine, als Edel-Bunny.

»Er hatte keine Zeit.«

»Na, ich hab auch keine. Am Samstag schon gar nicht.« An diesem Samstag war sie tatsächlich mit Katja in einem netten, kleinen Restaurant im Barfußgässchen verabredet.

Bevor Marlene ganz nüchtern gewesen war und die Scham sich ihrer bemächtigen konnte, hatte Katja angerufen, lässig und fröhlich, hatte sie nicht zu Wort kommen lassen und hatte in den Tagen nach diesem denkwürdigen Abend einen Kaffee gemacht, der es in sich hatte. Später waren sie ein paar Mal zusammen ausgegangen, hatten aber nie wieder darüber gesprochen. Weder über den Inhalt der Glaszylinder, noch über das kleine Video auf Daniels Handy, noch über die zarte Stelle in Katjas Leiste, derer Marlene gelegentlich seltsam befremdet und wehmütig gedachte. Wahrscheinlich hätte sie Katja böse sein müssen. Wahrscheinlich wäre sie das auch gewesen, wenn Katja nicht ihr Strahlen umhergetragen hätte wie einen Sommertag. So viel Leben neben dem Tod.

Zladko zuckte mit den Schultern und knöpfte seine Jacke zu. »Ich habe Ihnen gesagt, was zu sagen war.«

54.

Morgen gehen wir aus. Ganz fein«, sagte Max und grinste breit. Sein Haar glänzte nass, und Laras Hände glitten an seinem Rücken entlang. Heiß spürte sie das Wasser auf Schultern und Nacken, seine Haut an ihrer, seine Lippen, seinen Schwanz. Sie mussten sich beeilen. Lara drehte an der Armatur, Max keuchte. Sie prustete, dem eiskalten Strahl ausweichend, Max packte sie an den Oberarmen, lachte, seine Erektion war erledigt. Lara befreite sich und hüpfte aus der Dusche. Sie rubbelte sich trocken, bis ihre Haut prickelte.

»Und heute?«

»Auch.« Er grinste weiter.

»Allein?« Lara hatte keine Lust auf die bierselige Schmuddeligkeit von Max' Freunden.

»Allein.«

Allein war gut. Trinken und tanzen und reden. Bei »reden« wurde es ein wenig finster in ihrer Brust, und der Tag verlor an Glanz. Sie wollte fragen, was Max mit Christian zu schaffen gehabt hatte, schon längst, und weshalb er ihn nie erwähnt hatte.

Aber sie fragte nicht.

55.

Am Samstagmorgen hatte Marlene sich ein Kleid gekauft und mit ihrer Scheckkarte bezahlt, problemlos. Ihr neues Konto war von ihrem ersten Gehalt gedeckt. Das Kleid, schmal, schwarz, wirkte elegant mit der dunkelroten Blüte aus Spitze am Ausschnitt. Altes Blut. Dazu passten die bordeauxfarbenen Hochhackigen, in denen sie noch nie hatte gehen können. Aber das würde in größerem Ausmaß sicher nicht nötig sein. Nur stehen und sitzen und schön aussehen. Daniel wollte sie abholen.

Während sie durch die Stadt geschlendert war, hatte sie überlegt, etwas ganz Ausgefallenes zu erstehen, einen Mini in Pink zum Beispiel oder ein Bunny-Kostüm, die Läden waren voll mit Faschingskostümen. In einem Schaufenster hatte sie eines entdeckte und gekichert, bis ein Mädchen im Grundschulalter stehen geblieben war und sie aus großen Augen angeblickt hatte.

Vor dem Spiegel im Bad sah sie sich bis zur Brust, ganz okay, fand sie. Gerne hätte sie sich im Ganzen betrachtet, dafür gab es aber in der Wohnung keine Möglichkeit. Eine Männerwohnung. Sie strich das Kleid über dem Bauch glatt, mit feuchten Händen. Daniel würde in ein paar Minuten vor der Tür stehen. Aus der Küche holte sie einen Stuhl und kletterte drauf. Den Ausschnitt, den sie nun von sich sehen konnte, begutachtete sie kritisch, überkritisch. Aber: auch in Ordnung. Eigentlich war sie überhaupt in Ordnung. Mit und ohne Kleid. Marlene stieg herunter, lächelte ihr Spiegelbild an und zog die Lippen nach. Es klingelte. Der Lippenstift rutschte ab. Verdammt. Eilig entfernte sie ihn mit einem Schminktuch.

Daniel sah umwerfend aus. Er hauchte ihr einen Kuss auf die Wange, beherrscht von seinem Lächeln, eilig, sodass es gerade noch höflich war, vielleicht auch vorsichtig, als läge alle Gefahr im Zeitlichen. Doch als sie sein Gesicht erforschte … keine Spur von Zweifel.

»Es wird Zeit«, sagte er, nachdem sein Blick zu ihren Schuhen und zurück zu ihrem Gesicht gewandert war, nicht ohne kurz an der Blutblüte innezuhalten.

* * *

Leise Musik rieselte auf das Parkett des Foyers. Es roch nach den Blumen, die in Bodenvasen arrangiert waren, nach Parfums und Gebratenem, nach Gasbrenner und Anspannung. Sie waren beinahe die Letzten, die in der Villa in Markkleeberg ankamen. Es nieselte fein. Etwas zurückgesetzt stand sie unweit des Parks, groß und finster mit hell erleuchteten Fenstern, auf einem Grundstück, dessen Grenzen im Dunkeln nicht auszumachen waren. Marlene folgte Daniel zwischen den fein gemachten Leuten hindurch. Bis auf ein paar Kahlrasierte, eingezwängt in Anzüge wie aus dem Theaterfundus, waren sie alle gutbürgerlich verkleidet. Marlene winkte Margit Körner-Haferbach zu und mutmaßte, dass der kleine Dicke neben ihr, der mit dem schlecht sitzenden Jackett, ihr Angetrauter sein musste. Die beiden standen an dem einen Ende des Buffets, am anderen tuschelten zwei Serviererinnen. Elena und ihr Marcus drückten sich in einer Ecke an die Holztäfelung. Über ihnen auf einer Säule schwebte ein Engel aus Gips. Sie fühlten sich sichtlich unwohl in dieser Atmosphäre zwischen Tanzstundenball, Kaninchenzüchterversammlung und Opernpremiere, wenn man einmal von der langen Tafel absah, die die Mitte des Raums beherrschte. Einige der Nazi-Weiber, die mit ihren Begleitern gekommen waren, nickten Marlene zu, aber Daniel schob sie sanft weiter, bevor sie die Frauen begrüßen konnte. Sein Ziel war ein massiger Mensch am anderen Ende der Tafel, der die meisten im Raum, bis auf die Kahlgeschorenen, überragte. Dabei hatte er eine ganz ähnliche Frisur, nur weniger wahlweise. Und ein glattes, sorgfältig rasiertes, rosafarbenes Gesicht mit schweren Tränensäcken. Er mochte Mitte fünfzig sein.

»Herbert Friedrichs«, stellte Daniel ihn vor.

Während der Fahrt durch den nassen Abend hatte Daniel Marlene unterrichtet:

»Herbert Friedrichs stammt aus Hamburg, hat einige Zeit im Ausland, den USA, Großbritannien, China und wer weiß wo verbracht. Ich habe ihn natürlich gecheckt. Es gibt Zeiten, die offen sind. Einige sagen, er ist in der Ukraine gewesen, andere, er war in Chile«, hatte Daniel erzählt und das Radio ausgestellt. »Sicher ist nur, dass er seit zehn Jahren wieder in Deutschland lebt. Mal in Frankfurt, mal in Berlin und jetzt eben in Leipzig. Und Fakt ist auch, dass er sein Geld zumindest teilweise mit Immobiliengeschäften macht. Wo er noch überall seine Finger drin hat?« Daniel hatte die Schultern gehoben und den Blinker gesetzt. »Von der Stadtverwaltung weiß ich, dass er dein Haus kaufen will und die Nachbarhäuser dazu«, vertraute er der Windschutzscheibe an.

»Ich habe kein Haus«, sagte Marlene, aber Daniel ignorierte ihren Einwurf.

»In den Neunzigern sind ganze Straßenzüge renoviert worden, fehlsaniert, wie sich ein paar Jahre später rausstellte. Inzwischen stehen sie leer. Friedrichs will sie kaufen und die Stadt freut sich darüber.

Marlene fragte: »Woher willst du das wissen?« Daniel schenkte ihr einen Seitenblick mit »Ist doch klar, dass ich meine Leute habe«, darin. Klar, war das klar.

»Kurz nach der Wende gab es schon einmal einen Investor, der die Stadt aufkaufen wollte. Gebäudekomplexe in der Innenstadt, Geschäfte in den Passagen. Es ist durch die Medien gegangen, wie der Retter die Banken am Nasenring vorgeführt und sich schließlich pleite ins Ausland abgesetzt hat. Erinnerst du dich nicht?«

»Was hat Friedrichs mit den Nazis zu schaffen?«

Daniel schüttelte den Kopf. »Ob es ihm um Ideologie geht, ist fraglich. Kann sein. Auch. Vor allem geht es ihm darum, Geld, das er aus zweifelhaften Quellen hat, sinnvoll anzulegen. Und …« Bevor er mehr hatte berichten können, waren sie angekommen und rasch ausgestiegen, weil sie ohnehin spät dran waren. Nur Marlenes Gedanken hingen noch nach. Immobilien. Wer das Land hatte, dem gehörte das Land.

»Jessie Mahnemann«, sagte Marlene, als sie die Hand von Friedrichs schüttelte, die, viel zu klein, nicht zu dem Rest seiner Anatomie zu passen schien.

»Ich freue mich, dass Sie und Ihr Unternehmen uns unterstützen wollen, Herr Schönfelder.« Er streifte Marlene nur kurz mit einem fetten Lächeln. »Sie sind uns sehr willkommen. Heute mehr denn je, wir brauchen endlich Schutz, den uns der Staat verwehrt.«

Marlene musste an sich halten. Nein, sie war keine Polizistin mehr. Ja, sie wurde von Daniel bezahlt für … Sie zupfte unwillkürlich an der Spitzenblume.

»Setzen Sie sich. Essen Sie. Trinken Sie. Und machen Sie mir die Freude, mit Ihrer bezaubernden Begleitung plaudern zu dürfen.« Sein Blick erfasste etwas hinter Marlenes Schulter.

Plaudern hatte ihr gerade noch gefehlt. Aber er bat sie auf die Plätze direkt neben der Stirnseite. Dann klopfte er an ein Glas und bat zu Tisch. Stühlerücken, Gemurmel. Als sich alle gesetzt hatten, wurde es still. Friedrichs fettes Lächeln glitschte in die Runde, er öffnete den Mund. Die Tür ging auf. Herein kam ein Jüngling im Konfirmandenanzug und zusammen mit ihm etwas Drolliges mit rotem, hochtoupiertem Haar in einem pinken Mini und Overknees über Netzstrümpfen. Die Overknees verrieten das farbenfrohe Geschöpf. Marlene zog sich hinter Daniel zurück. Friedrichs' Lächeln tröpfelte etwas, während er die Hand ausstreckte und dem jungen Paar die letzten beiden freien Stühle zuwies.

Marlene saß dem rundlichen Richter gegenüber, linste zu Lara Roggenkamp hinüber und konnte den Blick nicht von ihr wenden. Was für ein Auftritt! In ihrem Haar steckte eine kleine, blaue Feder. Fast beneidete Marlene das junge Ding um ihre Chuzpe. Der Richter hingegen hatte seine basedowschen Augenäpfel knapp über der Spitzenblüte an Marlenes Ausschnitt festgepappt. Margit Körner-Haferbach presste die Lippen aufeinander, blitzte zu Marlene herüber, lächelte aber dann und hob entschuldigend die Schultern.

»Ich freue mich, liebe Freunde, dass Sie meiner Einladung so zahlreich gefolgt sind«, begann Friedrichs, räusperte sich und wandte sich an Daniel. »Besonders freue ich mich, Ihnen unseren Gast und seine charmante Begleiterin vorstellen zu dürfen.« Es schloss sich die Firmengeschichte in detaillierter Form an, bis der Richter gähnte und seine Frau ihn in die Seite stieß.

»Wir haben Herrn Schönfelder um Unterstützung gebeten. Wieder ist einer unserer Kameraden verschwunden.« Friedrichs nannte den Namen und Ort und Zeit.

Marlene hätte schwören können, dass sie dem Kameraden begegnet war, als man ihn aus einem Lieferwagen vor der alten Pathologie hievte.

»Herr Schönfelder und seine Leute werden ab März das Bruno-Plache-Stadion bewachen. Die Verträge«, er nickte

Daniel zu, »sind bereits unterzeichnet. Es ist höchste Zeit, unsere Rechte in die eigene Hand zu nehmen. Außerdem ist Frau Mahnemann so freundlich und hilft uns bei der Suche nach den Vermissten.«

An der Stelle hätte Marlene das Gesagte mit einer Geste bestätigen müssen, aber der Name war ihr noch immer nicht vertraut genug, als dass sie sich angesprochen gefühlt hätte. Sie hörte nur die kleine Pause, die Friedrichs einlegte. An ihrem Ende nickte sie gerade noch rechtzeitig.

»Nun möchte ich unserem geschätzten Richter Dr. Werner Körner das Wort erteilen.«

Um dem Auftrag Folge zu leisten, musste der Rundliche seinen schilddrüsenkranken Blick aus Marlenes Dekolleté zerren. Er erhob sich schwerfällig.

»Es ist an der Zeit, liebe Freunde, da schließe ich mich unserem großzügigen Gastgeber an. An der Zeit, endlich herauszutreten und unsere berechtigten Forderungen an diesen Staat nicht nur geltend zu machen, sondern ihnen Nachdruck zu verleihen. Zum einen ...« Er nippte an dem Bier, das ihm eine der Serviererinnen hingestellt hatte. »Zum einen benötigen wir spezielle Formen des Schutzes«, dabei blickte er Daniel an, »wenn der Staat sein Gewaltmonopol nicht für die Sicherheit seiner Bürger einsetzt. Zum anderen sind wir diejenigen, die diesem, unserem Land, wieder zu seiner alten Größe, zu seinem Ansehen verhelfen können, indem wir uns wehren gegen staatliche Bevormundung, gegen die Überfremdung, die sie Integration nennen. Sie verstehen, was ich sagen will?« Sein Blick wanderte über die Gesichter der Zuhörer und verweilte bei den Kahlgeschorenen. Die nickten synchron und idiomotorisch. »Aber wir wenden uns nicht einfach gegen etwas. Nein, liebe Freunde. Wir treten dafür ein, dass deutsche Kinder und Jugendliche in unserem Land wieder eine Zukunft haben, in Kindergärten und

Schulen ohne Ausländer, in unseren Jugendorganisationen und mit unseren Freizeitangeboten. Dass sie gestärkt werden durch Deutschlands ruhmreiche Geschichte, die wir ihnen nahebringen wollen, wie sie sich wirklich zugetragen hat, unverfälscht durch lilalatzhosige Gleichmacherei. Hierfür danke ich den Frauen unserer Frauenorganisation für ihr anhaltendes Engagement.« Er lächelte seinem Ehegespons und noch ein paar anderen Damen zu und wurde von Beifall unterbrochen. »Wem haben wir denn unsere ökonomischen Probleme zu verdanken? All die Arbeitslosen? Die HARTZ-IV-Schmarotzer? Die Rentenjäger?« Ein bestätigendes Raunen hob an, und Marlene verspürte aufkeimende Übelkeit. Körner versicherte sich selbst. »Den weichgespülten Politikern, die sich arrogant Demokraten nennen und unser Land mit kriminellen Ausländern überschwemmen, die unsere harte D-Mark in Euros verschleudern. Von den Juden, die sich auf ihrem Verfolgtenstatus, der jeder Grundlage entbehrt, ausruhen, ganz zu schweigen. Aber auf deren Behauptung, Millionen von ihnen seien von uns Deutschen ermordet worden, will ich an dieser Stelle nicht näher eingehen. Das hat meine Frau«, ein Blick in deren Richtung, »schon viel fundierter und ausführlicher getan, als ich es könnte.« Wieder ein Lächeln, schmal diesmal. »Nun aber zu unserem eigentlichen Thema.«

Es wurde unruhig. Die Kahlgeschorenen waren bei ihrem dritten Bier angekommen und bestellten den ersten Kognak. Friedrichs unterbrach Körner. Behutsam und mit ausgewählter Höflichkeit verschob er das Thema, dass sich um eine Veranstaltung zum 20. April, dem »Führergeburtstag«, drehen sollte, auf das Dessert. Kaum hatte er geendet, sprang die Hälfte der etwa dreißig Anwesenden auf und stürmte das Buffet.

Marlene blieb sitzen. Die Übelkeit hatte zugenommen. Nach Essen stand ihr am allerwenigsten der Sinn, eher nach

Flucht. Schon das Klappern von Geschirr und Besteck steigerte ihre Aversion.

»Was ist?«, fragte Daniel.

»Ich fühle mich nicht besonders.«

Daniel hob eine Augenbraue. »Du kannst jetzt nicht gehen«, flüsterte er.

»Ich kann gehen, wann ich will.«

»Ja. Nur jetzt nicht.« Trotz der Worte hatte sein Gesicht etwas Besorgtes. Sie musste wohl wirklich nicht sonderlich gut aussehen.

»Ich muss aufs Klo.«

»Kommst du wieder?«

Marlene schob den Stuhl zurück, nahm ihre Handtasche und suchte den Weg zur Toilette. Sie bemühte sich, Lara Roggenkamp nicht gerade in den schwer bewimperten Blick zu laufen. Doch die drängte sich zwischen einem Trupp Kahlgeschorener ans Buffet.

»Warten Sie, meine Liebe, ich weiß, wo es ist.« Die Körner-Haferbach. Ihr hätte Marlene dieses alberne Mädelsding – wir gehen alle zusammen aufs Klo – nicht zugetraut. Aber was sollte sie tun? Sie nickte steif. Erstaunlich entspannt schlenderte die Körner-Haferbach neben Marlene her, führte sie durch eine Tür, einen kurzen Gang entlang bis zu einem Raum mit Spiegeln, zwei Waschbecken und mehreren Kabinen. Alles sehr neu, groß, modern und sauber, eher wie in einem Restaurant der gehobenen Kategorie.

»In diesen Räumlichkeiten finden häufiger Veranstaltungen statt. Herr Friedrichs gibt auch Seminare«, erklärte die Körner-Haferbach ungefragt.

Seminare worin? In Immobilienbetrug und Geldwäsche?, fragte sich Marlene. Ihr Spiegelbild wirkte blass neben dem ihrer Begleiterin. Sie ging pinkeln und hörte die Frau in der

Kabine neben sich pinkeln. Ein friedliches, menschliches Geräusch. Konnte jemand, der so pinkelte, die Shoa leugnen?

Als sie zurück waren, kauten alle über ihre Teller gebeugt. Daniel hatte Marlene einen kleinen Salat zusammengestellt, spießte einen marinierten Champignon auf die Gabel und lauschte seinem Gegenüber, der zwischen den Sätzen an einer Wachtel knabberte.

»Zart müssen sie sein«, sagte der Richter.

Marlene trank einen Schluck Wasser und ließ ihren Teller unberührt.

»Ausgelöst, wie diese hier, in Orangensoße mit einem winzigen Tropfen Madeira.« Er leckte sich die Lippen und sah zu seiner Frau auf, die sich noch nicht gesetzt hatte. Nur ein kurzer Blick, ein Zeichen, wie sie sich in altgedienten Beziehungen fanden. Die trabte zum Buffet und bediente ihn mit neuen Wachteln, ohne Dank. Die Körner-Haferbach setzte sich endlich und piekste eine Garnele auf. Marlene entdeckte ebenfalls einige auf ihrem Feldsalat, daneben frisches, helles Muschelfleisch. Es sah appetitlich aus, aber sie mochte es nicht. Außerdem wunderte sie sich, dass Daniel es für sie gewählt hatte bei der Vielfalt der aufgebotenen Speisen. Muscheln und Krebse konnten nicht einmal als koscher-like durchgehen. Ihr sollte das egal sein, denn koscher war hier nichts.

»Waren Sie schon einmal auf Madeira?« Der Richter schmatzte ein bisschen.

Daniel verneinte.

»Ein wundervoller Ort, paradiesisch«, warf Friedrichs ein, der bis dahin schweigsam an einem Steak gesäbelt hatte, kaute und zupfte eine Fleischfaser aus den Zähnen.

Sie unterhielten sich über die Schönheiten von Felsenküsten, über Kulinarisches und die Exklusivität von Hotelanlagen.

Dabei wanderten sie über den gesamten Globus. Zwischen Daniels Brauen hauste eine steile Falte. Er beschäftigte sich mit einem Krustentier. Marlene konnte die Anspannung von seinen Schultern ablesen. Nur ganz wenige Kommentare steuerte er bei. Sie klangen freundlich und wurden gelächelt. Sie erinnerte sich, wie er vom Roten Meer geschwärmt hatte und von den Sternen in der Wüste. Aber am meisten hatte er von den Menschen geschwärmt, denen er begegnet war. Dem arabischen Kaffeehändler, der Beduinenfamilie, den Kibbuz-Leuten mit ihrer Gelassenheit gegen die Hitze im Sommer, die Trockenheit, die Sonne und den Krieg. Sie hatte ihn gefragt, warum er ins regnerische Deutschland zurückgekehrt war. Es sei eben sein Land, hatte er gesagt und sie hatte ihn bestaunt dafür. Aber da war noch etwas gewesen, ein Unterton, eine Fußnote in Moll, disharmonisch. Sie hatte nicht weiter nachgefragt. Und nun gab es diese kleine Falte zwischen den Brauen und sein Schweigen, während Friedrichs und Körner durch die Welt schwadronierten. Über den Inder an sich, über den Griechen, der »unser hart erspartes Geld« verschleuderte, aber über wundervolle Inseln und Kulturstätten verfügte, die er verrotten ließ.

»Meine Freunde in Kapstadt haben eine sehr saubere Schwarze für die Wäsche.« Friedrichs fleischige Zunge leckte den Löffel ab, mit dem er Sour Cream auf seine Kartoffel geschaufelt hatte, er tupfte sich mit der Serviette die Lippen ab. »Der Koch kommt aus der Schweiz. Natürlich.«

»Sie essen ja gar nicht, meine Liebe«, sagte Margit Körner-Haferbach, die selbst nur ein wenig von ihrem Salat pickte.

»Exquisite Küche«, ermunterte Friedrich zwischen zwei Happen, Verheerung auf seinem Teller wie nach einem Attentat.

Nein. Speichel sammelte sich in Marlenes Mund.

Attentat.

Das Bein, Frieders Auge und der Geruch des Verbrannten auf der Bank. Sie spürte Daniel neben sich. Konnte nicht weg.

Tapfer steckte sie ihre Gabel in ein Salatblatt. Es hatte neben der Muschel gelegen. Sie mochte keine Muscheln. Das Blatt schmeckte bitter und nahm in ihrem Mund die Größe eines kompletten Salatkopfes an. Wahrscheinlich hatte sie sich den Magen verdorben. Am liebsten hätte sie das Zeug auf den Teller gespuckt.

»Bulgarien war schlimm«, sagte Friedrichs gerade, »der Dreck«, und schüttelte den Kopf. »Dabei haben die das Schwarze Meer.«

»Da lob ich mir die USA.« Körner entdeckte ein Knöchelchen im Wachtelfleisch und blickte es böse an. »Da hast du alle Landschaften, wenn du weit genug fährst.«

»Probleme haben die auch genug. Kein Wunder bei der Judeninfiltration«, entgegnete Friedrichs.

»Madagaskar wär's gewesen. Da hätten sie nichts kaputt machen können.«

Säure, Würgereiz, Marlene knüllte die Serviette zusammen und wollte aufstehen.

»Bei deren Opferpropaganda wird mir jedes Mal schlecht. Sechs Millionen! Wie, bitte, soll das denn gegangen sein?« Die Körner Haferbach steckte ein Stück Tintenfisch in den Mund.

»Du hast am 20. April ausreichend Redezeit, Margit. Aufklärung«, Friedrichs sah Marlene an: »Aufklärung, unzensierte Information, Frau Mahnemann. Es wird verschiedene Veranstaltungen geben. Auch hier im Hause«, sagte Friedrichs. »Ich habe es erworben, damit wir einen Ort haben, an dem wir frei reden können. Und es werden andere Orte dazukommen.«

Er wolle ihr Haus kaufen, hatte Daniel gesagt. Und demnächst das ganze Land? Marlene konnte nicht mehr warten, sie würgte, presste die Hand auf den Mund und stand auf. In dem Moment lief Körner rot an, ließ das Besteck fallen, stützte sich beidhändig ab, fixierte die Blutblume an Marlenes Ausschnitt, während seine Augen bedrohlich weit aus ihren Höhlen traten und Speichel auf das Tischtuch tropfte. Friedrichs war mit seinem Essen beschäftigt.

»Wir werden ihnen zeigen, wem dieses Land gehört!«

»Deutschland den Deutschen«, rief plötzlich ein Kahlgeschorener, sprang auf und streckte die Hand aus.

Körner wedelte mit den Armen. Kein Laut kam aus seiner Kehle.

Stühle und Füße scharrten.

»Deutschland den Deutschen!« Alle standen plötzlich, die Arme nach vorn gereckt.

Auch Daniel. »Sieg Heil!«, sagte er und Marlene meinte einen Unterton zu hören, nur kurz, dann erbrach sie sich auf ihren Teller.

»Ihhh«, schrie jemand. Marlene spürte die Blicke mehr, als sie sie sah.

Körner war der Einzige, der saß. Zwischen Haarsträhnen hindurch sah sie sein Gesicht in Dunkelblau übergehen. Er zappelte hilflos. Das dumpfe Geräusch, das entstand, als er vom Stuhl kippte, beendete die kurze Stille.

Margit Körner-Haferbach stand noch, blickte ihrer Hand am ausgestreckten Arm nach, begriff nicht.

»Einen Arzt! Wir brauchen einen Arzt!« Friedrichs hatte sein Besteck fallen lassen, beugte sich über Körner. Der rührte sich nicht. Sein Blick haftete an der Decke, die Lippen zuckten. Die Körner-Haferbach schrie auf. Alle liefen hin und her und drängten sich schließlich um den Mann auf dem Parkett.

»Er muss beatmet werden«, sagte jemand. Aber nichts geschah, nur Durcheinander und Geschrei.

Marlene fühlte Schweiß auf ihrem Gesicht. Grüngelber Brei lag auf ihrem Teller. Sie wich zurück. Ihr Magen hatte sich kaum beruhigt.

Marcus telefonierte, einige andere auch. Und Körner lag blitzeblau am Boden und tat nichts. Endlich schob sich Daniel durch die Umstehenden, kniete nieder und öffnete Körners Mund. Die Zunge quoll heraus. Er drückte Körners Schädel in den Nacken, hielt ihm die Nase zu und presste seinen Mund auf Körners Lippen. Der erste Atemstoß bewirkte nichts.

»Herzdruckmassage. Los!«, sagte Daniel. Rasch stemmte ein Kahlgeschorener seine Pranken auf Körners Brustbein, einmal, zweimal, rhythmisch. Es krachte. Marlene wurde wieder schlecht. Sie wollte fort, starrte aber angewidert und fasziniert auf das Geschehen. Wieder Atem von Daniel. Nichts.

»Wir brauchen einen Arzt«, brüllte Friedrichs erneut und umkreiste mit dem Telefon in der Hand sinnlos das Grüppchen.

Eine Ewigkeit schien vergangen zu sein, als Marlene endlich das Martinshorn des Rettungswagens hörte. Körners Gesichtsfarbe changierte ins Schwarz. Die Arme der Körner-Haferbach hingen tatenlos an ihrem Körper herab. Keiner sagte mehr etwas. Nur Daniels Keuchen war zu hören und das Knacken weiterer Rippen.

»Sie haben ihn vergiftet«, zischte die Körner-Haferbach. Sie riss den Kopf hoch und sah in Richtung der Serviererinnen, die an ihrem Buffet Schutz gesucht hatten.

»Sie haben ihn vergiftet«, wiederholte sie.

Aber niemand kümmerte sich darum. Elena, Marcus, die Kahlgeschorenen, Lara Roggenkamp, alle fixierten den Mann, der allmählich eine Leiche wurde.

56.

Lara zerrte Max in den Flur, an den Toiletten vorbei, den Gang entlang.

»Gibt es irgendwo einen Hinterausgang?«

»Das weiß ich doch nicht. Was hast du es plötzlich so eilig?«

»Gleich werden die Bullen da sein, du Idiot.«

»Na und?«

Er sei auf Bewährung, Landfriedensbruch, schon vergessen?, hätte Lara fast gesagt, tat es aber nicht. Von der Bullentante, die sie vielleicht doch erkannt hatte, sagte sie auch nichts. Hier hatte sie die nicht erwartet und zu den Treffen war sie nicht mehr hingegangen, hatte sich ein paar Stunden zwischen den Häusern und am Bahnhof herumgedrückt und Max in dem Glauben gelassen, dass sie dort sei.

Sie passierten die offene Tür zu einer blitzsauberen Küche, die einsam wirkte.

»Die werden mir das Jugendamt auf den Hals hetzen und dann …« Hatte sie eine Wohngruppe und einen Sozialarbeiter an der Backe. So was hatte sie schon einmal erlebt. Dabei waren die paar Monate nicht einmal schlecht gewesen. Man hatte Lara direkt neben der Schule untergebracht, die sie sogar regelmäßig besuchte. Zwei Häuser weiter war ein Kiosk, der ihre Lieblingsgummischlangen führte und nicht nach dem Alter fragte, wenn sie Zigaretten verlangte, daneben ein Puff. Mit ein paar der Huren rauchte sie nachmittags, manchmal auch Dope, und badete die Füße in der Ruhr, wenn die Sonne schien. Als sie sagte, dass sie ein Praktikum bei ihnen machen und dem Direktor ihre Eignung demonstrieren wolle, hatte man sie von der Schule geworfen.

Sie folgten dem Fluchtwegschild und erreichten den Hinterausgang, der zwar verschlossen war, sich aber durch einen Drehknopf öffnen ließ. Sie waren frei und standen im Regen.

»Und jetzt?«, fragte Max.

»Zur Straßenbahn. Und dann zeigst du mir die Stadt. Ausführlich.«

57.

Das ist doch richtig gut ausgegangen«, sagte Daniel im Wagen mit einem Lächeln im Mundwinkel. Fehlte noch, dass er vor sich hingepfiffen hätte. Er hatte ihr die Autoschlüssel gegeben, und es hatte eine ganze Weile gedauert, bevor er aufgetaucht war. Seine Stirn und die Haarspitzen waren feucht.

»Warum hast du dann …« Sie machte eine Pause. Die Erinnerung an seine Küsse: »einen Rettungsversuch gemacht?« Das flaue Gefühl im Magen kehrte zurück.

»Weil es kein anderer getan hat. Ich hätte natürlich nicht zu hoffen gewagt, dass ich so überaus erfolglos sein würde.«

Sie fuhren stadteinwärts, und es regnete.

»Bist du wieder okay?«, fragte Daniel.Marlene nickte vorsichtig. Die Veranstaltung hatte nicht einmal das Dessert überstanden. Und Dr. Werner Körner war über die Vorspeise nicht hinausgekommen.

58.

Marlene war wieder einmal allein und musste die Spätschicht hinter sich bringen. Daniel hatte Sascha zu einer geheimnisvollen Mission mitgenommen, oder wohin auch immer. Sie hatten es ihr nicht gesagt. Samir lag mit Fieber im Bett. Es hatte ein paar Ausfälle gegeben, der Grippewelle und einer Inhaftierungswelle wegen, die einige der Illegalen erwischt hatte.

Gelangweilt schlenderte sie an den Gebäuden vorüber, die nichts waren als Gebäude. Wozu ließ jemand ein Gelände bewachen, auf dem nichts, aber auch gar nichts geschah? Oder geschah nichts, weil es bewacht wurde? Daniel hatte Marlene gesagt, der Eigentümer wolle es vor Vandalismus schützen, bevor es in Kürze, wann immer das sein mochte, saniert werden sollte. Er hatte sogar ein riesiges Schild am Eingang dafür angebracht. Vielleicht hatte das bisher tatsächlich sämtliche Vandalen abgeschreckt. Ein Schild.

Ewig hatte sie in dem Zimmerchen vor den Monitoren gehockt, hatte von Zeit zu Zeit ihre Runde gedreht und war wieder zurückgekehrt. Mit Katja war auch nichts anzufangen. Die hämmerte auf ihrem Computer herum. Sie müsse fertig werden, hatte sie gesagt. Ende Mai sei der Abgabetermin für ihre Dissertation, der letzte. Sie hatte ihn einige Male verschoben, bis ihr Doktorvater böse geworden war.

Die Temperaturen hielten sich um den Gefrierpunkt, es war feucht, aber es regnete nicht mehr. Noch ein paar Stunden und sie würde sich vor dem Fernseher einkuscheln. Spätschichten in Dunkelheit und Feuchtigkeit, die Nazi-Weiber, der Wein und der Fernseher. Das war nun ihr Leben. Warum tat sie sich das an? Nur das *Vielleicht* in Daniels Lächeln hielt sie auf. Und ihr Konto. Und die Scham, die ihr messerscharf ins Fleisch schnitt, wenn sie nüchtern war. Letzte Nacht hatte sie wieder diesen Traum. Er kam jede Nacht. Nur manchmal, nach der zweiten Flasche, ließ er gnädig eine aus.

Dunkelheit. Eine Hängebrücke mitten im All. Hagemann kommt ihr darauf entgegen. Seine Brillengläser sind schwarz, nur sein Mund leuchtet beim Sprechen. »Hör auf, Kind«, sagt er. »Du musst nur zum Ende der Brücke gehen, nur noch bis dahin. Dort wartet jemand auf dich.« Dann ist er weg. Und sie geht. Und geht. Die Brücke schwankt und endet nicht. In der Ferne endlich ein Häuschen. Warmes Licht in den Fenstern. Ein Seil reißt. Ihr Herz rast. Sie läuft. Läuft schneller. Das Häuschen entfernt sich. Ein zweites Seil reißt. Ein drittes ... Sie fällt ins Bodenlose.

Das Telefon gab ein vermummtes Geräusch von sich. Sie zuckte zusammen.

»Wir wissen jetzt, wo Till Heimann wohnt«, sagte Gregor.

»Und die Leipziger Kollegen haben ihn?« Mit einem Mal war Marlene hellwach. Nicht, dass sie Gregors Fall noch irgendetwas anging. Trotzdem erfüllte sie die Nachricht mit Spannung.

»Nein. Er ist nicht da. Scheint schon eine ganze Weile in der Wohnung nicht aufgetaucht zu sein. Die Kollegen sind nett und sehr kooperativ.«

»Und? Sonst noch eine Idee, wo er sein könnte?« Das war jetzt nun nicht gerade eine sensationelle Neuigkeit.

»Erst mal nicht. Die Nachbarn sind ganz froh, nichts von ihm gehört zu haben. Im wahrsten Sinne des Wortes. Muss wohl immer ganz schöner Rabbatz gewesen sein in der Bude.«

»Ah.« Sie wusste nicht, was sie dazu sagen sollte. Eigentlich war der Neffe von Hartfield keine so wichtige Person, nur eine der wenigen, die Hartfield offenbar näher gekannt hatten. Zu den Afghanistanveteranen hatte Hartfield den Kontakt sofort nach seiner Rückkehr abgebrochen, hatte Gregor ihr vor ein paar Tagen berichtet, nachdem er drei von ihnen aufgetrieben und gesprochen hatte.

Marlene fiel nicht ein, was sie noch sagen könnte, aber auflegen wollte sie auch nicht. Gregor war zumindest irgendwo, während hier keiner war.

»Wie ist das Wetter zu Hause?«, fragte sie deshalb. Sie hörte, dass sie zu Hause gesagt hatte und Gregor hatte es auch gehört.

»Nass und kalt.«

»Hier auch.«

»Aha.«

Das Wetter war also erledigt. Es trat eine Pause ein, in der sie seinem Atem und dem Geräusch ihrer Schritte lauschte.

»Hast du was von deiner Mutter gehört?«, nahm Gregor das Gespräch wieder auf.

»Ja.« Sie hatte gejammert am Telefon. Dass Marlene nach Hause kommen solle und was sie da überhaupt mache. Und dass sie auf den jüdischen Friedhof gehen und das Grab der Großmutter besuchen solle. Das hatte sie gesagt. Großmutter hatte in ihrer Heimat begraben werden wollen. Und sie hatten das hinbekommen, gegen die zuerst unüberwindbar erscheinenden Widerstände der Jüdischen Gemeinde. Marlene war dort gewesen und hatte einen Stein auf die kleine Granittafel gelegt.

»Und du von deiner?«

»Ja. Sie ist komisch, aber okay.«

Nun redeten sie schon über ihre Mütter. Als ob es nicht so vieles zu sagen gegeben hätte, was keinen Raum gefunden hatte, damals. Es kam ihr wie eine längst vergangene Zeit vor. Dabei lagen keine zwei Monate dazwischen.

»Ja, dann …«
»Wann kommst du wieder?«, sagte Gregor.
»Gregor, ich …«
»Wir telefonieren.«
Das Telefon war sprachlos.

59.

Elena und Marcus saßen an der Theke und hatten schon ganz schön einen auf, obwohl es noch früh am Abend war. Der Rothaarige und ein Kleinerer, den Lara nicht kannte, hockten vor Halblitergläsern. Schon wieder das *Deutschlandeck*.

Missmutig zog Lara ihren neuen Regenmantel aus. Max hatte ihn ihr gekauft. Unerwartet hatte er Geld gehabt, ziemlich viel sogar, und nur gegrinst, als sie fragte, woher. Er sei für einen Auftrag bezahlt worden, das sei längst fällig gewesen, hatte er nachgeschoben, als sie nicht locker ließ. Weiter sagte er nichts.

»Glaubsu echt, dasse den vergiffet ham«, lallte der Kleinere.

»Quatsch, der hatte 'n Herzinfarkt«, meinte der Rothaarige.

»Wenn Margit das sagt, wird das wohl seine Gründe haben. Die hat Ahnung. Im Gegensatz zu euch Vollhonks.« Elena knallte ihr Glas auf das Holz, Bier spritzte.

Lara und Max hievten sich auf zwei Hocker und bestellten.

»Hey, nu halt ma den Ball flach. Is doch klar, dass die das sagt. Aber wer soll das denn gewesen sein? Außerdem müssten ja da noch ein paar andere was abgekriegt haben.« Der Rothaarige blitzte Elena an.

Der Kleinere sagte nichts mehr, hing vor seinem Glas, den Kopf fast auf dem Tresen. Es sah aus, als ob er einnickte.

»Und wer hat noch Wachteln gegessen? Du etwa?« Elena gab nicht nach.

»Nee, ich hatte Pommes und Schnitzel«, sagte der Rothaarige.

»Die Bullen haben das ganze Buffet eingepackt.« Marcus trank sein Glas leer und orderte neu.

Am liebsten hätte sich Lara eine Zigarette angezündet. Es nervte sie, dass das Rauchen in der Kneipe verboten war.

»Ich hab gekostet«, sagte Max.

»Siehste, und du lebs noch.« Der Kleinere schlief doch nicht und schien die Unterhaltung zu verfolgen.

»Kommt wahrscheinlich auf die Dosis an«, sinnierte Marcus weiter.

»Klar, der hatte eine Wachtel-Vergiftung bei den Mengen, die er sich reingeschraubt hat.« Der Rothaarige grunzte ein Lachen.

»Er war einer von uns«, sagte Max, nachdem eine große, dünne Bedienung, die neu war, ihm sein Glas hingestellt hatte. »Wir sollten eine Gedenkminute für ihn einlegen.«

»Wie bist du denn drauf? Er war einer von uns. Aber was für einer? Ein arrogantes Arschloch, der nur gequirlte Scheiße gequatscht hat«, sagte der Rothaarige.

»Nur, weil du Penner den nicht verstanden hast. Wir brauchen ein paar kluge Köpfe. Und hat er dich nicht mal an einen cleveren Anwalt vermittelt, als du zu dämlich warst, dich nicht tatzen zu lassen bei …« Max konnte den Satz nicht beenden.

»Halt die Schnauze!« Der Rothaarige sprang auf.

Lara rückte blitzschnell ab.»Oder willst paar aufs Maul?«

»Hey!« Der Wirt, ein Bär mit Bart, schoss aus dem Gang, der zum Saal führte. »Jetzt mal schön ruhig, Jungs, sonst is hier Ende im Gelände.«

Der Rothaarige starrte Max feindselig an, zeigte dann die erhobenen Handflächen und setzte sich wieder. »Schon gut, schon gut«, murmelte er.

Eine Weile schauten alle in ihr Bier.

»Was machen wir, wenn Margit recht hat und er wirklich vergiftet worden ist?«, fragte Elena.

»Der das war, is schon tot. Der weisses nur noch nich«, murmelte der Kleinere.

»Aber wer? Und warum?« Marcus schloss sich Elena an.

»Warum is doch wohl klar. Weil die uns hassen, die Sackgesichter«, sagte der Rothaarige. »Haste doch gesehen. Den Bums am Völki wollten die uns auch anhängen. Und jetzt ham se drei von den Knoblauchfressern eingelocht.«

»Ja. Und wir haben keinen Richter mehr für uns.« Max funkelte den Rothaarigen an, aber der senkte den Blick.

Lara hatte die ganze Zeit dabeigesessen und nichts gesagt. Ihr ging der ganze Mist fürchterlich auf den Wecker. Sie hatte den fetten Alten nicht gekannt, und es war ihr egal, woran er gestorben war. In der Nacht war sie mit Max durch die Stadt gezogen und hatte abgetanzt bis zum Morgen. So war das Leben.

»Lass uns abhauen«, flüsterte sie Max zu.

»Ach, komm.«

»Is doch öde hier.«

Max streichelte sie am Knie.

»Ich geh aufs Klo und dann verschwinden wir, ja?« Sie blickte ihn an, aber Max hob die Hand und bestellte neu.

»Ach, fuck!« Lara rutschte vom Hocker, schnappte ihre Tasche und ging pinkeln.

Gerade als sie den Gastraum wieder betreten wollte, entdeckte sie jemanden, den sie kannte. Er saß mit dem Rücken zu ihr, wedelte mit den Armen, lachte sein hässliches, kleines Wiesellachen. Was sollte sie tun? Einfach verschwinden? Ging sie zur Tür, würde er sie sehen. Setzte sie sich neben Max, natürlich auch. Sie hatte so was von keinen Bock auf Till Heimann! Am liebsten hätte sie ihm ein Laserschwert zwischen die Schulterblätter gezaubert. Das musste er wohl gespürt haben, denn er kratzte sich am Rücken, drehte sich um, stutzte und grinste breit. Lara hob den Kopf und schritt zurück zu ihrem Platz.

»Na, wen haben wir denn da?« Er hielt ihr die Hand hin.

Sie nahm einen Schluck aus ihrem Glas. Das Bier schmeckte schal.

»Halt die Fresse, Till.«

»Wie is die denn drauf?«, wandte er sich an Max.

»Was hast'n hier überhaupt verloren? Ich kann mich erinnern, dass Christian gesagt hat, du sollst mich abholen.« Zumindest geschrieben hatte er das, für den Fall seines Todes, weil … Sie hatte sich zuerst gewundert darüber. Dann hatte sie nachgedacht. Till war der Einzige, den sie beide kannten. Und außer ihr hatte Christian sonst keinen. Gar keinen. »Bisschen spät, was?« Tills Mundwinkel kippten nach unten. »Hartfield war'n Arsch. Manchmal.«

»Aber gut genug, um dich durchzufüttern, oder was?«

Max saß schweigsam dabei und nuckelte an seinem Bier. Die anderen redeten über etwas anderes.

»Was treibst 'n dich überhaupt hier herum?«, wiederholte Lara ihre Frage.

»Halt mal 'n kleinen Augenblick die Fresse, wenn sich Große unterhalten, ja?« Till sah Max an. »Was nun? Geht das klar oder nicht?«

Max wand sich. »Till muss ein paar Tage bei uns wohnen.«

»Bei uns …« Ihr blieb der Mund offen. »Hast du sie noch alle? Er hat mich hängen lassen. Schon vergessen?« Von dem, was sonst noch gewesen war, verriet sie nichts.

Tills Wieselgesicht schien sich an seiner spitzen Nase zu verknoten.

»Ja. Aber nur weil …«

Ein drohender Blick von Max.

»… es nicht anders ging«, beendete er. »Es ist nur für ein paar Tage, bis er etwas anderes gefunden hat.«

»Und warum kann er nicht dort bleiben, wo er sich bisher versteckt hat?«

»Ich hab mich nicht versteckt. Hab ich gar nicht nötig.« Etwas daran klang falsch.

»Lara. Du weißt, wie so was ist. Es ist ja nicht für lange, ein paar Tage, ein paar Wochen vielleicht.«

»Mit dem bleibe ich keine Stunde in einer Hütte.« Sie erinnerte sich daran, wie es bei Christian gewesen war. Wenn die beiden bis in die Nacht geredet und gesoffen hatten, schlief sie mit einem Messer unter dem Kopfkissen. Dass Christian ausgerechnet Till dafür vorgesehen hatte, ihr nötigenfalls zu helfen, machte sie wütend. Er hätte doch wissen müssen … Aber sie hatte ihm nie gesagt, dass sie Till hasste. Er war Christians Neffe. Sie hängte ihre Tasche über die Schulter und glitt vom Hocker.

»Ich bin raus.«

»Wo willst du denn hin?« Max rannte hinter ihr her wie ein Hündchen.

»Ich komme schon klar.« Wenn sie auch nicht wusste, wie. Eigentlich war es noch zu kalt, um klarzukommen. Sie traten hinaus in den Wind, der noch nach Winter roch.

Max griff sie am Arm. »Nu mach doch mal nich so 'n Aufstand. Wenn er mir nicht Bescheid gesagt hätte, dass du kommst, wärst du nicht bei mir gelandet. Und das wär doch schade gewesen, oder?«

Das stimmte zwar und sie wäre auch gern bei Max geblieben, im Warmen, aber nicht mit diesem Idioten zusammen. Das ging gar nicht.

»Er hat gesagt, Christian wär 'n Arschloch gewesen.«

»War er ja auch. Manchmal.« Max lächelte schief.

Das stimmte, manchmal war er das gewesen. Nun war er tot. Max zitterte ein wenig, als er sie in den Arm nahm.

»Is doch Quatsch hier draußen rumzurennen. Geht bestimmt schnell, dass er was Neues findet.«

Lara fror auch. Und vielleicht hatte Max diesmal recht. Sie schwiegen eine Weile, und Lara schmiegte sich in seine Wärme und in dieses kleine Zittern.

»Er schläft auf dem Sofa.«

»Ich geh dann schon mal.« Lara hatte keine Lust mehr. Nicht auf die Volltrottel da drin, nicht auf das Bier, nicht auf den Abend und schon gar nicht auf die Nacht. Im Kühlschrank war noch Wodka.

60.

Lara erwachte von einem Albtraum, nass und panisch. Sie konnte sich nicht erinnern. Sie konnte sich nicht einmal erinnern, eingeschlafen zu sein, nur daran, dass Max neben ihr gelegen hatte, leise und wach und in einiger Entfernung. Jetzt war die Stelle neben ihr leer und kühl. Ihr Herz polterte und ihr Atem keuchte, als ob sie die gesamte Stadt wecken wollten. Wie spät mochte es sein?

Die Nacht hatte die Zeit verschluckt.

Lara tastete nach ihrem Kissen, knuddelte es in ihre Arme und weinte nutzlose Tränen. Sie setzte sich auf, spürte das Holz der Dielen unter den Füßen. Tränen hatten noch nie geholfen. Ihr Mund war trocken. Hatte sie geschrien? Im Dunkeln tappte sie in die Küche. Nur das Licht der Straßenlaterne fiel herein. Sie wollte trinken, fand aber die Wasserflasche nicht, die sie auf der Arbeitsplatte abgestellt hatte. Bevor sie nach einem Glas griff und den Hahn aufdrehte, hörte sie Stimmen aus dem Wohnzimmer.

Sie waren wach.

Jetzt.

Wann immer jetzt war.

Auf Zehenspitzen schlich sie zurück durch den Flur. Ein feiner Lichtstreifen unter der Tür. Sie lauschte.

»Was willst du mit ihr machen?« Das war Till.

Laras Muskeln spannten sich gegen den Wodka.

»Ich will sie behalten. Sie ist süß. Und sie kocht gut.« Max.

»Das geht nicht.«

»Sie weiß nichts.«

»Und wenn doch?«

»Sie ist ein kleines Mädchen, Till.«

»Sie ist eine verlogene, kleine Fotze.«

Keine Antwort, Gläserklingeln.

Max: »Ich weiß, dass du sie nicht leiden kannst. Warum eigentlich?«

Keine Antwort.

»Ich hab sie bei unseren Frauen untergebracht. Sie ist ganz begeistert und hat schon ein paar Freundinnen.« Wieder Max.

»Bist du wahnsinnig? Damit sie gründlich rumschnüffeln kann, oder was?« Till hatte seine Lautstärke hochgeregelt.

»Was soll sie denn schon herausfinden?«

»Sie kannte Hartfield besser als wir beide zusammen. Wer weiß, was der ihr erzählt hat im besoffenen Kopp. Und sie hat ihn gefunden. Ganz blöde is die ja nich. Der Idiot hat ihr offenbar gesagt, sie soll zu mir kommen.«

Wieder sagte eine Weile keiner etwas. Schweiß kitzelte Lara in den Kniekehlen. Eiskalt.

Dann fuhr Till fort: »Außerdem wird sie gesucht. Denk ich jedenfalls. Oder glaubst du, dass sie so ein Blag alleine durch die Gegend rennen lassen? Und bald haben wir die Bullen am Arsch. Ihretwegen.«

»Gesucht wie du.«

»Mich sucht keiner außer meiner beknackten Mutter. Aber die denkt, ich studiere hier brav.«

»Ach, nee? Und was machst du dann bei mir?«

»Reine Vorsicht.«

»Du krückst mich an, Alter. Die Bullen beschatten dich, stimmt's?«

Keine Antwort.

Lara klapperten die Zähne und sie fürchtete, dass sie es hören könnten.

»Ich bleib ja nicht lange. Ich finde schon was. Aber ich rate dir, Max, schieß sie ab, bevor sie rausfindet, was wirklich in Coesfeld los war. Du hängst mit drin.«

Lara hätte gern gesehen, wie Max schaute, was er tat. Aber sie hörte nur die Stille.

»Oder soll ich das für dich tun?« Till.

Diese kleine, miese Ratte! Lara hatte es immer gewusst.

»Wag es!«

Immerhin.

»Einer reicht«, sagte Max.

»Einer, der es verdient hat.« Die Worte zischten bitter.

Es verging eine endlose Zeit ohne Worte, ohne Widerspruch. Einer, der es verdient hat. Lara kuschelte sich an die Wand, die wärmer war als die Dunkelheit.

»Und was machen wir mit der Alten?«, fragte Max. »Eigentlich versteh ich nich, warum wir die überhaupt … Die macht doch nix, auch wenn die zehnmal bei den Bullen war.«

»Das lass mal meine Sorge sein. Solange du geistig umnachtet bist, ist es besser, wenn ich das auf meine Art erledige.«

Lara hörte ein Knarren, das Klappern von Gläsern, Schritte. Weg hier!

61.

Der nächste Tag begann wie der davor, und der, wie der davor. Marlene frühstückte Kaffee, brachte ein paar Kleider in die Reinigung, kaufte Käse, Obst und Brot und putzte das Bad. Dann war es Mittag und ihre Schicht begann. Kein Samir, kein Sascha, Katja über Berge von Ausdrucken gebeugt mit einem abwesenden Gesicht, aus dem das Strahlen fast verschwunden war. Das Einzige, was sich geändert hatte, war das Wetter. Es war milder geworden, der Regen hatte aufgehört und war einem Himmel gewichen, über den Wolkengebirge trieben. Und es blieb ein klein wenig länger hell am Abend, merkte Marlene, als die Dunkelheit heraufzog, während sie ihre Runde drehte. Ein Hund streunte auf der Suche nach irgendwas übers Gelände, die Nase am Boden, mit tänzelnden Schritten. Hunde hatten es immer eilig. Ganz im Gegensatz zu Marlene. Sie suchte ihr Monitorzimmerchen auf, rauchte, wartete. Eine halbe Stunde später vertrat sie sich die Beine, setzte sich, packte eine Rolle Kekse aus, an deren Ende sie aufstand, im Zimmer auf und ab ging, wartete. Schließlich trat sie vor die Tür. Inzwischen war es stockdunkel geworden. Kein Mond, keine Sterne, nur die funzelige Straßenbeleuchtung, die aussah, als hätte man sie seit der Erbauung der Gebäude nicht ausgetauscht. Sie schritt ihren üblichen Weg entlang und hoffte darauf, dass die Zeit verging. Nur würde es morgen genauso werden, es sei denn, Daniel fand neue Leute oder ließ Sascha da. Sie fragte sich, wohin er die immer schleppte, außerdem, wo Daniel selbst sich unentwegt herumtrieb. Vielleicht fragte sie sich das auch nur, weil sie Häuser bewachte, für die sich kein Mensch interessierte und sich langweilte. Während sie dem Klang ihrer

Schritte zuhörte, fragte sie sich so allerlei. Zum Beispiel, ob sie ihre Mutter anrufen sollte oder Gregor, oder ob sie Katja vielleicht doch überreden konnte, eine Pause einzulegen. Was es heute im Fernsehen gab, ob sie Daniel wiedersehen würde, wozu sie weiter zu den Nazi-Weibern musste? Wann endlich diese Schicht vorüber sein würde, wann diese vermaledeite Geschichte enden würde? Der Traum. Ihr Puls knallte hoch, sie schwanke kurz. Gerne hätte sie jetzt einen Schluck Brandy gehabt. Aber während der Arbeit trank sie nicht. Ein kleines Stück Restwürde, das sie behalten wollte. Sie blieb stehen, atmete. Allmählich beruhigte sich ihr Herzschlag.

Es war besser, wenn sie sich gar nichts fragte.

Dann ging sie an winterschläfrigem Buschwerk vorüber und bog zum x-ten Mal um eine Hausecke, der sie einen Vornamen hätte geben können.

Plötzlich schnitt etwas in ihren Hals. Ihre Knie knickten ein. Sie wurde zurückgerissen. Blitzschnell ließ sie sich nach hinten fallen. Das, was ihr die Luft nahm, lockerte sich. Der Angreifer geriet aus dem Gleichgewicht, taumelte, stürzte, ließ nicht los, zappelte unter ihrem Gewicht. Sie knallte den Kopf nach hinten und hörte das Knirschen seines Nasenbeins. Ein Stöhnen und ihr Hals war frei. Sie rollte herum, packte den überraschend kleinen Mann, der beide Hände vors Gesicht presste, und zerrte ihn in Bauchlage, seinen Arm grenzwertig weit auf den Rücken verdreht.

»Noch einen Mucks und es knackt, Schnarchnase«, fauchte sie. »Los, hoch.«

Er rappelte sich stöhnend auf. Ohne seinen Arm loszulassen, stieß sie ihn voran. Jetzt hätte sie gut Samir oder noch besser Sascha gebrauchen können. Oder doch nicht. Den Russen hätte der Kleine nicht überlebt.

»Rauf da«, befahl sie, als sie den kurzen Weg bis zur alten Pathologie hinter sich hatten und vor den Stufen zum Eingang angekommen waren. Katja hatte jetzt ganz sicher eine Pause verdient, beschloss Marlene. Sie beeilte sich, den Typen in Katjas kleines Reich zu bugsieren, bevor er sich erholt hatte und auf abwegige Gedanken kommen konnte. Geschickt und ohne Fragen zu stellen, half Katja ihr, den Mann mit Kabelbindern an einen Stuhl zu fesseln. Seine Nase stand etwas schief im Gesicht, sogar ziemlich schief, und Blut tropfte auf seine Jacke. Die Augen blitzten hasserfüllt. In Marlenes Brust stieg ein Kichern auf. Welche unsägliche Wut ihn erfüllen musste, sich von einem Mädchen hochnehmen zu lassen.

»Sag mal, in was für einer Gesellschaft treibst du dich denn da draußen rum?« Katja schlug die Beine übereinander und steckte sich eine Zigarette an.

»Das würde ich auch gerne wissen.« Marlene setzte sich ebenfalls und bediente sich an Katjas Zigaretten. »Also, Arschloch, wer bist du?«

Marlene befühlte ihren Hals und wartete. Das Arschloch antwortete nicht, sondern tropfte weiter seine Jacke voll. Katja legte elegant ihre Zigarette auf den Unterteller, den sie als Aschenbecher benutzte, erhob sich und suchte in der Jacke des Unbekannten nach irgendetwas, dass seine Identität veranschaulichen könnte. Sie hob die Schultern. In der Jacke war nichts. Die Mundwinkel des Fremden zuckten. Katja ging um den Stuhl herum und zog das Portmonee aus der hinteren Tasche seiner Jeans.

»Okay«, sagte sie und öffnete es. Viel Geld war nicht darin, keine Scheckkarte, kein Führerschein, dafür die nagelneue Karte einer gesetzlichen Krankenkasse. Mit Bild und Namen und Chip, auf dem, wenn man ihn in ein passendes Lesegerät steckte, alle Daten zu finden waren, die einen Menschen näher bezeichneten, zumindest seinen gesundheitlichen Zustand.

»Die wirst du brauchen können, Till.« Sie wies auf sein Gesicht. »Sieht nicht gut aus.« Katja reichte die Karte an Marlene weiter.

»Ich wette, er wollte mich umbringen. Stimmt's, Till?«

Sein Gesicht verfinsterte sich. Wahrscheinlich hatte er nicht an die Karte gedacht. Sie hatte verborgen in einem Nebenfach gesteckt.

»Er wollte«, setzte Marlene nach. »Mit einem Strick oder was das für ein Ding war.« Sie stützte die Hände auf den Knien ab. »Aber warum nur? Du kennst mich doch gar nicht, kleines Arschloch.«

In seinem Gesicht zuckte etwas.

»Du kennst mich doch? Und woher, wenn ich fragen darf? Hab ich dich schon mal in den Knast gebracht?« Endlich klingelte es bei Marlene. »Geh nicht weg. Wir sind gleich zurück.«

Sie zog Katja am Ärmel in den angrenzenden Raum, den Raum, in dem die Liege stand, auf der sie … Katja roch gut.

»Gregor sucht ihn«, flüsterte sie.

»Gregor?«

»Mein Arbeitskollege. Mein ehemaliger Arbeitskollege. In Coesfeld.«

»Wo, zur Hölle, ist Coesfeld?«

»Das ist doch jetzt völlig egal. Gregor bearbeitet einen Mordfall. Und Till Heimann ist einer der Wenigen, die nähere Beziehungen zu dem Opfer hatten, genau genommen der Neffe des Opfers. Und jetzt ist er hier und legt mir ein Seil um den Hals. Das gibt's doch gar nicht.« Sie hatte sich über Gregor lustig gemacht, als er ihr den Namen von Till Heimann und irgendeinem Max durchgereicht hatte, damit sie die Augen offenhielte.

Katja strich mit einem Finger über die Stelle, wo das Seil gelegen hatte.

»Bist du okay?«

»Ja, ja. Ich bin okay.« Marlene war ganz aufgeregt. »Wir haben den Typen, den die Kollegen schon seit Wochen suchen, verstehst du? Und der wollte mich definitiv umbringen. Ich meine, mich. Wozu? Ich muss dringend mit Gregor reden.« Marlene tastete nach ihrem Telefon, fühlte aber rasch Katjas Griff um ihre Hand, kühl und fest. Sie sah auf.

»Wenn nicht alles etwas kompliziert wäre, würde ich auch finden, dass das Sache der Polizei ist.«

Marlene hielt inne, drehte kurz den Kopf zur Tür, in die Richtung, die man einschlagen musste, um zu den Kühlfächern zu gelangen. Nun ja, es war kompliziert. Marlene fuhr sich durchs Gesicht. Sie hatte keinen Moment nachgedacht. Sie hatte sich verhalten … Ja, wie? Als wäre sie noch die Polizei.

Was sollten sie jetzt mit dem Knaben anfangen? Ihn laufen lassen? Ihn in eines der Kühlfächer verfrachten. Ob ihr Obdachloser da drinnen immer noch fror? Oder der aus dem Lieferwagen? Marlene zitterte leicht bei dem Gedanken. Vielleicht war es auch nur das Adrenalin, das noch durch ihre Adern schoss. Sie mochte jemandem das Nasenbein zertrümmern können, wenn es drauf ankam, und es war drauf angekommen, aber gezielt jemanden … Das war ganz etwas anderes.

»Also gut. Was tun wir?«

»Du hättest ihn nicht mitbringen sollen.«

»Er hätte nicht versuchen sollen, mich zu töten.«

Katja stand ganz still, nur ihre Augäpfel bewegten sich rasch hin und her.

»Ich rufe Daniel an, er soll Zladko auftreiben. Daniel fährt dich erst einmal nach Hause.«

»Ich kann selber fahren.« Aber sie würde es nicht tun. »Außerdem ist meine Schicht noch nicht zu Ende.«

»Sicher kannst du das«, sagte Katja mit Kindergärtnerinnenstimme. »Nur hätte ich eben gern beide hier, damit wir überlegen können, was wir tun können.«

Und sie nicht, damit sie nicht sah, was geschehen würde. Oder wie es endete. Mochte Till Heimann sie überfallen haben mit dem eindeutigen Ziel, sie umzubringen, aber er war ein junger Mensch. Und es war verboten, andere Leute umzubringen, seit Moses die Tafeln vom Berg geschleppt hatte, egal, was jemand … Ach, Scheiße. Jung war er wie jene, deren Hirne über ihm in Formaldehyd badeten. Das hatte Marlene nicht verhindern können. Das Grauen darüber schüttelte sie. Till Heimann war noch lebendig. Noch. Und nützlich. Er konnte eine Aussage machen zu dem Mord an Hartfield. Möglicherweise. Marlene hatte schon viel zu viel hingenommen.

»Okay«, sagte sie. »Ruf Daniel an.« Sie würde irgendeine Lösung finden. Daniel würde den Jungen nicht einfach … Daniel nicht. Bei Zladko war sie nicht sicher.

62.

Daniel hielt Ausschau nach Zladkos Wagen, entdeckte ihn aber nirgends. Also drückte er die Taste am Zündschlüssel, verriegelte seinen Audi und nahm den Weg in den Keller. Wen sie da wohl am Wickel hatten, die Mädels? Katja hatte ihm nur einige spärliche Fakten durchgesagt und rasch aufgelegt. Aus diesen Fakten war er nicht schlau geworden. Sie würde sich warm anziehen können, wenn es sich nicht um etwas Ernstes, etwas ganz Wesentliches handelte. Er hatte keine Zeit, durch die Stadt zu juckeln und Händchen zu halten, wegen irgendwelcher weiblichen Befindlichkeitsstörungen.

Die Luft im Keller war zum Schneiden. Daniel öffnete das Fenster, nachdem er die Frauen begrüßt und einen Blick auf das Jüngelchen mit dem zermatschten Gesicht geworfen hatte. Er blickte von der einen zur anderen.

»Das war Marlene«, sagte Katja und drehte die Handflächen nach oben. Ihr Strahlen kehrte zurück.

»Er hat angefangen«, erwiderte Marlene.

Im Nebenraum setzten die beiden Frauen ihn ins Bild. Ein Überfall auf Marlene. An ihrem Hals entdeckte er einen Streifen, eine kleine Rötung, mehr nicht. Daniels Gedanken schlängelten sich von einem durchwühlten Hotelzimmer zu Vids Leiche. Ob sie endlich die miese Ratte hatten, die ihnen am Hauptkabel nagte? Aber wer schickte den Kerl? Wenn der für Vids Tod verantwortlich war und Marlene überfallen hatte, hatte er das sich sicher nicht selbst ausgedacht.

»Hat er irgendwas gesagt?«, fragte er.

Die Frauen schüttelten gleichzeitig den Kopf. Marlenes halblange Mähne wippte dabei, hübsch.

Katja blickte zu Marlene. »Du hast gesagt, dein Ex-Kollege vermisst ihn.«

»Ach?« Daniel kniff die Augen zusammen. Ein wenig zu schnell, ein wenig zu überrascht, war ihm dieses »ach« herausgerutscht. Er sah es an ihrer Reaktion. Misstrauen, das ihr Gesicht verschloss?

»Ja. Der letzte Fall, an dem ich gearbeitet habe, war ein Selbstmord. Mein Kollege«, sie verbesserte sich, »mein ehemaliger Kollege arbeitet noch an dem Fall, weil es wohl Zweifel an der Todesart gab. Till Heimann ist der Neffe des Opfers. Und er braucht ihn als Zeugen.« Die Worte kamen langsam, einzeln und schleppend, so als müssten sie sich erst finden.

»Der Junge kennt dich und will dich umbringen. Findest du das nicht ein wenig merkwürdig?«, fragte Daniel. Marlenes lapidare Erklärung ergab keinen Sinn.

»Doch. Ich finde das ziemlich merkwürdig.« Sie lachte auf. Unfroh. »Mann, ich weiß doch auch nicht, was los ist.«

»Sollten wir noch ein paar mehr Einzelheiten zu dem Fall wissen?«

»Ich kenne keine Einzelheiten. Ich war am Tatort, ja. Dann bin ich raus. Du erinnerst dich, Daniel?«

Natürlich erinnerte er sich des eisigen Abends kurz nach Weihnachten, als er sie in dieser Kneipe eingesammelt hatte. Von diesem Fall hatte sie nie gesprochen.

»Was wirst du tun?« Er spürte die Muskeln in seinem Rücken.

»Was soll ich schon tun? Die Frage ist doch: Was machen wir mit dem Kerl?«

»Du wolltest Gregor Bescheid geben, dass wir ihn hier haben«, flocht Katja ein.

»Gregor?«

»Mein Ex-Kollege.« Marlene wich seinem Blick aus. »Ja, wollte ich. Im ersten Moment. Da ging wohl die Polizistin, die ich mal war, mit mir durch. Wir haben lange und gut zusammengearbeitet. Dann gab es …«, sie stockte, »Unstimmigkeiten. Sonst wäre ich gar nicht hier gelandet.«

Das hatte sie angedeutet und auch den Namen erwähnt, nur in einem anderen Zusammenhang, einem viel persönlicheren, woraufhin Daniel ziemlich persönlich geworden war. Für einen kleinen Moment blitzte die Nacht auf, die sie einander geschenkt hatten. Es war kein Geschenk gewesen. Eher eine Notwendigkeit. Er schüttelte den Gedanken ab, zusammen mit dem Bedauern, dass es keine weitere gegeben hatte. Er hatte einfach keine Zeit gehabt.

»Was immer noch nicht erklärt, wieso er dich überfällt«, sagte er.

»Dann frag ihn doch selbst«, brauste Marlene auf. »Coesfeld ist nicht Leipzig. Da kann es schon sein, dass einen einer kennt. Ich kann mich jedenfalls nicht erinnern, dass ich dem Knaben mal was getan habe.«

»Schon gut.« Daniel rieb sich die Stirn. Ein kleiner Kopfschmerz kündigte sich an. »Es ist vielleicht gar nicht so schlecht, wenn du deinen Ex-Kollegen anrufst. Vielleicht hat er ein paar Informationen für dich. Es fällt mir schwer zu glauben, dass euer Fall nichts mit dem zu tun hat, was hier läuft.« Wir haben einen Verräter. Wir müssen einen haben. Der Kopfschmerz nahm zu.

Katja setzte sich auf die Liege und zündete sich eine neue Zigarette an.

Marlene blieb stehen und wiegte den Kopf. »Wir sprechen kaum noch miteinander, eigentlich gar nicht. Da ist es die Frage, ob er mir was sagt. Und wie soll ich ihm erklären, dass wir den Jungen zwar hier haben, ihn aber nicht abgeben. Das tun wir doch nicht?«

Daniel setzte sich an den Tisch und klopfte unruhig mit

den Fingern darauf. Wenn er Marlene mitnahm, wohin wusste er noch nicht, konnte Zladko den Kerl etwas gründlicher befragen, falls der denn endlich auftauchte. Sie würde sich das kaum anschauen wollen.

»He, seid ihr bald fertig mit eurer Betriebsfeier da drüben? Ich hab noch was vor«, brüllte der Typ hinter der verschlossenen Tür. Es krachte und ein Stöhnen war zu hören.

»Ich würde schon ganz gerne wissen, wer den Jungen angeheuert hat und warum. Sehr professionell sieht das ja nicht aus.« Er dachte an Vid, der trotzdem gestorben war, unprofessionell. Aber vielleicht reimte er sich da auch nur etwas zusammen, das nichts miteinander zu tun hatte. Ob so ein Junge, der sich von einem Mädel niederschlagen ließ, einem agilen, trainierten Mann einen Kehlschnitt verpassen konnte, schien fraglich. Doch wer konnte wissen, wie es zugegangen war?

Möglicherweise kannten sie sich. Oder Vid hatte etwas intus, das ihn seiner Reflexe beraubte. Oder beides. Oder der Typ hatte wirklich nichts mit Vids Tod zu tun. Dann hatte Daniel eine Idee, eine, auf die er längst hätte kommen können.

Im Nebenraum fand er den Mann samt Stuhl am Boden liegend. Er riss ihn hoch und stellte ihn wieder auf seine sechs Füße. Till Heimann sah ihn mit blutunterlaufenen Augen von unten an. Katja und Marlene lehnten noch verwundert in der Tür. In diesem Augenblick trat statt Zladko Sascha ein und verkleinerte den Raum um die Hälfte.

»Wie viel?«, fragte Daniel den Mann, der den Boden anstarrte.

Der schwieg.

»Frag du ihn«, sagte Daniel zu dem, den sie ›den Russen‹ nannten. »Wir machen inzwischen einen Spaziergang.«

Nun hob Till Heimann doch den Blick. Seine Augen weiteten sich angesichts des Kolosses, der ihm gegenüberstand.

»Was: wie viel?«, presste er hervor.

Daniel ließ ihm Zeit, selbst eine Antwort auf die Frage zu finden. Als ihm das zu lange dauerte, sagte er: »Kommt, ihr zwei. Mal sehen, ob wir irgendwo einen Kaffee kriegen.« Die beiden Frauen folgten Daniel.

Bevor sie den Ausgang erreichten, sagte Heimann: »Zehn.« Mit schwankender Stimme.

Daniel ließ sich nicht beirren und öffnete die Tür.

»Warten Sie«, sagte Till Heimann, »bitte«, mit einem Blick auf den Russen. Das Schöne an dem Russen war, dass er nur erscheinen musste. Im Gegensatz zu Zladko, der musste deutlicher werden. Daniel drehte sich um.

»Eine sichere Wohnung brauche ich auch«, kam es kleinlaut.

»Die könntest du haben, stimmt's?« Der Russe und Katja nickten Daniel zu. »Zehntausend ist eine Menge Geld. Was willst du dafür tun?«

»Könnten Sie mich von den Dingern befreien?«

»Sicher«, sagte Daniel, ohne irgendetwas zu unternehmen. »Wer hat dich beauftragt, meine Mitarbeiterin anzugreifen?«

»Das weiß ich nicht.«

»Na, dann ...« Daniel trat noch zwei Schritte auf die Tür zu.

»Das weiß ich wirklich nicht«, jammerte der Junge auf dem Stuhl. »Ich habe einen Anruf bekommen. Von wem weiß ich nicht.«

»Ach, ja? Und du nimmst Mordaufträge telefonisch entgegen, egal, von wem sie kommen?« Daniel zog sich einen Stuhl heran und setzte sich verkehrt herum darauf. »Kennst du meine Mitarbeiterin?«

Eine ganze Zeit lagerte sein Blick auf Marlene, als müsste er sich erst besinnen, ob er sie nun kannte oder nicht.

»Nein«, entschied er schließlich. »Ich brauche einen Arzt.«

Da hatte er recht. Das Blut an seiner Nase war inzwischen getrocknet, sie machte an einer ungewöhnlichen Stelle einen ungewöhnlichen Knick.

»Zwölf«, erhöhte Till Heimann.

»Nichts. Und ein, zwei lange Stunden mit unserem Kollegen hier, wenn du nicht konkreter wirst.« Daniel machte eine Kopfbewegung in Richtung Sascha, der neben ihm festgewurzelt war. »Namen, Adressen, Zusammenhänge … Wie wär's?«

Till Heimanns innerer Kampf durchpflügte sein lädiertes Gesicht, dabei taxierte er den Russen, von unten nach oben und wieder zurück. Als er bei seinen Pranken innehielt, traf er eine Entscheidung.

»Herr Dr. Körner hat mir einen Vorschuss gegeben.«

»Herr Dr. Körner weilt nicht mehr unter uns.« Wie praktisch. Immerhin wussten sie nun, aus welcher Ecke das Problem kam. So etwas hatte Daniel vermutet. Dennoch erleichterte es ihn, dass niemand von seinen Leuten etwas damit zu tun hatte.

»Und Vid geht auch auf deine Kappe?«

»Was ist Vid?« Die Ahnungslosigkeit in Till Heimanns Augen wirkte echt, und Daniel beschloss, diese Sache erst einmal hintenanzustellen.

»Was hast du in dem Hotelzimmer von meiner Kollegin gesucht?«

»Unterlagen, Papiere. Dr. Körner dachte, die da …«, sein Kopf schwenkte in Marlenes Richtung, »schnüffelt für den Verfassungsschutz.«

»Und ausgerechnet dich hat der Körner damit beauftragt?«

»Ich hab kurz in dem Hotel gearbeitet.«

Das allerdings war ein Argument, tatsächlich das einzig sinnvolle. Daniel war die Personalpolitik des Herrn Richter zwar rätselhaft, aber vielleicht hatte es sich einfach so ergeben. Oder sie hatten wirklich keinen anderen auftreiben können. Gute Leute waren schwer zu kriegen.

»Und? Was gefunden?« Daniel hörte, wie Marlene hinter ihm die Luft einsog.

»Nein. Deswegen war Dr. Körner ja unzufrieden. Deshalb sollte ich …«

»Du hättest es sein lassen können. Körner ist tot.«

»Ja. Aber seine Frau nicht.«

Daniel drehte sich kurz zu Marlene um. Die hatte die Lippen aufeinandergepresst. Er gratulierte sich zu der Entscheidung, Marlene weiter zu den Treffen der Nazi-Frauen geschickt zu haben. Sie nickte steif.

Daniel sammelte sich einen Augenblick.

»Was steht noch auf dem Programm von deinen Auftraggebern?«

»Nichts.«

»So gar nichts?«

»Gar nichts.«

»Gibt es noch andere, die uns hier vor die Füße laufen können?«

»Nicht, dass ich wüsste.«

»Dann könntest du dich hervorragend darum kümmern, dass du es herausfindest.«

»Sind wir im Geschäft?« Hoffnung schimmerte in Heimanns Augen.

»Sechstausend und das mit der Wohnung kriegen wir hin.« Daniel schaute Katja an, die nickte. Daniel stand auf, strich seine Jacke glatt, unter der er schwitzte, und sagte an Katja gewandt: »Hast du mal ein Skalpell?«

»Aber …« Till Heimann riss die Augen auf und zerrte an seinen Fesseln.

Mit einer kleinen Geste wies Katja auf den Schrank hinter Heimann. Daniel öffnete ihn, fand in einem mittleren Fach neben Einmalspritzen und Plastikröhrchen allerlei in Folie eingeschweißte Instrumente, darunter Skalpelle verschiedener Größe und Form. Er nahm eines mit bauchiger Klinge, ging um Heimann herum und pellte es aus der Folie. Blitzartig hielt er dem Gefesselten das Instrument vors linke Auge.

»Wenn du mich bescheißt, Arschloch, bist du blind.«

Die Haut des anderen verlor die Farbe unter dem getrockneten Blut.

»Aber Sie haben doch gesagt …«

Daniel griff in die Innentasche seines Gegenübers, zog das Handy heraus und schrieb sich die Nummer auf, dann schnitt er durch das Plastik der Kabelbinder und Heimann entspannte sich.

»Ich rufe dich an.«

Heimann blieb sitzen und rieb seine Handgelenke, an denen sich dünne, rote Streifen gebildet hatten.

»Los, hau ab.«

Steif erhob sich Heimann und wankte zur Tür.

Als er die hinter sich schloss, sagte Daniel: »Ich schau mal nach draußen, was er so treibt.« Damit folgte er Heimann mit einigem Abstand. Er zog die Haustür einen Spalt auf und erspähte seine schmale Gestalt, gelegentlich beleuchtet von lichtarmen Straßenlaternen, wie sie dem Ausgang des Geländes zusteuerte, und er entdeckte Zladko. Als Heimann weit genug weg war, ging Daniel dem Alten entgegen.

»Kannst du den mal im Auge behalten?« Er zeigte auf Heimann, der sich im Dunkeln entfernte.

»Sag mir wenigstens seinen Namen.«

Zladko stellte nicht viele Fragen, nur effektive. Daniel nannte den Namen, und Zladko hinkte dem Mann nach.

63.

Lara hatte sich ruhig und freundlich verhalten. Sie hatte eingekauft, Essen gekocht, sich um die Wäsche gekümmert und sich nachts von Max lieben lassen. Danach, wenn er eingeschlafen war, hatte sie ins Klo gekotzt. Ihr kam es vor, als hätte sie zum ersten Mal im Leben Zugeständnisse gemacht, unerträgliche. Das lag nur an der Jahreszeit. Im Sommer wäre sie fortgegangen. Sie musste in Ruhe überlegen. Nur fand sie keine Ruhe. Ihr Hirn folgte den immer gleichen, endlosen Gedankenspiralen. Gedanken, die sich im Uferlosen verloren, um sinnlos an ihren Ausgangspunkt zurückzukehren.

Till war nicht wieder aufgetaucht, und sie hatte Max nicht danach gefragt, wo er abgeblieben war. Ihr reichte Max. Völlig.

Christian war der zuverlässigste Mensch, den sie gekannt hatte, auch wenn er eine ziemliche Macke gehabt hatte. Sie musste abhauen, wenn wirklich stimmte, was sie glaubte. Wenn es stimmte, was sie gehört hatte. Wenn Till und Max …

Vielleicht konnte sie ja bei einer der Frauen unterkommen, bei Elena vielleicht, gleichgültig, wie die über Leute ohne festen Wohnsitz dachte. Vorübergehend. Bis sie etwas fand. Sie würde sich eine Geschichte für Elena ausdenken müssen. Irgendwas mit Liebesleid. Zu dem letzten Treffen war sie nicht hingegangen, um nicht wieder der Bullentante in die Arme zu laufen. Was die da machte, war ihr sowieso schleierhaft. Aber jetzt, wo sie niemanden mehr hatte …

Lara legte ihren Jogginganzug zusammen, stellte zwei benutzte Tassen in die Spüle, trank noch einen Schluck Wasser und streifte ihre Jeans über. Dazu nahm sie einen Pullover, der bis an die Schenkel reichte und schnürte ihre neuen

Turnschuhe zu. Die hatte sie in einem Sportgeschäft in der Innenstadt mitgehen lassen.

* * *

Am Tresen hingen ein paar Männer herum. Lara nickte dem Wirt zu und ging an ihnen vorüber, den kurzen Gang entlang zu dem Raum, in dem sich die Frauen trafen. Behutsam öffnete sie die Tür. Sie war absichtlich ein wenig später gekommen, hatte aus einiger Entfernung vor dem Haus beobachtet, wer alles hineinging. Die Bullentante war nicht dabei. Also traute sie sich und linste nun vorsichtshalber noch einmal durch den Türspalt. Verflucht! Da saß sie. In dem Moment wurde die Tür ganz aufgezogen, Elena drängte sich hindurch.

»Wo steckst du denn? Los, setz dich. Wir haben schon angefangen.«

Lara blieb nichts übrig, als der Einladung zu folgen. Den einzigen freien Platz an der Tafel, auf der Kaffeegeschirr und Kuchenteller verteilt waren, gab es genau gegenüber der Bullentante. Lara setzte sich und versuchte, dem Blick der Frau auszuweichen.

»Es gibt Neuigkeiten. Keine guten, befürchte ich«, begann Margit Körner-Haferbach, die ganz in Schwarz gekleidet war, was ihr absolut nicht stand, fand Lara. Das Raunen und Getuschel und Gekicher endete.

»Die Staatsanwaltschaft verzichtet auf die Obduktion meines …« Sie schluckte und wischte sich eine Träne aus dem Augenwinkel. »Es wird keine Obduktion geben, obwohl ich sicher bin, dass er keines natürlichen Todes gestorben ist. Angeblich hat man in den Speisen keine Gifte oder andere gefährlichen Stoffe gefunden. Der Notarzt vermutet, dass der

Tod durch einen Knochen oder ein Stück Fleisch, das in die Luftröhre geraten ist, eingetreten sei. Es könnte aber auch ein Herzinfarkt gewesen sein.«

»So ein Unsinn.« – »Quatsch.« – »Die wollen nur nicht …« Gemurmel.

»Natürlich werde ich das nicht auf sich beruhen lassen, sondern die Obduktion auf eigene Rechnung bei einem renommierten rechtsmedizinischen Institut vornehmen lassen.«

Margit Körner-Haferbach erntete beifälliges Nicken.

»Und gnade ihnen Gott, wenn sich herausstellt, was auf der Hand liegt!« Ihre Stimme war lauter, kämpferischer geworden. »Aber darauf sollten wir nicht warten. Es ist längst genug geschehen. Wie ihr wisst, habe ich zum Ende des Monats eine Demonstration beantragt. Sie wurde genehmigt. Ihr bekommt noch einen Handzettel mit den genauen Informationen.«

Alle klatschten, Lara auch. Die Bullentante ließ sie nicht aus den Augen. Am liebsten wäre Lara aufgesprungen und abgehauen. Während die Körner-Haferkamp weitersprach, kam Lara eine Idee, die immer mehr Raum griff, an Boden gewann und gar nicht so abwegig erschien. Bisher war sie Jessie Mahnemann aus dem Weg gegangen, nun schaute sie sich die Frau genauer an. Ziemlich jung war sie noch, sportlich, irgendwie auch freundlich mit diesen lustigen Löckchen. In dem Keller, neben Christian, hatte sie einen anderen Namen getragen. Lara erinnerte sich nicht an ihn. Was machte die wohl hier? Rumschnüffeln? Für wen? Oder war sie einfach begeisterte Anhängerin von diesem komischen Zeug, was die Körner-Haferbach quatschte? So, wie sie zuhörte und klatschte, war das durchaus möglich. Lara beschloss, alles auf eine Karte zu setzten. Was hatte sie schon zu verlieren? Und wenn etwas schiefging, konnte sie immer noch verschwinden. Darin war sie perfekt. Mit einem Mal merkte sie, wie ihr Magen knurrte, sie hatte noch nichts gegessen heute. Die Körner-Haferbach verteilte gerade Aufgaben für die Organisation der Demo. Lara langte nach einem Stück Käsekuchen, aß mit Appetit und nahm sich ein zweites Stück.

Als die Veranstaltung zu Ende war, schlüpfte Lara als Erste hinaus in die kühle Luft, in der schon eine Ahnung von Frühling lag, und wartete ein paar Meter weiter in einem Hauseingang. Jessie Mahnemann war ihr nicht nachgelaufen, hatte sie zu Boden geworfen und ihr Handschellen angelegt. Eine kleine Hoffnung keimte.

Einzeln oder in Grüppchen verließen die Frauen die Gaststätte, Jessie Mahnemann begleitete Margit Körner-Haferbach, sie blieben stehen, redeten und gaben sich die Hand, bevor jede in eine andere Richtung davonging. Jessie Mahnemann zog die Kapuze über ihr Haar und eilte an Lara vorbei, ohne sie zu entdecken. Als die Frau um die nächste Ecke bog, lief Lara ihr nach, holte sie ein, fasste sie am Ärmel. Die Mahnemann schnellte herum, und Lara hätte beinahe ihre Faust im Gesicht gehabt. Mitten im Schlag hielt die andere inne, senkte den Arm und grinste breit.

»Lara Roggenkamp. Sieh mal einer an.« Sie betrachtete Lara von oben bis unten, als sähe sie sie zum ersten Mal. »Was willst du?«

Das war eigentlich die falsche Frage. Hier war etwas total verkehrt. Aber das hatte Lara ja gewusst. Alles Mögliche war hier verkehrt.

»Wie war noch mal Ihr Name?«

Die andere schwieg. Der Niesel ging in Regen über.

»Es ist ungemütlich hier. Also sag, was du willst.«

»Sie kennen mich noch, nicht wahr?«

Wieder sagte die Andere nichts.

»Es ist wegen Christian«, fuhr Lara fort. Regen und Schweigen.

»Ich weiß, wer es war.« Der Satz tropfte zwischen ihnen aufs Pflaster. Nun war er in der Welt und hinterließ einen unschönen Fleck auf ihr.

»Wissen deine Eltern, wo du bist?«

Laras Mund machte ein verächtliches Geräusch, ohne dass sie es verhindern konnte. »Nein«, sagte sie dann schlicht.

»Weiß sonst irgendjemand, wo du bist?«

»Ich habe es keinem gesagt.« Die Unterhaltung nahm eine Wendung, auf die sie keine Lust hatte.

»Also gut. Was willst du nun?« Die Bullentante trat von einem Bein aufs andere.

»Ich weiß, wer Christian ermordet hat.«

Die andere drehte sich um und ging weiter. »Geh damit zur Polizei.«

Einen Moment war Lara sprachlos. »Mach ich ja«, rief sie dem Rücken nach, der sich entfernte.

»Nein.«

»Warten Sie.« Lara löste sich aus ihrer Starre und lief der anderen nach. Als sie sie eingeholt hatte, sagte sie: »Sie sind nicht bei der Polizei?«

»Nicht mehr.«

»Und es interessiert Sie nicht, was mit Christian passiert ist?«

»Warum sollte es?«

»Bitte …« Das Wort klang flehentlich, und Lara hätte es gern zurückgenommen.

»Dann sag mir, was du willst, Lara.« Vor einem Friseursalon, dessen Schaufensterbeleuchtung den Gehweg erhellte, blieb Jessie Mahnemann, oder wie sie nun hieß, stehen.

Lara rang mit sich, bis Regen und Kälte gewannen. »Ich brauche ein Zimmer.«

»Erzählst du mir die ganze Geschichte?«

Ihr blieb wohl nichts anderes übrig. Also nickte sie.

»Gut. Dann komm. Lange Geschichten sollten nicht draußen im Regen erzählt werden müssen.«

64.

Wo hast du sie her?«, flüsterte Daniel. Ein Lichtschein fiel auf die rosigen Wangen des Mädchens. Marlene hatte sie in Vids Bett getragen, nachdem sie in ihrem Arm eingeschlafen war. Leicht war sie gewesen, hatte geseufzt im Schlaf und sich in die Kissen geschmiegt.

Sie standen da und beobachteten ihr ruhiges Gesicht. Daniel nahm Marlenes Hand. Etwas in ihrer Brust schmerzte einem ungelebten Leben nach.

Während die Kaffeemaschine blubberte, war Daniel aufgekreuzt, unerwartet. Er hatte sich in einen Sessel im Wohnzimmer fallen lassen und Laras Schuhe entdeckt. Neongelbe Turnschuhe.

»Aus Coesfeld.« Marlene zog Daniel aus dem Zimmer und schloss leise die Tür. Er blickte sie fragend an. Im Wohnzimmer lief der Fernseher. Sie stellte ihn aus.

»Sie ist Zeugin in dem Fall, von dem ich erzählt habe. Meinem letzten.«

»Und was macht sie hier?«

Unschlüssig, wie viel sie ihm sagen sollte, schaute sie auf ihre Hände. Inzwischen wusste sie nicht mehr, wer hier zu wem gehörte.

»Hast du was von Till Heimann gehört?« Besser, sie wechselte das Thema.

»Ja. Ich habe ihn angerufen. Er war sehr brav. Katja hat ihn in einer Bude einquartiert, in der er nicht viel Unfug anstellen kann.« Daniels Mundwinkel hoben sich.

»Wie das?«

»Zladko wohnt da.«

Marlene musste lachen.

»Zuerst ist Zladko ihm eine Weile gefolgt. Viel gemacht hat er nicht. Ist in die HNO-Klinik gefahren und mit einem dicken Pflaster im Gesicht wieder rausgekommen. Dann hat er sich ins Auto gesetzt und geraucht. Weiter nichts.«

»Was willst du eigentlich mit ihm?« Marlene hatte den Verdacht, dass ganz etwas anderes geschehen wäre, wenn sie nicht dabei gewesen wäre. Andererseits traute sie Daniel so viel Kaltblütigkeit nicht zu. Oder vielleicht wollte sie nicht so genau wissen, wozu Daniel im Stande sein könnte. Daniel, dieser charmante, dauerlächelnde Mann mit Händen, die einmal Klavier für sie gespielt hatten. Ein fröhliches, kleines Stückchen. Das war an dem Tag gewesen …

»Es ist ganz gut, einen Mann bei denen zu haben und zu wissen, was sie vorhaben.«

»Du hältst ihn für ehrlich?«

Daniel lacht auf. »Nein. Der Typ macht für Geld alles. Aber wir sind großzügiger als die. Und ich lege nach, wenn es sein muss. Satt wird der nicht so schnell.«

»Die meisten sind käuflich«, sagte Marlene überflüssigerweise. Sie fragte sich, welchen Preis sie selbst hatte und welchen sie bereits zahlte. Und welchen Daniel.

»Stimmt. Die meisten.« Wie er *die meisten* betonte, schloss er sich selbst aus. »Ein korruptes Arschloch hat die Welt ja nun weniger. Ich habe mit einem Freund gesprochen, einem Polizisten. Er hat sich ein bisschen schlaugemacht. Dem Körner hat niemand was getan. Bolustod steht auf dem Totenschein. Manchmal ist uns das Schicksal eben wohlgesonnen.« Er goss sich ein Glas Wasser ein und trank es leer.

»Ja, und nun?«

»Auf zu neuen Ufern. Was mich interessiert: Was will Friedrichs genau? Und gibt es noch mehr, die seine Geschäfte unterstützen?« Er zog die Brauen zusammen. »Er hat in

Reudnitz mehrere zusammenhängende Grundstücke gekauft. Zu einem Spottpreis. Das Ganze ging innerhalb von wenigen Tagen über die Bühne, was sonst Monate dauert. Und das ist erst der Anfang. Ich will wissen, wer dahintersteckt.«

»Wo ist das Problem? Er kauft Gebäude, um sie zu sanieren. Na, und?«

»Und wer hat den Rest der Kohle gekriegt?«

»Bestechung. Einverstanden. Aber ich sehe immer noch nicht ...«

»Sie haben schon einmal unser Land verscherbelt und das Freiheit genannt, Marlene.«

»Was hätte denn aus den maroden Fabriken und Wohnhäusern werden sollen?«

Er lehnte sich nach vorn. »Genau. Das haben sie auch gesagt. Die wollen immer nur das Beste. Aber wer das Land besitzt, sagt dir auch, was es kostet, wenn du drauf stehst. Kapierst du das denn nicht?«

»Irgendeinem muss es gehören.« Marlene machte eine Pause und fuhr dann fort: »So sind die aktuellen Spielregeln. Auch wenn ich nicht sehr damit einverstanden bin, sehe ich momentan keine Alternative.«

Daniel nickte. »Nur muss es nicht gerade einer wie Friedrichs sein. In Lindenau gibt es Grundstücke, deren Eigentumsverhältnisse bis heute nicht geklärt sind. Da hat Friedrichs auch ein Auge drauf. Dieses braune Gesocks ist wie eine Hydra.«

»Lass gut sein, Daniel. Du änderst nichts.«

Er sprang auf und ging zum Fenster. »Nie ändert jemand etwas. Aber das ist noch lange kein Grund, alles zu lassen, wie es ist. Wenn dieser Staat nicht im Stande ist, seine Bürger zu schützen, müssen sie es eben selbst tun.«

Von jemand anderem und in einem anderen Zusammenhang hatte Marlene das schon einmal gehört. Der war an einem Wachtelknochen gestorben. Die Übelkeit, die sie verspürt hatte, schwappte heran. Daniels Gesicht spiegelte sich im Fenster. Er drehte sich um, die Hände in den Taschen, und fragte unvermittelt: »Hast du etwas von deinem Ex-Kollegen erfahren können?«

Deshalb war er also gekommen. Und sie hatte gedacht … Sie hatte falsch gedacht.

»Nein«, log Marlene. »Ich habe ihn gar nicht erreicht.« Sie sah, dass Daniel mit sich rang, ob er ihr glauben sollte, und machte ein lauteres Gesicht. Natürlich hatte sie Gregor angerufen und ihm zuerst von Till Heimann berichtet, wobei sie den Teil mit dem Strick, der Nase und der Bestechung weggelassen hatte. Und nachdem sie Lara ins Bett verfrachtet hatte, schickte sie Gregor eine SMS, weil nur seine Mailbox rangegangen war. *Komm her*, hatte sie geschrieben, *Lara Roggenkamp schläft nebenan.*

»Was willst du jetzt mit der Kleinen, dieser Zeugin, machen?«

Wenn sie das wüsste. Eigentlich müsste alles seinen normalen Gang gehen. Sie müsste sie der Polizei übergeben, die würden das Jugendamt einschalten und Lara käme in irgendeine Einrichtung. Aus der sie weglaufen würde. Was dann mit dem Kind passierte, wusste der Himmel.

»Ich werde sie erst einmal hierbehalten.« Ein Gedanke, den Marlene gar nicht schlecht fand. Wenn sie ein Kind hätte haben können, hätte sie sich eine Tochter gewünscht. Außerdem konnte Gregor sich kümmern, wenn er denn kommen sollte.

»Du kannst sie nicht hierbehalten. Das bringt uns in Gefahr.«

»Wieso das denn? Sie kann sich erst mal ein bisschen nützlich machen. Dann muss man weitersehen.«

»Wie willst du beim RNF vorankommen, wenn du dieses Kind hüten musst? Ihr könnt ja wohl schlecht als WG dort auftauchen, oder? Und wie lange soll das gehen?«

»Ich verstehe sowieso nicht, was ich bei denen noch soll.« Zwar hatte sie die Treffen brav über sich ergehen lassen, kannte aber ihre Aufgabe nicht mehr. Körner war tot.

»Was haben die denn heute zum Beispiel gemacht?« Daniel setzte sich wieder, trank Wasser und schluckte zwei Tabletten damit herunter.

Von der geplanten Demo erzählte Marlene und davon, dass die Körner-Haferbach nicht glaubte, dass ihr Mann sich nur verschluckt habe. Man sterbe nicht, wenn man sich verschluckt, hatte sie gesagt.

»Dann kümmerst du dich weiter um die Demo. Ich will wissen, wann, wo, wie viele.«

»Warum?«

»Weil wir es nicht dulden werden, dass dieses Kroppzeug unsere Stadt mit ihren Parolen verschmutzt.«

»Was wollt ihr tun?« Sie hatte *ihr* gesagt, nicht *wir*. Daniel hatte es gehört. Marlene nannte ihm den Termin.

»Wir werden eine Gegendemonstration beantragen. Ganz offiziell. Das ist Demokratie.«

Demokratie, die eine Hundertschaft der Bundespolizei auf den Plan rufen würde. Aber gut. Gegendemonstration und ganz offiziell fand Marlene in Ordnung. Daniel trat hinter sie und nahm ihr Haar im Nacken. Es fühlte sich gut an.

»Okay. Ein paar Tage kann die Kleine da bleiben. Dann schickst du sie weg.«

»Wohin?«

»Lass dir was einfallen.« Er strich ihr über den Hals und wandte sich ab.

»Wo willst du hin?« Marlene wollte nicht, dass er ging.

»Ins Gewandhaus. Grieg und Mahler.«

Marlene kannte seine Vorliebe für Konzertsäle und Opernhäuser. Ein, zwei Mal hatte sie von Katja eine Karte bekommen. Sie hatten sich schick gemacht und sich unter das Publikum gemischt. Marlene hatte sich ein wenig gelangweilt. In Coesfeld hatte sie ein paar Konzerte im neuen Konzerttheater besucht, aber keinen Zugang zu dieser Musik gefunden. Vielleicht musste man sie in die Wiege gelegt bekommen.

»Du gehst allein?«

»Nein.«

Das Nein fühlte sich an wie die Spitze eines Floretts.

65.

Gregor bestellte eine neue Runde. Sie waren zu fünft. Die Kartenrunde. Der Gastraum vom *Brauhaus* war halbgefüllt mit Leuten, die lärmten wie ein Bataillon besoffener Landsknechte. Am Tresen wurde gelacht. Eine Runde noch, dann ginge er nach Hause. Er hatte sich einiges vorgenommen für den nächsten Tag, und die letzte Woche war anstrengend genug gewesen. Er hatte gewartet, dass sie verging. Warten war schwer. Marlenes kleine Botschaften hatten es ihm erleichtert. Und morgen … Morgen.

Der Kellner, ein junger Kerl, der umständlich das Tablett balancierte, stellte die Gläser ab und machte Striche auf Gregors Deckel. Der nächste Tag. Niehues hatte anrufen wollen, wegen … Gregor schaute auf sein Handy. Es war stumm geschaltet. Mist. Zehn unbeantwortete Anrufe. Das Zeichen für eine SMS blinkte. Gregor las.

»Ich muss weg«, sagte er zu seinem Kartenkumpel.

»Willste dich drücken, oder was?«

»Nee, muss wirklich.« Er schob ihm seinen Deckel hin und legte einen Schein darauf. »Machst du das für mich?« Gregor klopfte ihm aufs breite Kreuz, im Hinausgehen wählte er Marlenes Nummer.

66.

»Die haben welche festgenommen von uns.« Der Jüngere legte die Zeitung weg und blickte durch die Frontscheibe des Lieferwagens auf den Eingang des Stadions. Kein Mensch zu sehen.

»Sag das Schönfelder«, sagte der Ältere.

»Hab ich.«

»Und?«

»Er wusste es schon, hat gesagt, er kümmert sich drum.«

»Und?«

»Sie sitzen immer noch in U-Haft. Drei. Ich kenne sie.«

»So was dauert eben.« Der Ältere zündete sich eine Zigarette an und ließ das Fenster ein Stück herunter.

»Solange, bis sie die für den Rums am Völki verknacken. Das geht gar nich.«

»Blödsinn. Das wird schon. Wenn Schönfelder das gesagt hat.«

»Der erzählt viel, wenn der Tag lang ist. Die Nase hat er uns auch aufs Auge gedrückt. Und wo ist der jetzt?«

»Keine Ahnung. Ich brauch das Arschloch hier auch nich. Weiß gar nich, warum der überhaupt mit sollte, so'n arroganter Pinsel. Schmeißt mit der Kohle rum und verpisst sich.« Der Ältere stieß heftig den Rauch aus.

»Der sollte uns zeigen, wer wer is. Braucht der aber nich. Is doch völlig Latte, wie die heißen. Alle in einen Sack und drauf hauen. Da triffste immer den Richtigen. Aber guck mal hier.« Der Jüngere griff in die Innentasche seiner Jacke und zog ein Bündel Scheine heraus.

Der Ältere pfiff durch die Zähne. »Wo hast'n die her?«

»Rate.«

»Is nich wahr. Wann?«

»Vorhin bei McDoof.«Der Jüngere zählte ein paar Scheine ab. »Hier. Sollst auch nich leben, wie'n Hund.«

»Und die Nase hat das nich mitgekriegt?«

»Glaub nich. Und wenn schon. Was will er denn machen? Mich bei den Bullen anzeigen, dass ich ihn beklaut habe?«

Der Ältere drehte das Radio an. Vom Tor des Bruno-Plache-Stadions löste sich eine Truppe Männer. Der Jüngere stellte das Radio wieder ab.

»Wir gehen noch einen trinken, wenn wir hier fertig sind. Los jetzt.«

67.

Ich kann nicht, hatte Gregor zurückgeschrieben. Marlene hatte knapp geantwortet, er solle ihr nicht die Leipziger Kollegen auf den Hals hetzen.

Eine Weile später rief er sie an.

»Das Mädel haut sowieso ab, wenn ihr sie in ein Heim sperrt, und dann hast du gar nichts.« Marlene klang so fremd und entfernt, wie sie war.

»Was ist mit Till Heimann?«, hatte er gefragt und eine ausweichende Antwort bekommen. »Okay, ich nehme den Zug nach Leipzig. Am Wochenende. Niehues gibt mir nie und nimmer Urlaub, geschweige einen Dienstauftrag.« Damit hatte er sich verabschiedet und war aufgeregt vom Wohnzimmer in die Küche und wieder zurückgelaufen.

Endlich bewegte sich etwas. Irgendwie. Eigentlich müsste er etwas ganz anderes tun. Damit würde er Marlene in Schwierigkeiten bringen. Und tat er es nicht, brachte er sich selbst in welche. Er war sich im Klaren, dass das nicht der Grund seiner Unruhe war.

Die Woche schleppte sich dahin wie eine Landschildkröte. Als Gregor beinahe an ihrem Ende angekommen war, stieg er in den Zug. Seinem alten Opel traute er die Fahrt nicht mehr zu.

* * *

Es war fast Mittag und die Sonne schien, als er auf dem Hauptbahnhof ankam. Wärmer war es geworden. Der Wind trieb harmlose Wolken über den Himmel, und die Stadt war voll von Menschen in Farbe und Heiterkeit. Beinahe beschwingt nahm er sich ein Taxi und fuhr zu der Adresse, die Marlene ihm angegeben hatte. Er war gespannt, wie sie lebte.

Bevor er ausstieg, gab er dem Taxifahrer, der ihm in breitestem Sächsisch sein schweres Schicksal erläutert hatte, ein kleines Trinkgeld. Die oberen beiden Stockwerke des Hauses, in dem Marlene wohnte, waren sonnenbeschienen und frisch renoviert, mit Stuck und hohen Fenstern, wie die Häuser des ganzen Viertels. Schatten lagen noch in den Straßenschluchten. Ein Klingelschildchen mit Marlenes Namen gebe es nicht, hatte sie ihm gesagt. Zweiter Stock links, hatte sie gesagt. Er stieg die Stufen hinauf, klingelte und es passierte nichts. An der Wohnungstür stand ebenfalls kein Name. Vielleicht war er doch falsch. Gregor klingelte ein paar Mal, dann öffnete sich die Tür von gegenüber und eine winzige Person mit unzählige Falten steckte den Kopf heraus, einen Schildkrötenkopf.

»Die sinn nich da«, sagte das Mütterchen. »Aber die komm bestimmt bald wieder. Wolln Se ’n Kaffee? Ich hab frische Plätzchen.«

Das fehlte Gregor gerade noch. Einen Vormittagsplausch mit der Nachbarin. Andererseits konnte so ein Schwätzchen vielleicht nicht schaden.

»Gern«, sagte er also und las fix den Namen an der Tür. »Frau Raditz.«

Vom Flur gingen vier Türen ab, die man geradeso erreichen konnte. Der Rest war zugebaut mit Stapeln von Zeitungen, Büchern und Kisten.

»Kommen Sie, kommen Sie.« Das Weiblein lotste Gregor in die Küche, die ebenfalls vollgestellt war mit Dingen. Geschirr für fünfzehn Personen auf einem Bord, das sich unter dem Gewicht von Tellern und Tassen bog. Haufen von Zeitungen und Zeitschriften auf dem Boden, Berge von Büchern auf der

Fensterbank. In der Mitte ein Tisch mit zwei Stühlen und einem Laptop.

»Ich bin viel allein«, entschuldigte sich die Alte, als sie seinen verwunderten Blick wahrnahm. »Und es ist doch besser, sich auf den Social-Network-Plattformen herumzutreiben, als allmählich wunderlich zu werden, nicht wahr?« Sie nahm zwei saubere Tassen aus einem Schrank, schenkte aus einer Thermoskanne ein und stellte die Plätzchen, einen riesigen Teller mit Plätzchen, dazu. Sie sahen gut aus und dufteten. So vollgestellt die Räume waren, es fand sich kaum ein Stäubchen in ihnen.

»Es wird ja auch Zeit, dass Sie kommen«, meinte die winzige Alte, als sie sich gesetzt hatten.

Gregor nahm einen Schluck Kaffee, er war stark und aromatisch.

»Ja, das finde ich auch«, sagte er, obwohl er sich nicht erklären konnte, was die Frau damit meinte.

»So ein Kind braucht einfach einen Vater. In dem Alter tun sie ja immer so, als bräuchten sie niemanden auf der ganzen Welt. Aber sie sind ja noch weder Fisch noch Fleisch. Backfisch, sagte man früher.«

»Ja, das finde ich auch«, wiederholte Gregor, weil ihm nichts Besseres einfiel und er ein goldgelbes Makronenplätzchen entdeckte, das er in den Mund schob. Außen kross und innen noch saftig, so mussten sie sein. Die Frau war eine Künstlerin.

»Ich bin wirklich froh, dass Ihre Frau und Ihre Tochter jetzt hier wohnen. Vorher war es Sodom und Gomorrha. Hab mich richtig gefreut, als ich aus der Kur zurückgekommen bin. So eine nette Person, Ihre Frau. Ich hab ja so schlimm Rücken, und laufen kann ich auch nicht mehr so gut. Da fahr ich einmal im Jahr zur Kur. Was soll man denn sonst machen mit der Rente? Vererben?« Sie nippte ebenfalls an ihrem Kaffee, stellte ihn ab und fuhr fort. »Kennen Sie die polnische Ostseeküste?« Eine Weile schwärmte sie vom Strand und vom Meer und davon, dass die Physiotherapeutinnen so billig seien. Trotz ihrer Aktivitäten hatte die Frau offenbar einen nicht unerheblichen Kommunikationsbedarf. Gregor hatte plötzlich eine Familie bekommen und Paula eine große Schwester, oder Halbschwester.

»Mögen Sie einen Aprikosenlikör?«

Nein, hätte er fast gesagt, er sei im Dienst. Aber erstens stimmte das nicht und zweitens hasste er diesen Satz, weil er ihn etwa eine Million Mal in irgendwelchen Fernsehkrimis gehört hatte.

»Ich habe Sie mit dem Taxi kommen sehen. Einer geht schon.« Sie legte den Kopf schief und lächelte verschmitzt.

Gregor nickte überrumpelt. Das fing ja gut an. Aufm Mittag schon Alkohol bei einer fremden Dame. Sie stießen mit kleinen, fein geschliffenen Gläsern an. Das Zeug schmeckte erbärmlich.

»Was war denn los, bevor meine Familie …« Er fiel ihm schwer, *meine Familie* zu sagen, »hier eingezogen ist?«

»Ach, fragen Sie nicht. Immer neue Mieter. Nur Ausländer. Einen Lärm haben die gemacht und wechselten alle paar Wochen. Zuletzt war so ein Kleinerer da. Der stellte nachts immer diese schreckliche Musik an, die nur bum, bum, bum macht. Also tagsüber auch, wenn er nicht unterwegs war. Fragen Sie mich nicht, welchem Beruf der nachgegangen ist. Ich will es gar nicht wissen.«

Ganz im Gegensatz zu Gregor.

»Vor manchen hatte ich richtig Angst. Aber das ist ja nun vorbei. Sie sind ja Deutsche. Auf eine gute Nachbarschaft.« Die Alte hatte noch einmal eingegossen und hob das Glas.

Gregor ließ den zweiten Aprikosenlikör über sich ergehen. Es schien nicht so, als könnte ihm die Frau etwas Wichtiges erzählen.

»Ich will sie nicht länger aufhalten, Herr …« Ein fragender Blick.

»Richter. Gregor Richter«, stellte er sich nachträglich vor.

»Herr Richter. Da kommen sie gerade.«

»Wer?« Gregor war verwirrt.

»Na, Ihre Frau und Ihre Tochter. Waren sicher noch shoppen heute Morgen. Sie müssen die Tage mal ein Namensschild anbringen, Herr Richter.«

»Aber wie …«

Die Alte hatte sich nicht von ihrem Platz gerührt und nicht aus dem Fenster geschaut. Wie konnte sie da wissen …

Sie drehte ihren Laptop zu Gregor herum und er blickte auf die zwei Stufen, die zur Haustür führten und auf ein Stück Pflaster, das leer war. Kurz darauf ging eine junge Frau mit einem Kinderwagen vorbei.

»Aber wie …?« Er war sprachlos.

Die Alte kicherte. »Mein Neffe hat die Kamera eingebaut. Es gibt ja heute so ganz kleine Dinger, die man gar nicht gleich sieht, wenn man nicht weiß, wo man suchen soll. Die Schulze von unten hat so was nicht. Die liegt mit ihrem Kissen immer noch im Fenster.« Triumph in dem faltigen Gesicht.

»Aber das ist verboten«, sagte Gregor dumpf.

»Ach, kommen Sie. Man muss sich doch schützen. Dieses ganze Pack da drüben hat mir Angst genug eingejagt. Ich war ja früher nie ängstlich. Aber seit ich nicht mehr laufen kann … Die haben das Völkerschlachtdenkmal gesprengt. Wissen Sie das? Und die Treppe machen sie auch nicht. Da soll ich keine Angst haben?« Sie drehte den Laptop wieder um. »Man muss sich nur zu helfen wissen.«

Aber mich lässt du in deine Wohnung, ohne eine Ahnung zu haben, wer ich bin. Statt das zu sagen, nahm er lieber noch einen Keks, Mürbeteig mit Mandelsplittern, knackig und mäßig süß. Gregor stand auf.

»Sie können die ruhig alle mitnehmen. Ich esse ja keine Plätzchen.« Die Raditz hievte sich vom Stuhl hoch, kramte eine Plastiktüte aus einer Schublade und schüttete die Plätzchen hinein.

»Besuchen Sie mich mal wieder, Herr Richter. Ich bin immer so allein.«

Gregor musste an die Hexe bei *Hänsel und Gretel* denken. Er versprach es und sie schloss die Tür, bevor er gegenüber klingelte.

Eine wirklich diskrete Person.

68.

Verdammt, wer war das denn schon wieder? Kaum waren sie zu Hause angekommen, wollte schon wieder wer was. Marlene öffnete und Gregor umarmte sie und küsste sie auf den Mund. Ihr Herz blieb fast stehen und ihr Körper wurde steif.

»Hallo, Mausi«, sagte er und knallte die Tür hinter sich zu.

»Hast du sie noch alle?« Marlene befreite sich.

»Entschuldige den kleinen Auftritt.« Sein Lächeln zerbröselte. Dabei sah er gut aus, wenn er es trug. »Deine Nachbarin glaubt, dass ich dein Ehemann und der Vater von Lara bin. Ich wollte ihr Weltbild nicht zerstören. Sie bäckt so gut.« Er hielt die Tüte mit den Plätzchen hoch und ging durch den Flur.

»Wer ist meine Nachbarin?«

»Frau Raditz. Kennst du sie nicht? Sie ist ein Fan von dir! Schau mal in Facebook, ob du mit ihr befreundet bist.«

»Sei nicht albern, Gregor.« Marlene bot ihm den Küchenstuhl an, nachdem er den Weg in die Küche selbst gefunden hatte. »Willst du 'n Kaffee?«

»Nur, wenn du mich anschließend in die Klinik bringst. Sie kocht einen Herzschrittmacher.«

»Wer?«

»Frau Raditz.«

»Du scheinst dich ja gut unterhalten zu haben.«

Gregor hob die Schultern. »Du warst nicht da. Es gibt auch noch andere schöne Frauen.«

Aus Vids Zimmer drangen erstaunlich melodiöse Klänge.

»Das ist Lara.« Marlene war froh, dass Lara nicht den Musikgeschmack ihres Vorbewohners teilte, bekam aber sofort ein schlechtes Gewissen, als wäre sie für Vids Tod verantwortlich. Das war natürlich Unsinn, egal wie häufig sie ihm die Pest, die Pocken und eine ausgewachsene CD-Player-Phobie an den Hals gewünscht hatte.

»Sie weiß noch nichts.«

»Du hast ihr nicht gesagt, dass ich komme? Mensch, Marlene.«

»Du hast nicht genau gesagt, wann du auftauchst. Außerdem glaube ich nicht, dass sie geblieben wäre. Ich wollte ihr nicht so viel Zeit zum Nachdenken geben.«

Gregor ging hinaus in den Flur, Marlene hörte den Schlüssel im Schloss klicken. »Hol sie«, sagte er, als er zurück in der Küche war und steckte den Schlüssel ein.

Lara erkannte ihn sofort, ihre Augen weiteten sich und sie wollte hinausstürmen.

Marlene hielt sie am Arm fest.

»Er ist als Freund hier.«

Die Kleine funkelte Marlene an. »Ich habe keine Freunde.« Dabei bekam ihr Mund einen Zug, der sie älter aussehen ließ, viel älter. Und bitterer.

»Jetzt schon«, sagte Gregor. Doch es klang mehr nach einer Drohung.

Laras Blick suchte nach einem Ausweg, fand keinen und blieb an Marlene hängen. Ein kindlicher Blick, der ihr Herz rührte.

»Lass uns ein Glas trinken und reden«, sagte sie sanft.

»Aber …«

Marlene schickte Gregor einen Halt-ja-die-Klappe-jetzt-Blick und schenkte Wassergläser mit Rotwein voll.

»Christian Hartfield war dein Freund, Lara«, begann Gregor. »Und du hast Angst gekriegt, weil du den kennst, der ihn umgebracht hat. Richtig?«

»Ich weiß gar nichts.« Störrisch schaute sie in ihr Glas.

»Pass auf«, mischte sich Marlene ein. »Wir machen einen Deal.«

In helle Begeisterung brach Lara nicht aus, aber immerhin hörte sie zu. Viel blieb ihr auch nicht übrig. Erschöpft hatte sie ausgesehen, als sie bei Marlene ankam. In der letzten Woche war sie ein wenig agiler geworden und rosiger. Sie hatte gegessen und geschlafen und manchmal auch gelacht.

»Und wie soll der aussehen? Ich gehe nicht in so ein Scheißheim. Lieber penne ich auf der Straße.«

»Ich weiß. Brauchst du auch nicht. Du kannst bleiben. Ich verspreche es.«

Gregor zog eine Augenbraue hoch. Marlene schüttelte ganz leicht den Kopf.

Es dauerte eine Weile, bis Lara annahm.

»Ich habe Till und Max reden hören. Nachts. Sie haben nichts Genaues gesagt. Aber es klang halt so, als hätten sie … Sie haben ihn ›Verräter‹ genannt. Außerdem hab ich Max und Christian auf einem Foto zusammen gesehen.«

Das waren Tatsachen, die wenig aussagten.

»Das ist alles?« Gregor schien ärgerlich.

»Das ist alles.«

»Warum bist du dann abgehauen? Von Max?«

»Max hat mir nie von Christian erzählt. Er hat so getan, als ob er ihn nicht kannte, wenn ich vom ihm geredet hab. Und dann habe ich das Bild gefunden. Und dann haben sie in der Nacht gequatscht, heimlich, als ich nicht dabei war. Und Till ist ein Riesenarschloch. War der schon immer. Von Max hätte ich das nicht gedacht.«

»Hast du das Bild hier?«, fragte Marlene mit Hoffnung in der Stimme. Wenn stimmte, was die Kleine sagte, hatten sie endlich einen Anhaltspunkt in dem Fall. Zumindest eine Verbindung zwischen Hartfield und den Neo-Nazis. Sie hatte *wir* gedacht und revidierte den Gedanken sofort. Es gab kein *wir*. Dort nicht mehr und hier auch nicht. Nirgends gab es ein *wir*.

Lara grinste über das Glas mit Wein hinweg. »Ja«, sagte sie und zog keine ganz saubere Kopie eines Fotos aus der Tasche ihrer Jeans. Die war einmal zusammengefaltet.

Marlene strich sie glatt. Sie zeigte Hartfield über die Schulter eines jungen Mannes gebeugt, den sie nicht kannte.

»Max?«

Lara nickte.

»Das beweist nur, dass die zusammen Bier getrunken haben und dass sie dir davon nichts erzählt haben.« Gregor dachte pragmatisch und Marlene war klar, dass mit diesen spärlichen Informationen nichts anzufangen war.

»Mehr hab ich nicht.« Ein unsicherer Blick.

»Kannst du eine Aussage machen? Vor Gericht meine ich.« Gregor beobachtete Lara.

»Könnte ich, wenn ...« Ihre Augen flitzten zwischen Gregor und Marlene hin und her. »Ich weiß nur nicht, wozu das gut sein soll. Vielleicht habe ich alles ganz falsch verstanden. Und außerdem ...« Zweifel und der Wunsch, doch lieber zu verschwinden, nagten sich durch ihr Gesicht.

»Das werden wir sehen, wenn es so weit ist. Hast du die Adressen?«

Marlene nahm einen Post-it-Block vom Küchenschrank und schob ihn Lara hin. Sie wollte ihr keine Zeit lassen.

»Die von Max. Und seinen Schlüssel.« Lara hatte ihr Glas und ein zweites leer getrunken, ihre Wangen röteten sich. »Noch was?«

»Wenn dir nichts mehr einfällt?« Marlene hatte auch gehofft, dass Lara noch irgendetwas wusste, das Gregor weiterhelfen würde. So war er den weiten Weg wegen nichts gekommen, wenn Lara sich nicht an die Abmachung, vor Gericht auszusagen, hielt. Lara schüttelte den Kopf, stand auf, hob die Hand und verließ die Küche. Kurz darauf setzte die Musik wieder ein.

»Und? Was machst du jetzt?«, fragte Marlene.

»Ich schau mal bei diesem Max vorbei.«

»Was willst du dem denn sagen?«

»Dass ich Lara Roggenkamp suche. Was sonst?«

»Und dann?«

»Schaue ich mir Leipzig an. Oder willst du mir die Stadt zeigen?« Gregor wendete seinen Labrador-Blick an.

Wie wär's mit der Briefmarkensammlung? Oder schob man heute sein neuestes Game vor? »Ich kann nicht. Spätschicht.«

Schon wieder war jemand ausgefallen und Marlene musste nun selbst an den Wochenenden die leeren Häuser bewachen. Immerhin hatte sie sich mit Katja verabredet, die am Telefon seltsam niedergeschlagen geklungen hatte. Es hatte mit ihrer Dissertation zu tun.

»Na, dann …« Er steckte den Schlüssel ein, den Lara auf den Tisch gelegt hatte.

Es hätte noch so vieles zu sagen gegeben. Aber es war vorbei.

Nicht zu Ende.

Manche Geschichten hatten eben kein Ende.

An der Tür hätte sie sich beinahe gewünscht, dass er sie in den Arm nähme. Aus Gewohnheit. Aus Verbundenheit. Oder weil man das eben tat. Doch das tat er nicht.

»Na, dann …«, sagte sie und öffnete die Tür.

Davor stand Daniel.

»Spätschicht«, sagte Gregor, musterte Daniel von oben bis unten und ging mit trotzigen Schritten.

* * *

»Was willst du?«

Daniel folgte ihr. Dauernd war er verschwunden, wenn sie ihn suchte, hatte kaum auf ihre Anrufe reagiert, egal, wie wichtig sie waren, und nun kam er ausgerechnet im passenden Moment.

»Wer war das?«, fragte er in der Küche mit dem Blick auf die drei Gläser.

»Das geht dich gar nichts an.« Sie sah zum Fenster hinaus auf die sonnenbeschienene Fassade. Er fasste sie an der Schulter und zog sie herum.

»Wir müssen offen miteinander sein, Marlene. Es ist so schon unübersichtlich genug.«

»Ach, ja? Na, dann sei mal offen. Oder gilt das nur einseitig?«

»Wer war das, Marlene?«

Sie spürte seinen Griff fester als nötig an ihrem Oberarm, schmerzhaft, fast, presste die Lippen aufeinander und schenkte ihm einen störrischen Blick.

»Was willst du wissen?«, fragte er nach einer Weile und lockerte seine Finger.

»Mit wem, zum Beispiel, warst du im Konzert?«

»Ach, das. Das ist kein Geheimnis. Mit einer alten Bekannten, mit der ich immer in Konzerte gehe.« Er begutachtete die Rotweinflasche, nahm sich dann ein Glas aus dem Schrank und füllte es mit Leitungswasser auf.

»Und wie viele alte Bekannte hast du so?«

»Das spielt doch keine Rolle. Ich bin nicht herkommen um …«

Es spielte wirklich keine. »Ja, genau. Wozu bist du hergekommen?«

»Ich wollte dich sehen. Und …«

»Auf einmal? Nachdem …«

»Hör auf, Marlene. Ich habe auch noch was anderes zu tun als …«

Er zog sie an sich und küsste sie hart. Seine Zähne klackten auf ihren. Ein Flämmchen zuckte in ihrem Inneren, aber es wärmte nicht. Sie hielt seine Hand fest, die sich auf Wanderschaft begeben wollte. Man musste die Dinge nehmen, wie sie waren.

Radikale Akzeptanz hatte Hagemann gesagt, und war trotzdem gestorben. Dafür kam der Traum jede Nacht, fast jede. Und die Bodenlosigkeit.

Das Flämmchen flackerte unruhig und verlosch. Sie hatte noch gut eine Stunde, bis es Zeit für die Arbeit war. Es musste auch ohne Flämmchen gehen. Sie schob ihn rückwärts und er ließ es geschehen, bis sie ihn bei der Hand nahm und sie in ihrem Zimmer landeten. Als er über ihr Schlüsselbein strich, sagte sie: »Was willst du von mir, Daniel?«

»Ich mag Schlüsselbeine.«

Sie gab ein Geräusch von sich, das einem Knurren nahe kam und schloss ihre Finger um sein Handgelenk. »Setz dich.«

Er fügte sich. Marlene hielt ihn fest, als er ihre Wange streifte.

»Du darfst mir helfen, dich zu entblättern.«

Plötzlich loderte ein anderes, ein neues, ganz unbekanntes Flämmchen auf, in Blau und Schwarz, mehr im Kopf als in der Brust. Das war in Ordnung. Schmerzfrei.

»Es gab Verletzte«, sagte er, während sie die Knöpfe seines Hemdes öffnete.

»Ich weiß.« Die Narbe war noch empfindlich, aber sie ging darüber hinweg.

»In der Odermannstraße.« Da befand sich der Sitz der NPD-Zentrale. »Die Polizei hat eine Gruppe von Islamisten auflösen wollen. Extreme. Die haben sofort zurückgeschlagen. Zwei Polizisten wurden in die Uniklinik gebracht. Man weiß nicht, was mit ihnen wird.«

Marlene zog seinen Gürtel auf. Die Schnalle klimperte.

»Das ist wegen des Urteils.«

Es ging um eine Islam-Karikatur, die einen Muslim mit einer Zündschnur am verhüllten Kopf zeigte. Das Urteil erlaubte es den Neo-Nazis, die Karikatur für ihre antiislamische Demonstration zu nutzen, hatte Marlene im Internet gelesen. Das war verrückt. Auf allen Seiten.

»Wir müssen etwas tun.« Daniel befreite sich von seinen restlichen Kleidern und sie zog ihren Pullover über den Kopf. »Auch öffentlich.«

»Du kannst nicht«, sagte sie, während sie seine Hände mit ihrem Schal umschlang und den Knoten festzurrte. Widerstandslos, bis auf die Neugier in seinem Blick. Immerhin hatte er diesen Leuten Unterstützung bei der Bewachung des Stadions zugesagt, und sie sollte bei der Suche nach den Vermissten helfen. Und dann war da noch Katjas Keller. Subversion war das Konzept, nicht Öffentlichkeit.

»Morgen«, sagte er. Sie streifte ihre Jeans ab und legte sich zu ihm, ohne seine Haut zu berühren. Ihr Fingernagel hinterließ einen langen roten Strich und richtete die Härchen auf seinem Körper auf. Die Wärme seiner Haut erreichte sie. Beinahe.

»Montag. Ich hab allen Bescheid gegeben.«

»Eine Montagsdemo?« Sie kicherte und küsste, biss ihm auf die Lippe, spürte mehr seinen unterdrückten Laut, als sie ihn hörte. Das dunkle Flämmchen bekam Nahrung.

»Die Polizei hat die Nazis geschützt, verstehst du denn nicht?«

»Sie ist an das Urteil gebunden.« Und hat bezahlt. Marlene war froh, dass sie nicht mehr dabei war. Ihre Zungenspitze tastete sich an seinem Kinn entlang, den Hals hinab.

»Wo leben wir denn?«

»In Freiheit«, nuschelte sie auf seine Brust, presste ihren Körper auf seinen und genoss seine Erregung.

»Mach mich los«, flüsterte er.

»Ich hab keine Zeit.«

Es wäre ein Leichtes gewesen, sich zu befreien, aber er tat es nicht. Sie knotete den Schal am Bett fest.

»Hey …«

»Was willst du von mir, Daniel?«, wiederholte sie.

»Wer war das vorhin?«

»Gregor.«

Er funkelte sie an. »Bist du wahnsinnig? Du gefährdest alles«, und zerrte an seiner Fessel. Es war doch nicht ganz so leicht. Freiheit hatte immer einen Preis.

»Hast du Angst?« Marlene küsste sich an seiner Flanke abwärts.

»Liebst du mich?«

Sie zuckte kurz. Eine Karte hatte er doch immer im Ärmel. Dann hob sie den Kopf und forschte in seinem Gesicht. Aber da war nichts. Kein Lachen. Ein winziger Schmerz vielleicht, oder das Dunkel.

»Warum fragst du das? Jetzt?« Das Flämmchen in ihrem Inneren gab sich unentschlossen.

Daniel drehte den Kopf und sprach an die Wand. »Weil ich Angst habe, ja. Dass, wenn alles vorbei ist, es niemanden geben wird, der eines Tages das Kaddisch für mich spricht.«

Das Kaddisch. Alles klar. Sie fand, dass das noch Zeit haben könnte, während sie seinen Schwanz hart in ihrer Hand fühlte.

Daniel sah sie an. Ernst. Verführerisch ernst. »Würdest du das für mich tun?«

Sie lachte auf. »Aber sicher doch.« Wenn das momentan seine größte Sorge war. Sie ließ seinen Schwanz in sich hineingleiten, bewegte sich verhalten und legte ihm die Hand auf den Hals, ein wenig stärker als freundlich, spürte einen Laut darin. Er schloss die Augen.

»Hör auf mit dem Unsinn. Wir müssen ...« Das *müssen* strandete leise. Sein Becken schob sich ihr entgegen.

»Gleich«, sagte sie und blickte auf den Wecker neben dem Bett. Der Schweiß auf seiner Haut mischte sich mit ihrem. Ihr *gleich* beanspruchte sieben Minuten.

69.

Lara erwachte in der Finsternis.

Kein Geräusch.

Dunkles Nichts.

Nur das Dröhnen in ihrem Kopf.

Sie hörte ihm zu.

Sie versuchte, einen Finger zu bewegen. Das ging.

Tot war sie also nicht.

Sie probierte es mit der ganzen Hand, dabei flutete die Erinnerung heran. Sie hätte den Rotwein nicht austrinken sollen, jedenfalls nicht die zweite Flasche. Der Arm ließ sich auch bewegen. Und der Fuß. Vielleicht fand sie ein Aspirin in einer Küchenschublade. Aber wie sollte sie dahin kommen? Die Finsternis gab hellere Streifen möglichen Lichts frei. Neben ihr musste die Nachttischlampe sein. Rechts oder links? Ihr Arm schwang nach rechts. Etwas klirrte zu Boden. Sie tastete und fand den Schalter. Grell blendete die Helligkeit. Sie kniff die Augen zusammen, und das Dröhnen in ihrem Kopf vereinzelte sich zu Hammerschlägen. Vorsichtig stützte sie sich auf den Ellenbogen ab und befahl sich, die Augen zu öffnen. Es gelang halbwegs. Sie befand sich in dem Zimmer, das die Bullentante ihr gegeben hatte. Ein Schrank, ein Schreibtisch, ein Stuhl. Okay. Jetzt in die Küche.

Sie richtete sich auf, hob die Beine aus dem Bett, und ihr wurde schlecht. Bevor sie die Küche erreichte, wankte sie ins Bad und kotzte, bis ihr Bauch krampfte und nichts mehr aus ihr herauskam als gelblicher Schleim. Dann lehnte sie sich an die Heizung. Die Fliesen unter ihr waren kalt, der Schweiß auf ihrem Körper auch. Nach einer Zeit, die sie nicht bestimmen konnte, fühlte sie sich etwas klarer. Sie stemmte sich hoch, trat auf wackligen Beinen ans Waschbecken und wurde von ihrem Spiegelbild erwischt. Sie vernichtete es, indem sie das Schränkchen öffnete. Zahnbürsten, Cremetuben, Shampoo und eine große Dose mit Aspirin, daneben zwei Blister mit Valium. Wieso hatte sie das Zeug nicht früher entdeckt? Ein paar Euro würde es bringen. Sie schluckte zwei Aspirin mit Wasser aus dem Hahn und steckte die Tabletten in die Hosentasche. Sie trug noch dieselben Klamotten wie gestern. Oder vorgestern? Oder …? Welcher Tag war es? Duschen. Erst einmal duschen. Dann würde sie weitersehen.

Nachdem das Wasser ihren Körper gewärmt hatte, zog sie frische Wäsche an und spürte, wie sich der Kopfschmerz auflöste. Die Kleider, die sie mit Jessie gekauft hatte, lagen in einer Plastiktüte auf dem Stuhl. Wann war das noch mal gewesen? Gestern? Heute? Was war heute? Sie versuchte, sich zu erinnern. Der Bulle aus Coesfeld war da gewesen. Dann hatte sie Musik gehört und Stimmen von nebenan. Irgendwann war es still geworden und sie hatte den Rotwein …

Übelkeit.

Sie durfte nicht daran denken.

Heute also.

Heute hätte sie auch zu dem Treffen gemusst. Vermutlich hatte sie es verpasst. Wo war ihr Handy gelandet? Sie kramte in ihrer Tasche, in ihrer Jacke, suchte neben dem Bett. Endlich fand sie es unterm Kopfkissen. Zwei SMS. Sie zitterte ein wenig, als sie die erste öffnete.

Elena: *Kommst du noch? Wir wollen hinterher noch raus.*

Na, super. Sie hatte Elena fragen wollen, ob sie eine Weile bei ihr unterkommen könne, hatte es dann aber sein lassen, als die sich über Leute ohne feste Bleibe ausgelassen hatte. Weggeklatscht gehörten die, hatte sie gesagt, und die anderen hatten gelacht und ihr zugestimmt. Da war sie mit Jessie besser dran gewesen, hatte sie gedacht.

Lara schloss die SMS und öffnete die nächste: *Wo bist du?* Max. Nichts weiter. Seit einer Woche nur: Wo bist du? Sonst nichts.

Nicht: Du fehlst mir.

Nicht: Komm zurück.

Nicht: Geht es dir gut?

Nur: Wo bist du?

Nun war sie hier und hatte sich kaum aus dem Haus getraut. Mit Jessie war es okay. Mehr als okay. Lara wunderte sich, wie wohl sie sich in ihrer Gegenwart gefühlt hatte. Es war alles so normal gewesen. Zwei Freundinnen in einer WG. Bis dieser Dorfbulle aufgetaucht war. Heute. In Laras Bauch klumpte der Verrat. Sicher wollte sie, dass man Christians Mörder einsperrte. Das hatten die verdient. Von Anfang an war ihr klar gewesen, dass Christian sich nie selbst … Und sie hatte einen Verdacht gehabt. Da hatte sie Max noch nicht gekannt. Sie hätte nicht gedacht, dass Jessie – sie nannte sie einfach weiter Jessie, obwohl ihr der Name wieder eingefallen war – den Bullen anschleppen würde, der sie vor Gericht zerren wollte. Wie sollte das denn gehen? Nie im Leben würde sie das mit sich machen lassen, da konnte Jessie versprechen, was sie wollte.

Lara ärgerte sich, dass sie nicht sofort aufgebrochen war, sondern sich erst mit dem Zeug abgefüllt hatte. Rotwein. Sie mochte das Wort nicht denken. Ihr war einfach nicht eingefallen, wo sie hin könnte. Nun fiel ihr auch nichts ein, und sie musste trotzdem weg.

Sie packte T-Shirts, einen Pullover, Socken und eine Hose, die ihr zu weit sein würde, aus Jessies Schrank in Jessies Tasche und zog den Reißverschluss zu. Obenauf legte sie eine Daunenjacke und einen Schal. Einen Augenblick setzte Lara sich auf Jessies Bett und überlegte. In der letzten Woche hatte sie immer mal einen Zehner aus Jessies Portmonee genommen, ohne dass sie es bemerkt hatte. Jedenfalls hatte sie Lara nicht zur Rede gestellt. Vierzig Euro. Das war nicht viel. Zusammen mit dem Hunderter von Max käme sie vielleicht ein Stück weiter, zumindest wenn sie schwarzfuhr. Lara durchsuchte Jessies Schubladen, den Schrank, ihre Kleider und fand ein Fünfzigcentstück in einer Hosentasche. Das Glas mit kupfernen Münzen aus dem Küchenschrank leerte sie in das Außenfach der Reisetasche. Dann schminkte sie sich ausführlich und besah zufrieden das Ergebnis. Der Kopfschmerz war weg. Für einen Moment stand sie unschlüssig im Flur. Noch einmal ging sie zurück in das Zimmer, das sie für die wenigen Tage bewohnt hatte, richtete das Bett, sammelte Bonbonpapier ein, steckte noch ein Höschen, das sie übersehen hatte, in die Tasche und warf mit einer winzigen Traurigkeit, die sich rasch davonstahl, einen letzten Blick in den Raum.

Draußen wehte ein kalter Abendwind. Lara lief ganz nah an den Hauswänden entlang, nachdem sie sich vergewissert hatte, dass niemand auf sie wartete. Mehrfach drehte sie sich um, aber keiner folgte ihr. Nur ein Mann mit einem fetten Dackel trottete in einiger Entfernung hinter ihr her, blieb ab und zu stehen, damit das Vieh sein Bein heben konnte. Bevor sie die Straßenbahnhaltestelle erreichte, waren Mann und Hund abgebogen. In der Bahn war es hell, und sie hatte das Gefühl, dass jeder sie anstarrte. Deshalb zog sie die Kapuze von Jessies Daunenjacke über den Kopf und den Schal übers Kinn, und setzte sich ganz hinten hin, nahe der Tür. Sie hätte Jessie einen Gruß dalassen sollen. Freundlich war sie zu ihr gewesen. Und wenn sie nicht mit diesem Bullen angekommen wäre … Lara würde ihr schreiben. Eine lange SMS oder eine Mail. Oder sogar einen Brief. Wenn sie angekommen war und alles eingerichtet hatte und ein echtes Leben führte. Dann.

Am Hauptbahnhof war es belebt, wie das eben an Bahnhöfen war. Eine kleine Freude wärmte sie, während sie durch die Halle schritt, die breite Treppe zu den Bahnsteigen hinauf, weiter den Querbahnsteig entlang, bis sie die Abfahrttafel entdeckte. *Berlin*. Lara atmete auf. Berlin war okay. Ein, zwei Mal drehte sie sich noch um. Doch da waren nur Menschen, die Koffer hinter sich herzogen, Kinder, die neben Omas herhüpften, Männer in Businessanzügen. Ein paar abgerissene Gestalten lungerten auch herum, doch die blickten zu Boden, als würden sie dort finden, was sie im Leben verloren hatten. Entspannt setzte Lara sich auf eine Bank und wartete. 18:37 Uhr sagte die Anzeigetafel, fuhr der Zug ab. Die Uhr zeigte 18:29 Uhr. In einer guten Stunde wäre sie in Berlin. Zuerst würde sie irgendwo ein Bier trinken gehen, oder lieber eine Cola, alles andere würde sich ergeben.

Der Bahnsteig füllte sich allmählich mit Menschen. Ein Lautsprecher sagte die Ankunftszeit an. Lara hätte Jessie doch eine Nachricht dalassen sollen. Sie war gut zu ihr gewesen. Besser als die meisten jedenfalls, beinahe wie Christian. Und das obwohl sie eine Bullentante war. Andererseits … Vielleicht hatte sie schon diesen Typen losgeschickt, der nach ihr suchen sollte. Immerhin hatte Lara ihm versprochen, eine Aussage zu machen, ihr war in dem Moment nichts Besseres eingefallen. Aber das war unwahrscheinlich. Jessie würde erst nach ihrer Spätschicht merken, dass Lara fort war.

18:35 Uhr. Der Lautsprecher bat Abstand vom einfahrenden Zug zu nehmen. Lara stand auf, holte ihr Handy aus der Tasche und schrieb: *Mir geht es gut. Es tut mir leid. Und danke.* Sie machte einen Smiley dahinter und drückte auf *Senden*.

Der Zug pflügte mit seiner glänzenden Schnauze durch das Dunkel heran, wurde langsamer, fuhr in die Halle ein. Auf dem Bahnsteig war es voll geworden für einen Samstagabend. Lara hob die Tasche auf die Schulter und näherte sich mit den anderen Wartenden dem Gleis.

Noch war nichts sicher, dafür aber neu.

Bald.

Die kleine Freude jubelte in ihrer Brust. Hinter sich hörte sie Lachen und spürte, wie sich ihre Mundwinkel hoben. Neben ihr stand eine dicke Frau, auf der anderen Seite ein Anzugmensch, der sie musterte. Sie legte ein Lächeln auf. An den würde sie sich halten. Vielleicht. Vielleicht war der auch verkleidet. Wie Christian. Sie drehte sich zu dem Anzugmenschen um und suchte nach einem Anzeichen. Nichts zu sehen. Bei Christian hatte sie auch keins gefunden und doch war es so. In einer trunkenen, tränenüberströmten Nacht hatte er es ihr gestanden. Er sei ein verdammter Spitzel, hatte er gesagt, Spitzel werde man, wenn es nicht mehr weiter runterging. Ach, Quatsch, hatte sie erwidert. Aber er wankte in den Keller, kam mit einem schmalen Ordner zurück und knallte ihn auf den Tisch.

»Liebesbriefe.«

Sie blätterte und las. Die Buchstaben verschwammen. Sie las Namen, die sie nicht kannte, von Orten und Treffen. Kurze Sätze, knappe Zusammenfassungen. Alle von Christian, keine von …

»Liebesbriefe an den BND. Super, was?«

»Warum?«, fragte sie. Vorsichtshalber fragte sie das. Glauben konnte sie es nicht. »Warum hast du die aufgehoben?«

Er setzte sich und goss sich einen weiteren Brandy ein. »Ich lese sie manchmal, damit ich begreife, was aus mir geworden ist.«

»Das ist idiotisch. Ich nehm dir das nicht ab.«

»Das ist idiotisch. Idiotisch wie der Krieg.« Eine Weile starrte er auf das Foto an der Wand. Vier lachende Soldaten an einem steinigen, einsamen Ort, irgendwo auf der Welt. Dann kippte er zur Seite und blieb auf der Couch liegen, bis die Vögel zwitscherten. Sie trug den Ordner hinaus, kippte Feuerzeugbenzin darüber und hielt eine Flamme daran. Am Morgen danach hatte er Lara Frühstück zu ihrer Matratze gebracht. Dampfenden Kaffee, Rührei mit Speck und frische Trauben.

Der Anzugmensch trat einen Schritt zurück. Sein Blick streifte sie flüchtig. Der Zug fuhr ganz langsam, war fast heran, Bremsen quietschten. Dann krachte etwas gegen ihren Rücken. Sie stolperte. Verlor das Gleichgewicht. Sah die Gleise auf sich zukommen. Hörte die Schreie der Menge. Das Letzte, woran sie dachte, war, dass sie ihren Auftrag nicht erfüllt hatte. Christian ...

70.

Mir geht es gut. Es tut mir leid. Und danke. Smiley.

»Verdammte Scheiße«, fluchte Marlene halblaut. Es war kurz nach halb acht. Die Nachricht war eine Stunde alt. Marlene hatte das leise Geräusch ihrer Ankunft nicht mitbekommen. Sie stieg gerade die Stufen in den Pathologiekeller hinab, um den überfälligen Kaffee mit Katja zu trinken. Ihr Herz hämmerte.

Natürlich war sie allein über das Gelände marschiert, wie meist in letzter Zeit, hatte die Häuser beschimpft, die sie mit leeren Augen anstarrten und ansonsten schwiegen. Sie hätte die Kleine nicht allein lassen dürfen. Nicht heute und nicht, nachdem Gregor so grob zu ihr gewesen war. Ernsthaft grob war er nicht gewesen, nur zu ungeschickt für die Situation, was Marlene geärgert hatte. Schließlich befand er sich nicht auf seiner Polizeiwache oder sonst wie im Dienst. Marlene hatte sich ihm verpflichtet gefühlt, aber nicht auf Laras Kosten. Vielmehr hatte sie gehofft, dass sie auf die Weise eine Lösung für das Kind finden würde, eine akzeptable, eine die Lara aushalten konnte und sie selbst auch. Marlene hätte ihr nicht glauben dürfen. Und jetzt? *Mir geht es gut. Es tut mir leid. Und danke.* Verdammt, verdammt, verdammt!

»Wo steckt Daniel?«, fragte sie Katjas Nacken, nachdem sie die Labortür hinter sich geschlossen hatte.

»Hey!« Katja schnellte herum, erschrocken, dann strahlend, sprang auf und umarmte Marlene heftig.

»Lass mir ein bisschen Luft übrig.« Marlene schob sie behutsam von sich. Das Strahlen welkte. »Alles in Ordnung?«

»Hast du eine Ahnung, wo Daniel ist?«

»Wieso suchst du den dauernd?« Katja tippte ganz schnell etwas auf der Tastatur, lief dann voran in den Nebenraum, Marlene ihr nach, vorbei an dem Schrank mit den Glaszylindern, und stellte Kaffeebecher auf den Tisch. Dann hantierte sie an der Kaffeemaschine.

»Weil er dauernd weg ist.« Und er sich auf ihren Anruf mal wieder nicht meldete. Wie immer. Das kleine, schwarzblaue Flämmchen züngelte.

»Ich habe gerade mit ihm telefoniert.«

Marlene wählte seine Nummer. Katja holte Milch aus dem Kühlschrank.

»Lara ist abgehauen«, sagte sie ins Telefon.

»Wo bist du?« Er hatte sofort abgehoben.

»Bei Katja.«

»Du musst los. Die Nazi-Weiber haben ein Sondertreffen.«

»Jetzt? Was soll ich denn da? Lara ist verschwunden. Hast du mich nicht verstanden?«

»In einer Stunde. Und nicht im *Deutschlandeck*, sondern in der Odermannstraße. Zusammen mit ihren Typen. Eine richtig große Sache, wie es aussieht. Pjotr hat die Info aus dem Netz.«

Marlene sah auf die Uhr. Es war kurz nach acht. Um zehn endete ihre Schicht.

»Ich kann hier nicht weg. Ich bin allein.« Als ob er das nicht ganz genau gewusst hätte.

Katja schenkte die Becher voll, ließ sich nieder und beobachtete Marlenes Gespräch.

»Ach, lass das dämliche Gelände. Komm in die Odermannstraße.«

Marlene schwieg.

»Hallo? Bist du noch dran?«

»Ja.«

»Dann beeil dich.«

»Nein.«

In der Leitung war es still bis auf ein entferntes Rauschen. Katja schlug die Beine übereinander.

»Ich weiß, wo Lara ist.« Seine Stimme klang trocken wie das Knacken von Ästen in einem Herbstwald. Marlene sagte immer noch nichts, sondern hörte, wie Daniel atmete. »Sie ist auf dem Hauptbahnhof.«

»Gut. Okay. Soll ich sie abholen?«

»Nein!« Er schrie fast. »Nein«, wiederholte er etwas leiser und räusperte sich. »Es war der Zug.«

»Wo ist sie denn …«

»Halt die Klappe, Marlene. Sie ist tot.«

Langsam legte Marlene das Handy auf den Tisch und sank auf einen Stuhl. Das Handy redete weiter. Sie war tot.

Lara war tot. Sie war fünfzehn und jetzt war sie …

Tränen schossen Marlene in die Augen und überfluteten ihr Gesicht, heiß und unstillbar. Durch sie hindurch sah sie, dass Katja nach dem Handy langte, nickte und sagte: »Ich fahre sie hin.«

71.

Was woll'n die alle da?«, fragte der Jüngere.

»Ich hab keine Ahnung«, sagte der Ältere.

»Warum ham die uns denn hergeschickt?«

»Mann, das weiß ich doch nich. Hast du nich gefragt?«

Immer mehr Leute bogen in die Odermannstraße ein und verschwanden im Hinterhof eines der Häuser. Der Jüngere und der Ältere drückten sich tiefer in den Schatten des Wartehäuschens. Vom Lindenauer Markt her schlenderten Grüppchen, Pärchen und Einzelne herüber. Manche mit Bierflaschen, wild mit den Armen rudernd beim Reden, andere still, aber entschlossen. Eine Windbö trieb eine Plastiktüte und einen Pappbecher vor sich her.

»Ich hau ab«, sagte der Ältere.

»Warte doch noch. Mal sehen, was passiert.«

»Was soll schon passieren. Ich will nach Hause. Meine Frau hat schon gefragt, wann ich komme.«

»Du immer mit deiner Alten. Lass uns lieber noch ein Bier trinken gehen.«

»Nenn sie nich meine Alte, sonst kriegst du mal noch eins auf die Fresse«, sagte der Jüngere freundlich. »Lisa ist perfekt. Heute gibt's Schweinebraten mit Sauerkraut. Nee, ich hau ab.« Er schlug dem Älteren auf die Schulter, wartete, bis das nächste Grüppchen vorüber war, quetschte sich zwischen Hauswand und Wartehäuschen hindurch und mischte sich unter die Passanten.

Der Ältere hatte auch Hunger. Nur noch einen Moment schauen, was sich da abspielte. Dann konnte er Pjotr anrufen und berichten. Den Rest konnten die machen, was immer es zu tun gab. Er beobachtete, wie die Toreinfahrt, die zum Hinterhaus führte, sich allmählich füllte. So einen Andrang hatte es noch nie gegeben. Was, zum Henker …?

Etwas schnitt scharf in seinen Hals.

Ein glutheißer, schmaler Schmerz.

Er griff danach, konnte das Ding nicht lösen, spürte den Draht unter seinem Finger. Hinter ihm ein Keuchen. Seine Stimme brachte ein knarzendes Geräusch hervor und er wusste, dass er hier und jetzt sterben würde. Urin rann seine Schenkel hinab. Sein letzter Gedanke galt Lisa und dem Schweinebraten mit Sauerkraut.

72.

Katja hielt unweit des Lindenauer Markts und beschrieb Marlene den Weg, obwohl das nicht nötig gewesen wäre bei so viel Volk, das in die Odermannstraße strömte. Marlene hatte sich weichklopfen lassen. Katja und Daniel hatten ihr zugeredet wie einem kranken Gaul. Dass sie die Unauffälligste sei. Dass sie hingehen müsse, weil Lara bei ihr gewohnt hatte. Was sollten die denn denken, wenn sie wegbliebe? Lara zuliebe. Sie hatten ihr zwei Drinks eingeschüttet, und Katja hatte ihr Taschentücher gereicht. Mit Daniels Hand im Nacken hatte sie geweint, sich schließlich geschnäuzt, die Schultern gestrafft und genickt. Inzwischen war durchgesickert, dass sich die Kripo am Hauptbahnhof eingefunden hatte und Ermittlungen aufgenommen worden waren. Das sei doch selbstverständlich, hatte Marlene argumentiert, mit einem Kloß im Hals.

»Wir wollen wissen, was die vorhaben, wenn sie all ihre Leute zusammentrommeln. Und wieso jetzt?«

Innerhalb einer Stunde waren so viele Menschen mobilisiert worden. Unglaublich! Katja nahm Marlene bei den Schultern, schenkte ihr das Strahlen, das sie wieder bei sich trug, und küsste sie auf den Mund.

»Viel Glück«, sagte sie und Marlene stieg aus dem Wagen.

Sie querte den Platz und ging etwas abseits der Pulks von Menschen an einem Wartehäuschen vorüber. Ein merkwürdiges Geräusch drang zu ihr herüber. Ein unangenehm luftloses Geräusch. Ganz kurz. Aber sie konnte sich geirrt haben.

Lara.

Lara im Keller.

Lara auf den Schienen.

Marlene hatte schon einmal jemanden auf Schienen … In Coesfeld. Ruhig und geordnet hatte es da für sie werden sollen. Das war nicht passiert. Stattdessen war sie neben diesem kurzen, luftlosen Geräusch gelandet, das es wahrscheinlich gar nicht gegeben hatte. Marlene blieb stehen, ließ ein Pärchen vorbeigehen und schloss sich ihnen an. Da erkannte sie Till Heimann in ein paar Metern Entfernung. Er war plötzlich aus dem Dunkel aufgetaucht und machte seinen Hosenschlitz zu, schaute sich noch einmal um, prüfend, checkte die Leute, die vorbeigingen und schloss sich ihnen an.

In der Toreinfahrt und auf dem Hinterhof drängten sich die Menschen. Männer, Frauen, Alte, Junge, Langhaarige und Kahlköpfige. Ein paar mit Springerstiefeln, die meisten in dicken Jacken, Jogginghosen oder Mänteln. Es regnete nicht, aber die Temperaturen mussten nahe dem Gefrierpunkt liegen.

Der Frühling war weit.

Lara war tot.

Marlene erreichte die Toreinfahrt, die mit Menschen verstopft war. Daniel hatte ihr gesagt, dass die Zentrale der NPD das gesamte Untergeschoss einnehme und über einen großen Versammlungsraum verfüge. Aber an ein Hineinkommen war nicht zu denken. Marlene sah auf die Uhr. Halb zehn. Sie drängte sich zwischen die Wartenden und stellte sich auf eine Stufe an der Mauer der Durchfahrt. Scheinwerfer und Lautsprecher wurden an die geöffneten Fenster im Erdgeschoss gerückt. Das Licht wurde eingeschaltet und die Menge begrüßte es mit erwartungsvollem Gemurmel. Eine Videowand und ein Stand mit Würstchen und Bier hätten noch gefehlt, um die Volksfeststimmung abzurunden. Marlene suchte nach bekannten Gesichtern und entdeckte Elenas Hinterkopf und den Rücken der Körner-Haferbach weiter vorn. Es knackte in den Lautsprechern.

»Liebe Freunde.« Wieder das Knacken. »Ich freue mich, dass ihr so rasch gekommen seid. Wie ich sehe, haben viele die Notwendigkeit schnellen Handelns erkannt.« Die Stimme war durch den Lautsprecher leicht verzerrt, aber Marlene erkannte sie. Friedrichs.

»Ich bin froh, dass ihr mir bei der letzten Wahl euer Vertrauen ausgesprochen habt und möchte euch an dieser Stelle noch einmal danken.«

Es hatte also Neuwahlen bei den Nazis gegeben. Davon hatte Marlene nichts mitbekommen. Sie schienen ganz im Geheimen abgelaufen zu sein. Nun hatten sie keinen Körner mehr, dafür einen Friedrichs und es würden Neue nachrücken, bis … Marlene bekam eine Gänsehaut. Der Typ neben ihr, mager und kahlköpfig, spielte mit einem Springmesser. Er roch ungewaschen, was zusammen mit dem Parfum seiner Nachbarin im Ledermantel zu einer Übelkeit erregenden Mischung geriet. Marlene atmete flach.

»Es reicht!«, sagte der Lautsprecher. »Wir haben viel zu lange mit ihnen Geduld gehabt. Wenn sie anfangen, unsere Kinder zu morden, können wir keine mehr aufbringen.«

Unsere Kinder zu morden?

»Ihr wisst alle, was passiert ist.«

Ein Raunen setzte ein. Viele schienen das nicht zu wissen, waren aber trotzdem gekommen. Der Ungewaschene fragte die Lederbemantelte, was Friedrichs damit meine. Man habe ihm nur getwittert, dass er hier aufkreuzen solle. Ledermantel drehte Marlene ihr Profil zu, die Nase gerümpft. »Sie haben eine vom RNF auf die Schienen gestoßen. Ein junges Mädchen.«

»Die Schweine«, sagte der Ungewaschene, ließ das Messer zuschnappen und wieder aufblitzen. Marlene hielt die Luft an. Sie fasste es nicht. Lara Roggenkamp aus Westfalen war vom Zug überfahren worden. Lara, die Ausreißerin. Und die glaubten … Und vielleicht war es auch so. Wenn die Kleine geahnt hätte, welch willkommener Anlass ihr Tod sein würde. Marlene schluckte ein Mal, zwei Mal. Sie hätte sie festbinden sollen.

»Sie werden unsere Kraft und unseren Widerstand zu spüren bekommen. Wir nehmen das Schicksal unseres deutschen Volkes wieder selbst in die Hand.« Die Menge murmelte Zustimmung.

Von Weitem hörte Marlene das Jaulen von Martinshörnern. Friedrichs musste es auch gehört haben, denn er sprach schneller, seine Stimme hetzte durch die Sätze, sich dennoch um Besonnenheit bemühend.

»Warum also seid ihr hier, werdet ihr euch gefragt haben.« Er musste sich beeilen. »Unsere Frauen, der Vorstand des *Rings der nationalen Frauen*, um genau zu sein, haben für den Montag eine Demonstration in der Innenstadt beantragt. Sie ist genehmigt worden.«

Einzelne Jubelrufe, Klatschen, Pfeifen.

»Natürlich ahnten wir nicht, welche Aktualität unsere Proteste bekommen würden. Dafür musste erst eins unserer Kinder sterben. Und heute und hier wollen wir unserem Protest friedlichen Ausdruck verleihen.

Wieder vereinzelte Rufe.

»Unsere Zusammenkunft am Montag soll die erste einer Reihe von Protestaktionen sein. Wir werden die Montagsdemonstrationen wieder aufleben lassen. Wir werden uns erheben gegen staatliche Willkür, gegen Ungerechtigkeit, gegen Überfremdung, gegen die Schutzlosigkeit der Schutzbedürftigen, gegen das Versagen der Justiz gegenüber kriminellen Ausländern, Schmarotzern, Kinderschändern und Mördern. Und ihr sollt alle dabei sein. Denn wir sind das Volk!«

Jubel brach los, der sich mit den Sirenen der Polizeiwagen mischte.

»Wir sind das deutsche Volk! Mit deutschen Werten! Und wir werden sie verteidigen.«

Ihm blieb wenig Zeit dazu. Die ersten Polizeiwagen hielten. Marlene presste sich an die Wand. Direkt neben ihr führte eine Tür ins Vorderhaus.

»Am Montag um achtzehn Uhr sehen wir uns an der Nikolaikirche. Bringt eure Freunde, eure Familien, all eure Bekannten mit. Wir werden viele sein. Wir werden jeden Einzelnen brauchen. Und sie werden unsere Macht zu spüren bekommen!«

»Sie nehmen an einer unerlaubten Demonstration teil. Gehen Sie auseinander«, erklang eine megafonverstärkte Stimme von der Straße her. Marlene stand etwas erhöht auf einer Stufe und blickte hinaus. Außerhalb der Einfahrt bildeten Polizisten eine Gasse.

»Wir sind das deutsche Volk!«

»Wir sind das deutsche Volk«, echote die Masse drei oder viel Mal.

»Wir fordern Sie auf, das Gelände ruhig und friedlich zu verlassen. Sie machen sich strafbar«, kam es von der Polizei. Der Lärm der Menge erhob sich zwischen den Häuserwänden in den Himmel.

»Niemandem wird etwas geschehen, wenn Sie unserer Aufforderung Folge leisten.«

Die Menge lachte und skandierte: »Wir sind das Volk«, wobei sie die Nationalität jetzt wegließ. Es war einfach zu lang, auch noch deutsch zu sein.

»Ich danke euch, dass ihr gekommen seid. Geht nach Hause, liebe Freunde. Wir haben uns nichts vorzuwerfen. Sie haben nichts gegen uns. Und vergesst nicht!« Friedrichs Stimme übertönte den Lärm und überraschenderweise wurde es ruhiger. Die Scheinwerfer gingen aus, die Lautsprecher wurden hereingeholt, die Fenster geschlossen. Die Ersten entfernten sich durch die Gasse der Polizisten. Marlene spürte das Holz der Tür im Rücken und wartete ab, während sich die Menschen durch die Einfahrt zurück auf die Straße schoben. Sehr geordnet. Viele grinsten und tuschelten. Schritte scharrten, klackten aufs Pflaster. Aus einem geöffneten Fenster im Vorderhaus drang Musik.

Keine schöner Land in dieser Zeit …

Fast gespenstisch still wurde es, bis ein Schrei, hoch und hell und panisch, ins Dunkel kreischte. Die Menge johlte auf. Es wurde geschoben, gedrängt und gestoßen.

Marlene wurde an der Schulter gepackt, die Tür hinter ihr flog auf, sie wurde ins Haus gestoßen. Es roch nach Schmutz und Fritten. Die Tür krachte zu. Sie wurde weiter gezerrt, die Kellertreppe hinab. Till Heimann.

»Nun mach schon. Das wird nicht lustig da draußen.«

Das war Marlene auch klar, und sie war ganz froh, aus der Schusslinie zu sein. Aber was wollte der von ihr?

Mit einem Metallteil, das Marlene nicht erkennen konnte, öffnete Heimann flink das einfache Schloss der Kellertür, schubste sie in den Gang, suchte herum, ohne Licht zu machen, stieß gegen irgendetwas, fluchte. Es wurde etwas heller. Das Display seines Handys. Schließlich fand er, was er suchte, und stellte die Lehne eines wackligen Stuhls unter die Türklinke. Ein wenig von Marlene entfernt lehnte er sich gegen die Wand und rieb sich das Schienbein.

»Was soll das?« Marlenes Rücken war steif vor Spannung. Sie tastete nach der Waffe, die sie in Vids Nachlass gefunden hatte. Sicherheitshalber hatte sie sie eingesteckt, was ihr hundertprozentig zum Verhängnis geworden wäre, wenn Heimann sie nicht in diesen Keller manövriert hätte.

»Wir warten, bis es vorbei ist.«

Keine schlechte Idee. »Du hättest auch alleine warten können.«

»Du standst mir im Weg.«

Das stimmte zwar, war aber längst keine Begründung. »Oder hast du Angst im Dunkeln.« Das sollte ein Scherz sein.

»Halt die Fresse.«

Marlene sah ihn nicht, aber da schwang ein Unterton mit. Der Typ, der vielleicht ein Mörder war, hatte Angst im Dunkeln. Marlene wagte nicht zu lachen. Stattdessen sagte sie: »Hast du was rausgefunden?«

»Sie haben ihren Vorstand neu gewählt. Friedrichs ist jetzt Vorsitzender und die Körner-Haferbach Stellvertreterin.«

Letzteres war eine interessante Neuigkeit.

»Ein Weib. Lächerlich!« Er rieb immer noch an seinem Schienbein.

»Was hast du gegen sie?«

Neue Sirenen waren zu hören, Schreie und Grölen. Es war noch längst nicht vorbei, da draußen.

»Nichts. Aber Frauen haben was anderes zu tun, als sich so aufzuspielen.«

»Klar. Haus, Kinder und dem Gemahl die Suppe warmstellen.«

»Du sagst es. Bisher war die Alte ja ganz friedlich in ihrem Ring-Dingsda. Na ja, sie macht das vorübergehend, bis jemand Vernünftiges da ist.«

Wahrscheinlich hatten sie die Körner-Haferbach in das Amt gewählt, weil sie die Verbindung zu den Kollegen ihres verstorbenen Mannes halten sollte.

»Hast du mal 'ne Kippe?« Heimann blickte zu Marlene herüber, wenn es auch zu dunkel war, um sein Gesicht zu sehen. Glücklicherweise hatte sie die Schachtel aus Katjas

Auto eingesteckt und hielt sie ihm ihn. Sie rauchten schweigend. Rufe und Schritte im Treppenhaus. Türen klappten. Dann wurde es wieder still oben. Nur leise und ganz entfernt spielte ein Volkslied. *Es ist ein Schnitter, der heißt der Tod, hat Gewalt vom großen Gott. Heut wetzt er das Messer. Es schneid' schon viel besser …* Der Text entfaltete sich in Marlenes Erinnerung. Noch drei, vier andere Lieder folgten, bis der Lärm vor dem Haus allmählich verebbte. Motoren starteten, Reifen quietschten.

Nachdem sie gewartet und eine zweite Zigarette geraucht hatten, sagte Heimann: »Ich guck mal rauf.«

»Noch nicht.« Sie war überzeugt, dass längst nicht alles vorüber war. Möglicherweise hielt sich noch Polizei im Hinterhaus auf, oder sie hatten einen Wagen auf der Straße abgestellt. Sie ließ die Kippe fallen und trat sie mit dem Absatz aus. Andererseits interessierte sie, was sich inzwischen auf der Straße abspielte. Alles war sehr schnell gegangen, und die Ruhe überraschte sie.

»Ich gehe«, sagte sie.

»Nein.« Angst zitterte in dem kleinen Wort. Heimann hatte Marlene mit in den Keller genommen, weil er sich fürchtete. Das war lächerlich.

Sie zog den Stuhl unter der Klinke hervor und wurde zurückgerissen.

»Du bleibst hier, hab ich gesagt.«

Wut, leuchtend und heiß. Sie fuhr herum, presste den Kleineren mit dem Unterarm auf seiner Kehle an die Wand und hielt ihm die Waffe unter den Kieferwinkel.

»Fass mich noch einmal an und du fürchtest dich nie wieder in einem Keller«, zischte sie. Etwas wie Genugtuung erfüllte sie.

»Aber ich …«

»Ich geh jetzt raus und schaue nach, was läuft.« Notfalls habe ich noch meinen Polizeiausweis. Er war ihr in die Hände gefallen, als sie nach dem Einbruch in ihr Hotelzimmer ihre Sachen nachgesehen hatte. Im Futter einer Jacke hatte sie ihn gefunden. Sie hatte ihn nicht versteckt. Er war da hineingerutscht und sie hatte ihn einfach vergessen. Niemand hatte sie darauf angesprochen. Vielleicht war er wegen ihrer Krankschreibung untergegangen. Oder wegen … War ja auch egal. Der Einbrecher hatte ihn offenbar auch nicht gefunden. Sie löste den Druck auf seinen Hals.

»Kommst du wieder?«

Klar doch, Mami kommt wieder. Du wolltest mich zwar umbringen, du Drecksack, aber wir wollen mal nicht so sein. Sie steckte die Waffe ein und klopfte Heimann auf die Schulter. Er atmete schnell.

Durch den Türspalt sah sie, dass die Durchfahrt leer war. Auch auf dem Stück vom Hinterhof, das sie einsehen konnte, war niemand, ebenso auf dem Ausschnitt der Straße vor dem Haus. Einfach hinauszugehen, wollte sie nicht riskieren. Deshalb blieb sie dicht an der Wand und schaute um die Ecke. Das Hinterhaus lag im Dunkeln, der Hof auch. Nur von einem Fenster im ersten Stock fiel Licht auf die Mülltonnen. Sie blieb nahe der Hauswand, wand sich an einem Schuppen oder einer Garage vorbei. Dann öffnete sich der Hof in ein größeres, begrüntes Geviert mit Bäumen und Rasenflächen. Es musste hübsch sein, wenn es warm und die Abende lang waren. Sicher ließen die Bewohner der Häuser ihre Kinder hier spielen, hängten Wäsche auf oder grillten an den Samstagen. Marlene drückte die Klinke an der nächstgelegenen Tür. Verschlossen. Nach zwei weiteren erfolglosen Versuchen fand sie eine Tür, die sich öffnen ließ. Sie marschierte durch den Flur, und warf einen Blick auf die Straße. Erwartungsgemäß entdeckte sie einen Streifenwagen. Verwunderlicher war das Aufgebot um das Wartehäuschen herum. Scheinwerfer, Absperrband, Polizisten mit und ohne Uniform, Schaulustige. Keiner blickte zu ihr herüber. Sie schlüpfte aus der Tür und trottete die Straße hinunter.

73.

Was hatte er sich eigentlich davon versprochen? Gregor erwachte, lange bevor es hell werden konnte. Der Schlaf hatte ihn in kurzen Abschnitten ins Traumlose gezogen und sich drei Minuten vor sechs davongestohlen. Einen Augenblick war Gregor liegen geblieben in der Hoffnung, dass er zurückkehrte. Doch die Gedanken bauten Barrikaden. Er schwang die Beine aus dem Bett und rieb sich das Gesicht. Ein Blödsinn war das, eine völlig dämliche Idee, herzukommen. Nach dem Frühstück würde er den Zug nehmen. Noch eine Stunde, bis die freundliche Dralle ihm einen Kaffee hinstellen würde. Er hatte eine Pension etwas außerhalb der Stadt gefunden. Ein sauberes, kleines Zimmerchen mit einem Schrank, dessen Tür nicht mehr richtig schloss, und einem Bett, das sicher schon viel Schlaflosigkeit beherbergt hatte. Gregor stand auf und schaltete das Radio ein.

»… Krawallen in Lindenau kamen Personen zu Schaden. Ein Mensch starb, vier wurden verletzt und mussten in Krankenhäuser eingeliefert werden. Zahlreiche Menschen wurden ambulant behandelt.« Die Sechs-Uhr-Nachrichten. »Der *Ring nationaler Frauen*, die Frauenorganisation der NPD, hat für morgen eine Demonstration in der Innenstadt angekündigt. Obwohl sie zunächst genehmigt worden ist, liegt ein Eilantrag vor, sie wegen der Gefährdung der öffentlichen Sicherheit abzusagen. Voraussichtlich wird im Laufe des Montags das Landgericht darüber entscheiden müssen. Wir werden Sie auf dem Laufenden halten. Das Wetter …«

Das Wetter ging im Rauschen der Dusche unter. Gregor fror, bis das Wasser warm wurde. Seine Jeans klingelte, als er sein Haar einschäumte. Tropfend tappte er aus der Dusche und zog das Handy aus der Tasche.

»Wann fährst du?« Marlene. Er hatte ihre Nummer auf dem Display gesehen.

»Nach dem Frühstück. Willst du mich zum Bahnhof bringen?«

»Warst du bei Max?«

»Ja.«

»Hat er was gesagt?«

»Nein.« Es kam ihm nicht so vor, als ob es das wäre, was Marlene interessierte.

»Gregor …«

Eine Pause trat ein.

»Lara ist tot.«

»Wie …« Das durfte nicht wahr sein!

»Sie ist vom Zug erfasst worden, gestern. Mehr weiß ich noch nicht. Die Kripo ermittelt. Und ihr Tod war der Tropfen, der das Fass …«

Er hörte, wie Marlene schluckte.

»Wo kann ich dich treffen?«

»Das hat doch keinen Zweck.«

Nein, hatte es nicht. Nicht, wenn er an diesen Typen dachte, der plötzlich vor ihrer Tür aufgetaucht war. Marlene berichtete, was sie am Abend zuvor erlebt hatte. Es war ein langer, stockender Bericht.

»Du musst Kontakt zu den Leipziger Kollegen aufnehmen. Bitte.«

»Und wie soll ich das Niehues erklären? Du weißt, wie so was normalerweise zu laufen hat, Marlene.«

»Dann lass es doch normal laufen. Ruf Niehues an.«

Das hätte er längst tun sollen. Ihm wurde kalt. Er schlang sich ein Handtuch um den Körper und wickelte sich in die Decke.

»Und wie soll ich ihm erklären, was ich hier mache?«

»Was weiß ich? Du hast mich besucht. Das stimmt ja sogar. Und dass Lara Roggenkamp bei mir war, kannst du ja auch erwähnen. Vorsichtig natürlich. Bitte.«

Vorsichtig. Natürlich. Andernfalls geriet Marlene in ernste Schwierigkeiten – und er auch. Wobei er sich fragte, ob sie das nicht verdient hätten. Gregor überlegte. Was hatten sie denn schon? Eine tote Zeugin. Ein, eventuell zwei mögliche Zeugen, falls Till Heimann irgendwo wieder auftauchte. Andererseits bestand vielleicht die Aussicht, endlich diesen verfluchten Hartfield-Fall abzuschließen. Immerhin gab es die Verbindung zur Neo-Nazi-Szene, wenn auch das Gespräch mit Max nichts gebracht hatte. Konnte ja auch nicht, wenn er nicht offiziell ermittelte. Falls diese Verbindung etwas auf sich hatte, war das kein Fall für ihn und Niehues. Das war ein ganz anderes Kaliber.

»Niehues wird nicht begeistert sein.« Gregor betrachtete den Schrank aus den Siebzigern und ihn überfiel eine Unlust, auch nur noch einen einzigen Tag länger zu bleiben.

»Er wird begeistert sein, wenn er erfährt, dass ich Till Heimann getroffen habe.«

»Ach? Und wo ist er jetzt?«

»Keine Ahnung. Am liebsten hätte ich ihn im Keller an dem wackligen Stuhl festgebunden. Ich hatte nur keinen Strick.«

»Damit kann ich jetzt wenig anfangen.«

»Morgen machen die eine Demo in der Stadt. Ich fresse einen Besen, wenn Heimann nicht kommt. Deshalb sollst du ja den Kollegen Bescheid geben.«

»Du glaubst Laras Geschichte?« Gregor fand sie wenig überzeugend. Heimann hatte von Hartfield profitiert, und Max hatte offenbar wenig mit ihm zu tun gehabt, außer dass sie mal zusammen in einer Kneipe waren.

»Wenn Laras Tod kein Unfall war ... Ja.«

»Selbstmord scheidet aus?«

Marlene lachte auf. Rau und hart. »Definitiv.«

Weshalb sich Marlene so sicher war, verstand Gregor zwar nicht, aber sie hatte die Kleine besser gekannt.

»Was jetzt?«, fragte Marlene. »Kurbelst du die Sache an?«

»Also gut. Ich rede mit Niehues. Ich kann dir natürlich nicht versprechen ...«

»Du brauchst mir nichts zu versprechen, Gregor. Das klappt sowieso nicht. Ich bin raus, weißt du? Schon lange.«

Ein Rest Bitterkeit blieb im Freizeichen hängen.

74.

Marlenes Sonntagvormittag verging vergleichsweise ereignislos. Vor dem Telefonat mit Gregor hatte sie sich die Frage gestellt, ob sie zur Polizei gehen sollte.

In den Nachrichten des Lokalsenders hatte Laras Tod keine fünfzehn Sekunden eingenommen und war von den Tumulten in der Odermannstraße abgelöst worden.

Sie hatte sich dagegen entschieden. Und gegen die Spätschicht. Sollten die blöden Häuser sich selbst bewachen. Sie versuchte Katja zu erreichen, aber das Telefon klingelte ins Leere. In Vids Zimmer fand sich kein Schnipselchen von Laras Existenz mehr. Nur das Bonbonpapier im Mülleimer und der Umstand, dass einige Kleider aus Marlenes Garderobe fehlten, erinnerten an das Mädchen.

75.

Wir werden vor ihnen da sein«, sagte Daniel.

Zladko rauchte am offenen Fenster. Es war kalt im Zimmer, obwohl draußen die Sonne schien. Ende Februar eben und nicht Hochsommer. Daniel schloss das Fenster, auch auf die Gefahr hin, dass sie an Zladkos Zigaretten ersticken würden. Katjas Telefon klingelte, sie blickte auf die Nummer, hob eine Braue und ließ es weiterklingeln. Sogar Pjotr hatte sich in den vierten Stock zu Daniels Wohnung hinaufgeschleppt. Er saß auf der Couch und wickelte einen Schokoriegel aus. Die anderen, Sascha, Samir und drei von den Neuen, schwiegen.

»Sie sollen kein Publikum haben. Wir werden friedlich und präsent sein. Wir werden ihnen keinen Raum lassen.«

»Du bringst uns in Teufels Küche, Daniel.« Zladko zündete sich eine neue Zigarette an. »Keiner von uns kann es sich leisten, so öffentlich zu sein.«

»Das werden wir auch nicht. Wir werden uns im Hintergrund halten und beobachten, dass alles wie geplant läuft. Wenn sie kommen, ist der Platz voll.«

»Ach, ja? Und wie soll das gehen?«, fragte Katja.

Daniel lief im Zimmer auf und ab, so gut das möglich war bei der Enge, die seine Gäste verursachten. Er war unruhiger, als er selbst erwartet hatte.

»Ich habe ein paar Freunden Bescheid gesagt.«

»Wie vielen denn? Drei, vier?« Pjotr packte den nächsten Schokoriegel aus.

»Krümel nicht«, sagte Daniel. »Es sind schon ein paar mehr.«

»Könntest du dich eventuell etwas konkreter ausdrücken?« Katja wippte ungeduldig mit dem übergeschlagenen Bein.

»Gleich«, sagte Daniel und unpassenderweise fiel ihm Marlene ein und wie sie *gleich* gesagt hatte, und dass ihm dieses *gleich* länger vorkommen war als sonst ein *gleich*. Er hatte sie angerufen, aber sie war nicht gekommen.

Es tat ihm leid.

Ein wenig.

Möglich, dass es ihm sogar viel mehr leid tat, aber dafür hatte er jetzt wirklich keine Zeit.

»Wenn das so ist, komme ich noch mal wieder.« Zladko stemmte sich aus dem Stuhl hoch. Noch bevor er aus dem Raum hinken konnte, klingelte es.

»Warte«, sagte Daniel, lief in den Flur und brachte einen

beanzugten Grauhaarigen mit. Daniel bot ihm Platz an, setzte sich in den letzten freien Sessel und ließ dem Mann Zeit, um zu sagen, was er zu sagen hatte.

76.

Niehues hatte getobt am Telefon. Was Gregor einfiele, ohne Auftrag, ohne sein Wissen, bla, bla, bla … Niehues war zwar ein Choleriker, aber nicht dämlich. Nach einer Weile hatte er sich eingekriegt und die Leipziger Polizei und die Staatsanwaltschaft informiert. Er musste auf überaus kooperative Kollegen gestoßen sein, denn sein nächster Anruf hatte deutlich moderater geklungen.

Am Montagvormittag war Gregor auf dem Polizeirevier Leipzig Mitte aufgeschlagen, hatte Hände geschüttelt und die Namen, die man ihm nannte, sofort wieder vergessen. Man hatte ihn hin und her geschickt und wohl nicht so recht gewusst, was man mit ihm anfangen sollte, bis er bei einem kleinen, bulligen Kollegen ankam, der ihn in die Ritterstraße zum Polizeirevier Innenstadt fuhr und sich freundlich verabschiedete. Nett von dem Mann. Dabei luden die Temperaturen, die über den Sonntag hinweg gestiegen waren, und die Sonne, die die Stadt in fast frühlingshafte Farben tauchte, zu einem Spaziergang ein. Das Polizeirevier in der Ritterstraße war ein moderner, praktischer, nichtssagender Bau zwischen den stuckverzierten Gründerzeitfassaden. Gregor zeigte seinen Ausweis am Eingang und musste warten, bis ihn ein Männlein mit nach hinten gegelten Haaren und kurz vor dem Pensionsalter abholte.

»Norbert Drewitz«, stellte er sich mit einem festen Händedruck vor. »Nu gomm schon. Mir ham schon of dich gewarded.« Gregor folgte dem Mann, der auf dem Weg durch Treppenhäuser und Flure nicht sehr gesprächig war, wenngleich er ihm mit dem Dialekt unabsichtlich ein Stück seiner Biographie verraten hatte. Sie betraten ein Büro, so neu und funktional, dass Gregor mit einem stummen Seufzer an seinen alten Schreibtisch und den dringend erneuerungsbedürftigen Computer dachte. Norbert Drewitz machte ihn mit den zwei Männern und der Frau bekannt, die sich mit dem Tod von Lara Roggenkamp befassten. Wie auf jedem vernünftigen Kommissariat stand eine Kanne Kaffee auf dem Tisch. Gregors Stimmung hob sich, als er sich gesetzt und ihn gekostet hatte. Nach ein paar Höflichkeitsfloskeln über das Wetter, die Stadt, Gregors Unterkunft, die er nun auf Staatskosten eine Woche länger gebucht hatte, und nachdem man sich über die Anrede verständigt hatte, sagte die Frau, die Tatjana Heim hieß und walkürenhaft neben Drewitz wirkte: »Wir haben eine Zeugin, die behauptet, Lara Roggenkamp sei auf die Gleise gestoßen worden.«

»Eine selten genaue Zeugin«, ergänzte Drewitz und legte ein Foto vor Gregor auf den Tisch. Die Zeugin hatte ein Abschiedsfoto mit ihrem Handy gemacht. Ein Mann lächelte für die Kamera, Passanten um ihn herum. Gregor erkannte einen von ihnen sofort. Schließlich war es erst zwei Tage her, dass er ihn gesprochen hatte.

»Max?«

»Du kennst ihn?« Alle Augen waren auf Gregor gerichtet.

»Wo ist er?«

»Das wissen wir nicht«, sagte Tatjana.

»Aber …«

»Woher kennst du Max Graf denn?« Drewitz kniff die Augen zusammen und spitzte den Mund. Wenn man ihm eine Muschel und einen Stein gegeben hätte, wäre er von einer Fischotterfamilie adoptiert worden.

Gregor berichtete über das kurze, nichtssagende Gespräch, dass er mit Max geführt hatte und versuchte, Marlenes Rolle in dem Fall so unbedeutend wie möglich zu halten. Tatjana schlug mit der Faust auf den Tisch.

»Verdammt, Richter. Warum hast du denn nicht eher einen offiziellen Antrag gestellt?«

Gregor schwieg. Zur Fahndung war Lara Roggenkamp längst ausgeschrieben, erst landesweit, dann bundesweit. Es hatte nichts gebracht. Und keiner hatte wissen können, dass die Kleine zu Schaden kommen würde.

»Graf ist also seit Samstag verschwunden«, sagte der Blonde, der bisher nur in einem Ordner geblättert hatte.

»Scheiße.«

»Genau«, sagte der andere, der groß und dünn war und auch noch nichts gesagt hatte.

»Und was ist mit Till Heimann?«, fragte Gregor.

»Wer, bitte, ist Till Heimann?« Tatjana fuhr sich mit den Fingern durch ihre Igelfrisur.

Gregor sagte es ihr. Es dauerte eine ganze Weile, bis er die Zusammenhänge erklärt hatte. Hartfield, Heimann, Lara, Max. Zwei waren tot, zwei verschwunden. Drewitz nickte und der Blonde begab sich an einen der Computer.

»Puh«, sagte Drewitz. »Das sieht nach einer viel größeren Geschichte aus, als wir gedacht haben.«

»Das BKA?«, fragte der Dünne vom Computer aus.

»Aber hallo!«, antwortete Drewitz und goss sich frischen Kaffee nach. »Wieso habt ihr nicht längst …« Drewitz schickte Gregor einen vorwurfsvollen Blick. Aber Gregor rechtfertigte sich nicht und Drewitz winkte ab. Es lag auf der Hand.

77.

»Was geht denn hier ab?«, fragte der Jüngere.

Der Ältere war nicht gekommen, obwohl Zladko noch einige Zeit am Mende-Brunnen, wo sie sich verabredet hatten, herumgestanden und über den Platz geschaut hatte. Der Ältere war zwar nicht der Hellste, aber den Mende-Brunnen hätte er treffen müssen.

»Was mach'n die denn alle da?«

»Hast du Augen? Guckst du selbst.« Der Jüngere ging Zladko dermaßen auf den Sack mit seiner Fragerei. In der Goethestraße parkten Busse und weitere rollten heran, fanden keinen Parkplatz mehr und stellten sich in die zweite Reihe. Den Bussen entstiegen Männer und Frauen jeden Alters und jeder Nationalität, manche hatten Kinder dabei. Zladko querte mit seinem Begleiter den Augustus-Platz, blieb ein wenig hinter ihm zurück, bis sie die Grimmaische Straße erreichten und in die Nikolaistraße einbogen, die sich zum Nikolaikirchhof öffnete. Der Platz war zu einem guten Drittel mit Menschen gefüllt, und weitere strömten heran. Von ihren Leuten war niemand zu sehen. Zladko klopfte dem Jüngeren auf die Schulter.

»Ich versuche es am Kirchenportal. Du kannst ja an der Gedenksäule warten. Wenn du Daniel oder Pjotr oder sonst wen findest, rufst du mich an. Verstanden?«

Der Jüngere nickte und schlenderte auf die Säule zu, die an die Ereignisse von 1989 erinnern sollte.

Am Kirchenportal standen die Menschen locker beieinander, mit verwirrten, erwartungsvollen Gesichtern. Vielsprachiges Gemurmel mit einem dissonanten Unterton. Plötzlich wurde Zladko von hinten angerempelt, riss den Arm hoch und packte die Person, die an ihm vorbei wollte.

»Ach?«

»Lass mich los. Ich suche jemanden«, knurrte Marlene Katz. Die hatte Zladko gerade noch gefehlt.

»Ich auch. Wo ist Daniel?«

Sie hielt demonstrativ ihre Jackentasche auf und blickte hinein. »Ich hab ihn nicht, und es ist mir auch egal.«

»Mir aber nicht.«

»Viel Erfolg«, sagte sie und ließ ihn stehen.

Die Kirchturmuhr schlug sechs. In die letzten Glockenschläge hinein brandete Musik aus Lautsprechern, nach denen sich Zladko suchend umsah. Sie klebten an der Kirchenmauer wie Schwalbennester. Andere Töne mischten sich zwischen Glocken und Musik.

Dann kamen sie.

78.

Sie marschierten die Straße herauf. Männer, klassisch kahlgeschoren in Stiefeln und Military, wenige Frauen. Friedrichs und die Körner-Haferbach vorweg. Ihr *Deutschlandlied* emulgierte mit *Beethovens Neunter*. Der Glockenschlag verendete dazwischen. Marlene erstarrte und presste sich an die Kirchenmauer, während behelmte Bundespolizisten, viel zu wenige, wie es Marlene schien, aus einem Gässchen auf den Platz vorrückten. Die Menschen, die sich um die Kirche herum eingefunden hatten, Männer und Frauen aus aller Herren Länder in armseligen Kleidern, Passanten, Neugierige, wichen zurück. Plötzlich spürte Marlene eine warme Hand in ihrer.

»Ich spreche von dort aus.« Daniel zeigte auf die Gedenksäule. Ohne dass sie es bemerkt hatte, war dort ein Podest errichtet worden. Sascha, Samir und ein paar andere hielten die Menge auf Abstand.

»Was sind das für Leute hier?« Marlene hielt seine Hand fest und ließ den Abstand zwischen den Gruppen nicht aus den Augen.

»Arbeiter auf der Suche nach Brot.«

»Wie kommen die hierher?«

»Ich habe meine Verbindungen«, sagte Daniel und sah ihr ins Gesicht. Er grinste, aber die Anspannung war ihm anzumerken. »Ein paar von ihnen arbeiten bei uns. Am besten, du hältst dich am Rand.«

Die Musik aus der einen und die aus der anderen Richtung endete fast gleichzeitig.

Stille trat ein.

Der Platz war fast voll.

Der Abend dämmerte herein.

»Also.« Er legte seine Hände an ihre Wangen und küsste sie schroff. »Das Landgericht ist dem Eilantrag gefolgt. Ihre Demo wurde verboten. Unsere nicht. Diesmal ist die Polizei auf unserer Seite. Und wir …«, er hob das Kinn in Richtung der Behelmten, »brauchen gar nicht so viele. Heute zeigen wir's ihnen.« Triumph in seinem Gesicht. »Manchmal tickt so eine Demokratie doch richtig. Wer hätte das gedacht?«

Dann drängte er sich durch die Menge, ohne sich noch einmal umzusehen. Der Kuss lagerte auf ihren Lippen, solange ihr Blick seinem Rücken folgte.

»Wir fordern …« Friedrichs Stimme donnerte über die Köpfe und Jubel hob bei den Kahlköpfigen an. »Wir fordern den Schutz von Leib und Leben. Bisher war dieser Staat nicht im Stande …«

»Wir fordern das Verbot der NPD und verlangen …« Daniel.

Marlene sah ihn auf dem Podest stehen mit einem Mikrofon in der Hand, über ihm die Palmenwedel des Säulenkapitells. Die Gedenksäule einer friedliche Revolution, die hier ihren Anfang genommen hatte.

»Wir fordern Sie auf, den Platz ruhig und geordnet zu verlassen. Dies ist eine nicht genehmigte Demonstration …« Ein näselndes Megafon der Behelmten. Was? Wen meinten die? Hatte Daniel all diese Menschen herkutschen lassen, in dem Wissen, dass sie gar nicht hier sein dürften? Nein, sicher nicht. Er hatte gesagt, die Nazi-Demo sei verboten worden. Die Angesprochenen reagierten. Die letzten Worte aus dem Megaphon gingen im Protestgeschrei der Glatzköpfigen unter. Unter den Arbeitern auf der Suche nach Brot wurde es unruhig. Vermutlich machten sich viele Sorgen um ihren Aufenthalt. Was hatte Daniel denen erzählt, dass sie trotzdem gekommen waren?

Marlene fand, dass es an der Zeit war, die Stätte zu verlassen. Sie schob sich an Menschen vorbei, die ratlos und ängstlich das Geschehen beobachteten, an welchen mit entschlossenen Gesichtern und anderen, die ergeben zu Boden blickten. Arbeiter auf der Suche nach Brot. Scheiße. Am liebsten hätte sie Daniel von seinem Podest gezerrt. Wenn sie durch die Passage ging, würde sie den Platz erreichen, wo die Oper stand, und könnte die Straßenbahn nehmen.

Sie war noch nicht um die Kirche herumgelaufen, als sie die Polizistenkette entdeckte, die verhinderte, dass weitere Menschen den Platz fluteten. Von der anderen Ecke des Platzes plötzlich Rufe. Erst leise raunend, dann lauter werdend.

My Ljudi, mi smo narod, smo ljudje… Wir sind das Volk!

Marlene drehte sich um. Immer mehr Menschen nahmen den Ruf auf. In allen Sprachen. Sie wurde gestoßen und geschoben, konnte ausweichen und sich in eine Nische am Haus gegenüber der Kirche drücken.

»Sie nehmen an einer nicht genehmigten Demonstration teil. Bitte gehen Sie …« Die Polizei.

Das Mikro von Friedrichs kreischte dazwischen: »Wir sind das deutsche Volk.«

»… öffentliche Verkehrsmittel sind bereitgestellt.«

Friedrichs' Mannen fielen ein, nur konnten sie sich offenbar den Satz nicht vollständig merken. Dunkelstimmig kam es von rechts: »Wir sind das Volk.«

Daniel auf seinem Podest wirkte fahrig, rief etwas, das nicht zu Marlene durchdrang, gestikulierte, klopfte auf sein Mikro. Tonlos. Zladko fummelte an dem schwarzen Kasten hinter Daniel.

Auferstanden aus Ruinen … kam heraus. Daniel drehte sich um, schüttelte heftig den Kopf, steckte selbst Kabel um, hantierte, dann erklang: *Eins, zwei drei, vier Arbeitlose sennen mir, nischt gehört hot dosch im Land …*

»Scheiße«, sagte Marlene laut und gegen ihren Willen.

»Wir sind das Volk«-Rufe von links und rechts.

»Arbeitlosescheiße«, sagte ein Mann neben ihr mit Wut in den Augen. »My Ljudi!«, stimmte ein anderer und hob die Faust.

Der Arbeitslosenmarsch brach ab. Daniel konnte laut und deutlich »liebe Freunde« sagen, dann wurde er vom Lied der jüdischen Partisanen unterbrochen.

»Judensau!«, brüllte jemand.

Friedrichs Stimme rief: »Liebe Freunde ...«

Shtil die Nacht iz oyzgeschternt ... und der frost, er hat gebrennt ...

Sascha sprang auf das Podest und wurstelte hektisch am Verstärker.

Getsilt, geschossn und getroffn ...

Er schaffte es nicht.

»Auf dem Augustus-Platz stehen Straßenbahnen bereit. Bitte ...« Ein hilfloses Megafon.

Bewegung kam in die Menge. Marlene wurde hin und her geschubst. Geschrei und Gejohle.

»Ausländer raus.«

»Nazis raus.«

»Juden raus.«

»Wir sind das Volk.«

Die Kette der Polizisten schloss sich, rückte vor, trieb einen Keil zwischen die Leute. Marlene musste weg hier.

Aus der anderen Richtung brüllte Friedrichs: »Behaltet Ruhe.«

Daniels Technik revoltierte mit harten Bässen und Drums. Die Band *Gevolt* hämmerte *Nit such mich wo die Foigeln singen, du findst mich dortn nit, mein Schatz ...*

Gegenüber hielt *Rammstein* mit *Links, 2,3,4 ...* dagegen. Und irgendein friedliebender Mensch entlockte den Lautsprechern, die an der Nikolaikirche angebracht waren … *alle Menschen werden Brüder, wo dein sanfter Flügel weilt.*

Ungeachtet dessen mischten sich die Glatzköpfigen unter die Menge. Behelmte versuchten, sie aufzuhalten. Die Fronten verschwammen.

Auf der einen Seite blitzte ein Messer.

Auf der anderen Seite flog der erste Stein.

Marlene pflügte durch die Leute und hoffte, dass sie die richtige Richtung eingeschlagen hatte. Ein Typ hielt sich dicht hinter ihr, nutzte ihr Vorankommen. Neben ihr sackte ein Jugendlicher zusammen. Eine Frau schrie. Marlene griff das Kind unter den Achseln, zerrte es hoch, jemand nahm die Beine, gemeinsam schleppten sie den Benommenen auf den Gehweg, legten ihn nahe der Fassade ab. Die Frau, die geschrien hatte, beugte sich über ihn. Als Marlene sich aufrichtete und einen Schritt zurücktrat, wurde sie abgedrängt. Statt fortzukommen, geriet sie immer näher an die Gedenksäule und das Podest, das Zentrum des Geschehens heran. Wut, Geschrei, Schlagstöcke. Sie entdeckte Daniel, verzweifelt um Gehör kämpfend, sah ihn gestikulieren, rufen, hörte nicht, was er sagte.

»… friedlich und geordnet auseinander«, tönte plötzlich seine Stimme. »Dies ist der Ort einer friedlichen Revolution. Lasst uns diese Tradition wahren.« Seine Beschwörung demokratischer Werte ging in … *wir werden weiter marschieren, wenn alles ich Scherben fällt. Denn heute gehört uns Deutschland und morgen die ganze Welt* … »Deutschland den Deutschen«, »Ausbeuter«, »Drecksjude«, »Wir sind das Volk«, »Holt ihn da runter«, »Betruger«, »Motherfucker«, »Lügner«, »Verräter« … unter

Weiter weg und mikrofonverstärkt: »Hängt ihn auf!« Jubel und Kampfgeschrei.

Plötzlich Gregor vor Daniel, keine zehn Meter von Marlene entfernt. Schützend stellte er sich an Daniels Seite. Ein Mann von Saschas Ausmaßen drehte ihm den Arm auf den Rücken, ein anderer schlug zu. Marlene kämpfte sich durch, stieß ihre Ellenbogen in Leiber, zerrte an Jacken, riss an Armen, bevor sie bei Gregor ankam. Er lag am Boden. Ein Typ über ihm holte aus … Marlene zielte auf seine Nase. Und traf. Es knirschte unter ihrer Faust. Es klappte immer besser. Sie rieb sich die Hand. Der andere hielt sich das Gesicht. Blut quoll zwischen seinen Fingern hindurch. Seine Augen blitzten Hass.

Sascha. Marlene nickte ihm zu. Er verstand. Sie hievten Gregor hoch und bugsierten ihn durch die Menge. Es dauerte einige Rempeleien, Knuffe und Schläge, bis sie die Kirche erreichten. Ein blutjunger Behelmter mit angstvoll geweiteten Augen hob seinen Schlagstock.

»Tu's nicht! Oder du wirst deines Lebens nicht mehr froh, Kollege«, brüllte Marlene.

Der Mann blickte weg und ließ den Schlagstock auf einen anderen Rücken prallen. Sascha öffnete die Kirchentür, geschickt und professionell. Nein, diesmal hatte man die Kirchentüren nicht geöffnet für die Freiheit. Die Freiheit war ja schon da gewesen. Andere quetschten sich mit ihnen durch das Portal. Drinnen war es still. Gregor stöhnte. Draußen grölten sie: »Hängt ihn auf!«, in Sprechchören. Marlene blickte zurück. Die Schlinge hing schon an den Palmenwedeln. Sirenen. Wasser aus Wasserwerfern aus der Ritterstraße spülte Menschen vor sich her. Es erreichte die Säule nicht. Zwei Glatzköpfe rangen mit Daniel, einer rammte ihm sein Knie in den Bauch. Der andere legte ihm die Schlinge um.

»Nein!« Marlene wühlte sich durch die hereinströmenden Menschen, wurde zurückgeworfen, sah hinaus auf den scheinwerferbeleuchteten Platz.

Der Friedliebende wachte über die Anlage. Musik!

… seid umschlungen, Millionen …

Das Strickende hielt Till Heimann. Eine weinende Frau warf sich an Marlenes Schulter. Sie gab sie ihrer Nachbarin. Preschte weiter. Gegen den Strom. Hinter ihr rief Sascha etwas, das sie nicht verstand.

… dieser Kuss der ganzen Welt.

Daniels Hände waren auf den Rücken gebunden.

»Hängt ihn auf!«

Heimann und ein Glatzkopf strafften den Strick. In der Menge sah Marlene ein Gesicht, das sie kannte. Ganz nah bei dem Geschehen. Hoffnung. Sie hob die Hand und winkte ihm zu, aber Frieder verstand nicht. Er lächelte einäugig und winkte auch. Seine rechte Augenhöhle lag unter einer schwarzen Klappe. Frieder stand links vom Podest, nur wenige Leute entfernt. Verzweifelt zeigte Marlene auf das, was da direkt neben ihm passierte, aber je mehr sie winkte, umso begeisterter winkte er zurück. Daniels Beine zappelten hilflos im Nichts.

… Brüder, überm Sternenzelt muss ein lieber Vater wohnen …

Hoch und höher zogen sie ihn. Ein kleiner Trupp Polizisten rückte schlagend heran, erreichte Heimann und seinen Spießgesellen. Frieder wich aus und strauchelte.

… Ihr stürzt nieder, Millionen? …

Frieder wurde von zwei Polizisten gepackt, ein anderer hieb Heimann seinen Schlagstock ins Genick.

… Ahnest du den Schöpfer, Welt? …

Er knickte zusammen. Daniel hing auf halber Höhe der Gedenksäule, seine Bewegungen hörten auf.

… über Sternen muss er wohnen …

Ein anderer Polizist drosch auf den Glatzköpfigen ein. Der übergab den Strick in eine andere Hand. Die hielt ihn. Ruhig und lange. Bis sie abgelöst wurde …

... Such' ihn überm Sternenzelt.

Daniel rührte sich nicht mehr. Marlene trommelte auf das Schild eines Polizisten. Schrie. Endlos. Glutheißer Schmerz.

... Seid umschlungen, Millionen ...

Sie schlug die Hand vor den Mund, auf Lippen, die seinen letzten Kuss erwidert hatten.

... diesen Kuss der ganzen Welt ...

Marlene drehte sich weg. Zurück zur Kirche. Kämpfend, weinend. Sie erreichte das Portal und ließ sich in die heiligen Hallen spülen.

... Freude schöner Götterfunken, Tochter aus Elysium. Wir betreten feuertrunken, Himmlische, dein Heiligtum.

Marlene fand Sascha und Gregor ganz vorn in einer der Kirchenbänke auf den Gottessohn starrend. Sie schwiegen gegen das Gemurmel in der Kirche an. Marlene setzte sich neben Gregor und nahm seine Hand. Er ließ es geschehen.

»Das ist gerade noch mal gut gegangen«, sagte er.

»Ja.« Radikale Akzeptanz.

Dann begann sie leise zu sprechen. Das Kaddisch.

79.

Die Sonne wärmte schon. Das Holz der Bank, auf der sie saßen, roch alt und trocken. Marlene knibbelte an einem Lackrest. Katja blickte über die Felder, auf denen der Mais die ersten Spitzen trieb. Hinter ihnen das Haus stand nur da. Schon lange. An dieser Landstraße mit der frischen Asphaltdecke, die hinüber ins Dorf führte und dann irgendwohin. Die anderen Häuser neben ihm waren abhandengekommen. Weggebombt, seinerzeit. Es war alleine geblieben inmitten von verwilderten, unbebauten Grundstücken.

Er habe da was, hatte Zladko gesagt, am Flugplatz. Nichts Besonderes, dafür bezahlbar. Seitdem wohnte Marlene im ersten Stock. Sonst wohnte keiner dort. Ein Flieger senkte sich zum Landeanflug.

»Ich war auf dem Friedhof«, sagte Katja. »Und hab einen Stein hingelegt.« Sie schüttelte zwei Zigaretten aus der Schachtel, zündete sie an und gab Marlene eine.

»Ja, ich habe ihn gesehen.« Marlene schluckte.

Daniel war nicht auf dem jüdischen Friedhof beerdigt worden, sondern auf dem Südfriedhof. Viele Leute waren nicht gekommen. Die Mutter hatte still geweint und der Vater hatte vor sich hingestarrt. Pjotr bekreuzigte sich. Marlene stand abseits und weinte auch. Niemand hatte das Totengebet gesprochen.

Eine Weile rauchten sie schweigend im Lärm der Passagiermaschine.

»Hast du schon was?«, fragte Marlene.

Katja nickte. »Als Arzt kommst du überall unter. Ich steige in eine Hausarztpraxis ein. Halbtags erst mal. Die brauchen jemanden, der die Hausbesuche fährt. Ist nix Dolles, miese Bezahlung. Aber ich werd satt. Und du?«

»Nee. Vielleicht mach ich eine Privatdetektei auf. Verschwundene Hunde, untreue Ehemänner, vermisste Fahrräder.«

»Wann?«

Marlene hob die Schultern. Ihr Kontostand würde sich bis Anfang April dem Nullpunkt nähern. Dann musste sie zum Amt. »Hast du Zladko noch mal getroffen? Oder einen von den anderen?« Zladko hatte ihr die Wohnung besorgt, was sie gewundert hatte, danach hatte sie ihn nicht mehr gesehen.

»Nein. Doch. Frieder, oder was von ihm übrig ist. Er ist mir mal über den Weg gelaufen. Sah ziemlich beschissen aus. Heimann haben sie eingebuchtet, hat er gesagt. Er ist dabei gewesen. Das Arschloch hat sofort seinen Kumpel in die Pfanne gehauen. Dass Max den in Coesfeld umgebracht hat und deinen Mitbewohner, Lara und noch ein paar andere.«

»Glaubst du das?«

Katja wiegte den Kopf. »Halb, halb. Vielleicht.«

Gregor hatte gesagt, Hartfield solle für den Verfassungsschutz geschnüffelt haben, dachten die Nazi-Säcke. Habe er natürlich nicht, sonst hätten sie das sofort gewusst. Jetzt müssten sie nur noch Max Graf finden und dann mache die Staatsanwaltschaft den Sack zu.

Daran zweifelte Marlene allerdings. Bei den Schlapphüten wusste der eine doch nicht, wie der andere hieß. Und wie es bei der Polizei zuging, hatte sie selbst erfahren. Daniel hatte prinzipiell recht gehabt. Man musste Dinge selbst in die Hand nehmen. Etwas behutsamer vielleicht, damit man überlebte.

Der nächste Flieger donnerte über sie hinweg. In der Ferne glitzerte die Sonne auf einem Gewächshaus.

»Willst du ein Bier?«, fragte Marlene.

»Klar.«

Sie stiegen die knarrende Treppe hinauf. In der Küche war es sonnenwarm. Marlene holte zwei Flaschen aus dem Kühlschrank, knallte sie auf den Küchentisch und rannte ins Bad. Sie würgte überm Klobecken. Es dauerte eine Weile, dann fühlte sie sich soweit besser, dass sie zurück in die Küche konnte.

Katja hatte ein Bier aufgemacht und trank. »Immer noch?«

»Es ist nichts.« Marlene wehrte ab, griff ihre Flasche, aber Katja hielt sie fest und sah ihr ins Gesicht.

»Komm.« Katja zog Marlene ins Bad, holte eine schmale Packung aus der Tasche und reichte sie ihr.

»Das ist doch Quatsch.«

»Vielleicht. Wenn es Quatsch ist, werden wir es gleich wissen.«

Marlene zögerte.

»Los jetzt.«

Seufzend pellte sie das Plastikteil aus der Folie, hockte sich auf die Keramik und benetzte das eine Ende.

Dann warteten sie. Eine Minute, zwei Minuten. In dem kleinen Fenster erschien ein roter Strich. Drei Minuten. Ein zweiter Strich. Ganz deutlich entstand ein tiefrotes Kreuz.

Marlene hob den Kopf. Atmete tief ein. Katja nickte.

Pregnant.

KBV KRIMINALROMAN

Peter Godazgar, Kathrin Heinrichs,
Carsten S. Henn, Jürgen Kehrer,
Ralf Kramp, Tatjana Kruse,
Sandra Lüpkes, Sabine Trinkaus

8

Taschenbuch, 292 Seiten
ISBN 978-3-942446-91-4
9,90 EURO

Acht Menschen retteten sich einst
auf der Arche vor der Sintflut.
Acht Richtungen hat die Windrose,
acht Speichen das Rad der Fortuna.
Acht Autoren schreiben ihren ersten
gemeinsamen Roman in acht Tagen.

Andy Otto, Starmoderator des Kölner Senders *Powerradio KKN*, kann so leicht nichts aus der Bahn werfen: Ein bisschen Ärger mit der neuen Vorgesetzten, ein bisschen Stress mit der Freundin – *so what?*
Doch als er vor seinem Stammkiosk ein Handy findet und es der Besitzerin zurückgeben will, gerät sein Leben völlig aus den Fugen. Christine Osterling, eine brave Kindergärtnerin, liegt tot zwischen den Plüschtieren, und Andy gerät in Verdacht, etwas mit ihrem Ableben zu tun zu haben. Was hat der Dominostein mit den acht Punkten in der Hand der Leiche zu bedeuten? Schon bald begegnet Andy dieser Zahl überall. Die Acht weist ihm den Weg in die Eifel, ins Sauerland, an die Nordsee, nach Münster und Bonn. Hinter den Kulissen treibt offenbar ein skrupelloser Mörder sein teuflisches Spiel mit ihm.

Im KRIMI-CAMP haben sich die Autoren dieses Romans an etwas noch nie Dagewesenes heranwagt: gemeinsam haben sie sich in einem einsamen Haus unweit der polnischen Grenze ihren mörderischen Phantasien hingeben und einen Kriminalroman verfasst.